DANGDAI WANJI YUYAN ZUOJIA
ZUOPIN JINGCUI

当代皖籍寓言作家
作品精粹

唐和耀◎主编

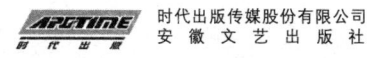

时代出版传媒股份有限公司
安徽文艺出版社

图书在版编目（CIP）数据

当代皖籍寓言作家作品精粹/唐和耀主编. —合肥：安徽文艺出版社，2018.10
ISBN 978-7-5396-6164-3

Ⅰ．①当… Ⅱ．①唐… Ⅲ．①寓言－作品集－中国－当代 Ⅳ．①I277.4

中国版本图书馆 CIP 数据核字(2017)第 180380 号

出 版 人：朱寒冬
责任编辑：张妍妍　　　　　　装帧设计：张诚鑫

....
出版发行：时代出版传媒股份有限公司　www.press-mart.com
　　　　　安徽文艺出版社　　www.awpub.com
地　　址：合肥市翡翠路 1118 号　邮政编码：230071
营 销 部：(0551)63533889
印　　制：安徽新华印刷股份有限公司　　(0551)65859551
....
开本：710×1010　1/16　印张：16.5　字数：200 千字
版次：2018 年 10 月第 1 版　2018 年 10 月第 1 次印刷
定价：58.00 元(精装)
....
(如发现印装质量问题，影响阅读，请与出版社联系调换)
版权所有，侵权必究

前　言

　　自古至今,安徽文人辈出,人文荟萃。一代代的皖籍作家创造了一个个的文化奇迹。无论是扎根江淮大地还是远离故土,其文化之根都在安徽,其作品与皖山皖水血脉相连。

　　《当代皖籍寓言作家作品精粹》一书,展示的是数代皖籍作家在寓言创作领域的风貌。作家们以风格多样的精彩故事蕴含丰富的社会、人生道理,以此教诲人、劝告人、感染人、启发人、激励人。一代代的皖籍寓言人在寓言园地里辛勤耕耘,力求为广大读者奉献佳作。当作家们的精品力作集结成书,相信大家会为其整体实力所震撼。

　　所谓寓言,简单地说,就是寓意故事。寓言具有故事、寓意双重结构,讲究文学性、思想性的有机结合。因而,判断寓言作品的质量,比判断其他文体作品的质量复杂得多,需要从思想、形象、构思、表达等方面综合考量。本书中的寓言作品,就是用综合考量的办法从当代皖籍寓言作家的作品中精选出来的。

　　本书中的寓言作品,风格多样:有的文字简练,有的洋洋洒洒;多数属于散文寓言,也有散文诗寓言、小品文寓言、童话寓言、小说寓言,还有科学寓言。细分文体上的多姿多彩,正与寓言文体的特征相吻合,因为寓言这种文体是从意的方面界定的,至于外观形态完全可以五彩缤纷。

寓言界内外，常有人将寓言整体置于儿童文学的名下，其实那种归类是错误的。寓言中仅有一部分专为儿童写作的作品，即儿童寓言，属于儿童文学，因此儿童寓言是儿童文学与寓言的交叉部分。而寓言整体的读者对象，是包括儿童在内的社会大众。作为寓言综合选本，本书中选收的寓言作品，适合九岁以上的各层次读者阅读。

本书正文分为三辑。第一辑，选收20世纪30—40年代出生的皖籍寓言作家的作品；第二辑，选收20世纪50—60年代出生的皖籍寓言作家的作品；第三辑，选收20世纪70—90年代出生的皖籍寓言作家的作品。各辑均按作者出生年排序，出生年相同的按音序排序。本书作者出生年，从20世纪30年代至20世纪90年代，每一个年龄段都有作者分布。从中可以看出，当代皖籍寓言作家形成了梯队。这支队伍薪火相传，必然会生生不息。

唐和耀

2018年2月26日

目　录

前　言 / 001

第一辑

李先轶

　　黄莺将告诉你们 / 003

　　一根牧羊鞭 / 004

　　燕子的家教 / 005

方崇智

　　试人石 / 006

　　战胜命运的孩子 / 006

　　皇帝选栋梁 / 007

　　三位天使 / 008

　　诺言与谎言 / 008

　　一棵大树 / 009

　　冲破"蛋壳" / 009

　　"高贵的马" / 010

　　雁寻天堂 / 010

　　数学家的魔箱 / 011

　　谁是富翁 / 012

　　维纳斯和三朵桃花 / 012

马成润

　　魔　镜 / 014

叶澍

微雕高手 / 015

画展听评 / 015

徽州渔翁 / 016

量布裁衣 / 016

夜郎自"小" / 017

宰鸡与偷鸡 / 017

南海群猴 / 018

楼顶向日葵 / 018

象棋人生 / 019

擅于配合的狒狒 / 019

秋翁赏花 / 020

秋郎寻花 / 020

楼成柱折 / 021

变形的眼睛 / 021

魔术师的烟幕 / 022

宫崇家

小鸡找妈妈 / 023

小公鸡学技 / 023

戎 林

食柜里的小偷 / 025

理事长不该让鲸当 / 026

长颈鹿的心病 / 026

小海参的防身术 / 027

青鱼抢房 / 028

鸡蛋洗澡 / 029

青蛙剪舌头 / 030

太阳公公羞红了脸 / 030

招聘检验员 / 031

碘酒和红汞的友情 / 032

第二辑

程　谱

鹭鸶与狐狸 / 037

友谊桥 / 038

白头翁学艺 / 038

薛贤荣

小猴躲雨 / 040

不争气的马 / 041

长寿水 / 041

晚九秒 / 042

另一只耳朵 / 043

鲤鱼的怒斥 / 044

海的沉思 / 045

三人过海 / 046

歌唱家黄鹂 / 047

向两只蜗牛敬礼 / 048

冷漠自私的大黑熊 / 049

有意义的狼 / 050

顶撞的小山羊 / 051

鱼评委 / 052

毛毛虫开美容院 / 053

刘文勇

手中石头 / 054

徐其余

鹤立鸡群 / 055

左眼与右眼 / 055

陈忠义

一和八十一 / 056

名　声 / 056

家鹅和大雁 / 057

登山的基本功 / 058

只告诉你一个 / 058

小山雀争食 / 059

成功的路 / 059

小溪和大海 / 060

王　玲

花蜗牛爬墙 / 062

拔小熊 / 063

狮子大王砸镜子 / 064

多多养虫子 / 065

大大的邮包 / 067

洗　澡 / 068

老虎的儿子 / 069

钓鱼比赛 / 070

袁家勇

小岩石和鹅卵石 / 072

泉水的志向 / 072

皇帝的金箍 / 073

出奇制胜的螳螂 / 074

猴子的礼物 / 075

沙子的理想 / 076

石斑鱼的情怀 / 077

喜鹊的胸怀 / 078

洋洋的选择 / 079

邹　程

伞的爱情 / 081

代应坤

野猫攀亲 / 082

猫、狗、鼠之间的冤案 / 082

长处与短处 / 083

唐和耀

　　明与暗 / 085

　　两家剧院 / 085

　　猴子与马铃薯 / 086

　　正角与反角 / 086

　　寂　寞 / 087

　　两只鸭的变迁 / 088

　　"下蛋公鸡"的传经课 / 089

　　猫的变迁 / 090

　　狗熊眼中的老虎 / 091

　　猴王选接班人 / 092

　　驴子的委屈 / 093

　　猴岛的年终考评 / 094

许泽夫

　　拉　磨 / 096

　　赤　脚 / 097

　　多想自己是一头牛 / 097

　　乳　娘 / 098

　　兄弟俩用牛 / 098

朱麦完

　　翠鸟和青蛙 / 100

　　螃蟹走路 / 100

　　蝌蚪剪尾巴 / 101

　　我和木匠 / 101

　　麻猫逮鼠 / 101

　　两只蜘蛛 / 102

　　鼠夹和猫 / 102

　　伊索遇到麻烦 / 102

汪兴旺

　　地　盘 / 104

云 弓

请　教 / 106

猴子的集体主义 / 107

丛林法则 / 108

一头猪的非正常死亡 / 110

自　由 / 111

拯　救 / 112

有一棵树，名叫幸福 / 114

美　德 / 116

痛苦之源 / 117

跳出井的蛙 / 119

草 / 120

律师看病 / 122

如果没有痛苦 / 124

桂　林

花和叶 / 125

新龟兔赛跑 / 125

李文全

酒　话 / 127

汪学猛

信　息 / 128

伯乐和千里马 / 128

送　鱼 / 129

吴菁华

寻找掉下天空的小星星 / 130

蜗牛与蔷薇花 / 131

粗心的小蜜蜂 / 133

杨老黑

　　老井求水 / 134

　　老鼠·猫·气死猫篮子 / 135

　　鲤鱼的遗嘱 / 137

　　蜗牛与醉汉 / 138

李铁军

　　虎大王的"鞋令" / 141

　　蚂蚁的新巢穴 / 141

张孝成

　　伯乐收徒 / 143

　　狐狸不明白 / 143

　　马　品 / 144

　　狗总督的任命 / 145

　　刺槐的理想 / 146

　　两匹小马 / 147

　　纸屑和沙子 / 148

　　混凝土和猴子 / 149

　　过　沟 / 149

第三辑

胡祁人

　　会跳舞的小猪 / 153

　　开　店 / 154

　　选　举 / 154

　　理　想 / 155

江筱非

　　公鸡夸蛋 / 157

王宏理

　　大公鸡和小乌鸦 / 158

　　两窝麻雀 / 158

黑羊和白羊 / 159

骄傲的鸵鸟 / 159

母鸡的翅膀 / 160

喜鹊总结的真理 / 160

家鹅的挽留 / 161

虎王的话 / 161

小猪种瓜 / 162

老猴的洗心房 / 163

李 剑

大小多少 / 165

我和你们不一样 / 166

刘 勇

葫 芦 / 167

栎 树 / 167

顽 猴 / 168

邵 健

猎人问答 / 169

云和井 / 170

愤怒的灯泡 / 171

字典考试 / 172

假山和白云 / 172

摩托车的悲哀 / 173

权 利 / 174

许泽强

聪明猴 / 175

狼和羊的变迁 / 176

小蜗牛爬山 / 176

臭鸡蛋和苍蝇 / 177

钻进蚊帐的蚊子 / 177

小刀与斧头 / 178

气球和鸽子 / 179

大树和盆栽树 / 179

要证明身份的鸡 / 180

张　征

青蛙与蟾蜍 / 182

程思良

两头野牛 / 183

省　略 / 183

最完美的动物 / 184

规则是圆的 / 184

动物王国评先进 / 185

慢工出细活 / 186

丑　石 / 187

扬长避短 / 187

完美的铠甲 / 188

木秀于林 / 189

河东有老虎 / 190

张春霞

学会低头 / 191

是　非 / 191

蔡进步

城里的狗和乡下的狗 / 192

小狗买车票 / 193

小狗拾到钱包后 / 194

小狗移山 / 195

小猪开超市 / 196

小猪请客 / 197

狐狸请客 / 198

老山羊出车祸 / 199

俞春江

　　牙齿停长灵 / 200

　　小姑娘的梦 / 201

　　来自井底之蛙的邀请 / 201

　　虾的长枪 / 202

　　领奖台上 / 203

　　猪年的猪 / 204

　　牛年的牛 / 205

　　鼠年的鼠 / 205

徐光梅

　　荧光石 / 207

　　应　聘 / 208

　　金嗓子蝉 / 209

　　三只鸟儿的故事 / 210

　　时钟上的争吵 / 211

　　自以为是的猴子 / 212

王瑞庆

　　琴　谏 / 214

王宝泉

　　燕子与麻雀 / 215

　　绿叶、鲜花和蜜蜂 / 216

　　螳螂绊兔子 / 216

　　爱学本领的小花猫 / 217

　　菊花的选择 / 218

　　物种抉择 / 219

于永军

　　猴子当国王 / 220

　　有利和不利 / 221

于　飞

　　鱼和鸟 / 222

梨树王 / 223
木　瓜 / 223
不开花的莲荷 / 224

张　标

公鸡和蝉 / 226

葛亚夫

一只叫庄子的蝴蝶 / 228
燕雀的鲲鹏之志 / 228
遗忘了游泳的鲦鱼 / 229

黄元罗

举手表决 / 230
借　势 / 230

陆秀红

落叶的梦想 / 232
书包和课桌 / 233
庄基地上的杨树 / 234
泉　水 / 235
翻越护栏的人 / 236
蒿子粑粑传奇 / 237

汪　琦

三文鱼的同情 / 238
拍卖午餐 / 238
鼠辈人生 / 240
和一只猪谈谈理想 / 241
不试试，你怎么知道 / 242
干大事的皮克猪 / 243

后　记 / 245

第一辑

李先轶（1939—1984）

  又名仙逸，笔名晓黎，安徽亳州人。原为中国民间文学研究会理事，安徽省作家协会理事，安徽人民出版社文艺部副主任。

黄莺将告诉你们

  黄莺天生一副好嗓子，又跟布谷鸟学了几首歌曲，就在树林里唱开了。
  它在地上唱，受到公鸡的称赞。
  它在树上唱，得到麻雀的夸奖。
  它在云里唱，赢得叫天子的喝彩。
  它觉得自己天分好，将来可以成为一个著名的歌唱家。现在又得到鼓励、赞扬，更是心花怒放了，真以为自己了不起了，就自编了一首歌曲，到处唱起来：

  我的歌声多优美，
  甜似叮咚的山泉水……

  不久，树上的鸟儿们就在小树林里举行了一次小型音乐会，黄莺被邀请参加表演，演出的当然是那支自编的歌曲。它那清亮、圆润的嗓音，那宽广、宏大的音域，那悠扬、动人的旋律，一下打动了听众，赢得了一片掌声，被评为"新星歌手"。
  黄莺的名声一下子传开了。一传十，十传百，连没听黄莺唱过歌的，也都跟着起哄，就这样黄莺被抬起来了。
  打谷场举行庆丰收晚会，邀请黄莺献歌。
  树林里开办音乐班，想请黄莺示范演唱。
  公园里举行动物联欢，邀请黄莺光临指导……
  黄莺一下子成了场场必到的"歌星"了，在动物界的歌坛上，名噪一时。
  从此，黄莺就忙于应付各种演出，哪有时间学习？哪有工夫练唱呢？原先优美的音色也不优美了,嗓子变得低沉而有点沙哑了,听众一天天少了,随之而来的是,在各种音乐会上,高声啼叫的杜鹃取代了黄莺。

不久,森林里鸟类举行了一次大型的演唱比赛会,黄莺的歌声再也打动不了听众。原来一些先天条件不太好的画眉、云雀、黄鹂,却取得了好名次,赢得"歌唱家"的称号。

黄莺苦恼极了,它醒悟之后,要去把自己的苦恼告诉这些才赢得"歌唱家"称号的鸟儿。

一根牧羊鞭

新羊倌上任了,他从老羊倌手中接过牧羊鞭。老羊倌对他说:"我不多说了,今后你要像我一样,把这群羊放好。"

第二天,新羊倌就把羊群赶出羊圈,鞭子甩得啪啪响。一听鞭响,羊群就跑散了。新羊倌急了,一会儿鞭打这只羊,一会儿又鞭打那只羊。羊群受惊,跑得更散了,东一只,西一只。他气坏了,捉到一只跑不快的老羊问:"怎么回事?头一天放牧就不听我的话,鞭打跑得更散。"

老羊捋了捋胡子,望望新羊倌说:"你和老羊倌不一样。"

"怎么不一样?还是那根鞭子!过去你们很驯服,现在鞭子再打也不听话了。"

老羊语重心长地说:"老羊倌用这根鞭子给我们指路,把我们赶向水草丰美的绿洲去。同时还用这根鞭子驱赶豺狼,保护我们的安全。"老羊说到这里,好像有点伤心了,泪花儿在眼眶里打转,但马上又克制住感情继续说下去,"你用这根鞭子抽打我们,还把我们赶向水贫草瘦的沙滩上去,我们能不从皮鞭下跑掉吗?"

老羊吐完了心里话,也掉头跑了。

新羊倌望着手中的鞭子凝神沉思:难道从老羊倌手里,我接过的仅是这根鞭子吗?

燕子的家教

在一片森林里,小燕子看见小乌鸦不停地衔食给老乌鸦吃,觉得有点奇怪,便对小乌鸦说:"可怜的小乌鸦,你真傻。你干吗自己饿着肚子,辛辛苦苦地到处衔食给老乌鸦吃呢?你看我,捉到飞虫谁也不给吃,自己吃掉多痛快!"

小燕子为了自己吃得痛快,玩得自由,羽毛丰满之后,便抛弃了老燕子,自己另立了新家。从此,再也不管不问老燕子的事了。尽管老燕子天天亲切地喊它,它也好像没听见似的,只顾自己吃喝玩乐,早把老燕子忘到一边了。

第二年春天,小乌鸦和小燕子都有了自己的孩子。它们为了不让孩子冻着、饿着,都跑到很远的地方,有时还冒着生命危险去找食,而它们自己却时常饿着肚子,一天到晚辛勤忙碌着,从不知疲倦。它们的孩子在它们亲切的哺育下,成长得很快。可是燕子的孩子,羽毛刚丰满就展翅远走高飞了。老燕子日夜悲啼,再也喊不回自己心爱的孩子了。

秋天到了,老乌鸦为了换上新羽毛,度过冬天的严寒,不得不把旧羽毛拔掉。这时,它就飞不起来了,但它的孩子就像去年衔食喂老乌鸦那样,一天到晚不停地衔食来喂它,日子过得很幸福。

燕子见此情景,十分伤心,就泪流满面地问:"乌鸦大哥,你的孩子为啥对你这样好,我的孩子却把我抛弃不管了?我真难过!"

乌鸦安慰它说:"别伤心了,这都怪你的家教!想一想,你是怎样对待你的父母的,你就明白了。"

燕子听了乌鸦的话,沉思片刻,飞去找老燕子了。

方崇智（1940— ）

安徽合肥人。中国作家协会会员，中国寓言文学研究会会员。著有寓言集《懒汉吃鱼》《数学家的魔箱》《魔术大师》《狐大嫂开店》等。

试人石

传说，上帝将人造好以后，疲劳到了极点，倒下身子就呼呼大睡。一觉醒来，发现造出的人已经跑走，全都到了凡间，急得连声大叫："糟糕呀，糟糕！"

"主啊！您为什么烦恼？"天使惊慌地问。

"我忘了给好人、坏人做上记号，这将使人间善恶难分，是非混淆，所以忧心！"上帝愁容满面。

"那么，能不能想一个补救的办法？"天使小心地探问。

"也好！"上帝想了想，取出一把金灿灿的石头，从云端抛向人间，"就让这些石头，去检验人们的善恶吧！"

"请问，您抛下的是什么石头？"天使好奇地问。

"那是试人石！"上帝说，"凡是见了这种石头就不择手段，而得到以后又不做好事的，必定是险恶和卑下的人！反之，则是善良和高尚的人……"

据说，上帝抛下的试人石，在人间的俗名，就叫作"黄金"。

战胜命运的孩子

有两个孩子。他们一个喜欢弹琴，想当音乐家；一个爱好绘画，想当美术家。

不幸的是，想当音乐家的孩子，忽然耳朵聋了；想当美术家的孩子，突然眼睛瞎了。他俩非常伤心，痛哭流涕，埋怨命运的残忍。

这时，有位老人恰巧经过，听到了孩子们的怨恨。他走上前，先对耳聋的孩子比画着说:"你的耳朵坏了,但眼睛是明亮的,为什么不改学绘画呢?"接着,他又对眼瞎的孩子说,"你的眼睛坏了,但耳朵是灵敏的,为什么不改学弹琴呢?"

孩子们听了,心里顿时明亮,他们擦干眼泪,开始了新的追求。

说也奇怪,改学绘画的孩子,慢慢地,觉得耳聋反而有利。因为,它能够避免一切喧嚣的干扰;改学弹琴的孩子,渐渐地,也觉得失明反倒更好。因为,它可以免除许多无谓的纷扰。

果然,耳聋的孩子,终于成了美术家;眼瞎的孩子,也终于成了音乐家。一次,美术家和音乐家又遇见了那位老人。他俩非常感慨,拉住老人连连道谢。

老人笑着说:"不要感谢我,应该感谢自己。事实说明,当命运断绝了一条道路的时候,它常常会留下另一条道路。所以,在任何时候,都不要埋怨命运,而要依靠自己!"

皇帝选栋梁

皇帝要造宫殿,他命宰相叫木匠去选栋梁。宰相问皇帝:
"陛下,您喜爱的栋梁,是粗的还是细的?"
"当然是粗的!"
"要长的还是短的?"
"当然是长的!"
"那么,您要树身笔直的,还是有点弯曲的?"
"这还用问吗?"
"您要树干净光的,还是有疤的?"
"自然要树干净光的!"
"还有,您要木质密实的,还是疏松的?"
"自然要密实的!"
"哦,我差点儿忘了,木材还有带香味儿的和不带香味儿的!"
"难道我会要不带香味儿的吗?"
于是,宰相去向一个老木匠传达命令。老木匠一听,扑通跪下来说:"老爷,您对陛下说说情吧,这差事我们木匠谁也干不了!"

"为什么?"宰相感到奇怪。

"原因非常简单,老爷!"老木匠申辩说,"陛下所要的这种栋梁,世界上根本就不存在!"

三位天使

上帝派三位天使前往人间,各自去完成一项使命。他吩咐第一位天使,寻找一个美貌的人;叮咛第二位天使,选拔一个能干的人;委派第三位天使,觅求一个品德高尚的人。

第一位天使只用了一天,就带着一个人回来,完成了使命。

第二位天使也只用了十天的时间,就带着一个人回来,回复了使命。

奇怪的是,第三位天使去了整整一年,依然没有回音,不见踪影。

上帝等得实在心焦,下令把那位天使召回,厉声加以训斥:"为什么别人早已完成了使命,而你却拖延时日,迟迟不归?"

那位天使非常委屈,悻悻地据理申辩:"尊敬的上帝!你想,一个人外貌的美丑,只需一眼就能看出;一个人才干的大小,也只要几件事情就能分辨;而一个人品德的高下,却是需要长久考察的啊!"

上帝听了,感到说得有理,立刻连连点头,表示谅解和赞同!

诺言与谎言

小毛猴要到花果山去看望外婆。出发时,伙伴们都来送行。

一路上,小毛猴手舞足蹈,兴奋极了。一会儿,它对松鼠说:"等着吧,我给你带很多很多的松果!"一转身,它又对兔子讲:"你瞧着吧,我给你带又红又大的萝卜!"分别时,它又对山羊道:"再见吧,朋友!我一定给你带满满一篮子的鲜草……"

时间飞快地过去。小毛猴在外婆家,吃得开心,玩得痛快,它把说过的话忘得一干二净。回家的时候,碰见松鼠,它搔了搔头皮;遇见兔子,它眨了眨眼睛;看见山羊,它只好连忙躲开。从此,大伙儿送它一个外号:说谎大王!

小毛猴伤心极了。它想不通,去问妈妈:"妈妈,妈妈!我从来没想要骗人,它们为啥要叫我说谎大王呢?"

猴妈妈问明原委,严肃地说道:"孩子,许诺别人的事情,一定要做到,不然,诺言和谎言又有什么区别呢?"

一棵大树

河边上有一棵小树,渐渐地长成了大树。

有一天,大树低下头,看见田野、村庄跟河流是那么矮小,禁不住兴奋地高喊:"看啊,我是多么的高大!"

河水哗哗地响着,对大树说道:"可是,你背后的大山,比你高得多呢!"大树回头一看,果然背后有座大山,高高地耸立着。

大树看着高山,问道:"您那么高大,为什么不骄傲呀?"

大山响亮地回答:"空中的白云,比我高得多呢!"大树抬头一看,果然空中还有白云,在山顶上悠悠地飘荡。

大树对着白云,问道:"您飞得那么高,为什么不骄傲呀?"

白云亲切地回答:"天上的太阳,比我还要高呢!"大树仰头一看,果然云上还有太阳。只见太阳一声不响,正从高高的天宇,把光芒洒向大地。而且,它的目光,始终是投向大地的……

听说,从此以后,大树再也不骄傲了!

冲破"蛋壳"

小鸡在蛋壳里憋得难受。它奋力啄破蛋壳,来到庭院,快活地嚷道:"叽叽叽叽,世界真大!"

有一天,小鸡长成母鸡。它跨出庭院,走到村口,看到了更加广大的世界,忍不住叫道:"咯咯咯咯,天地更大!"

村头有一条老狗,听见了母鸡的话,情不自禁地说道:"傻妹子!这村庄和庭院一样,也是一层'蛋壳'。外面,还有更加广阔的世界!"

这时,恰巧有个哲人走过,只觉得心中一动,仿佛豁然开朗:"是啊!人应该不断打破'蛋壳',来认识这个世界!"

"高贵的马"

伯乐奉皇帝的命令,到民间挑选宝马。

有一匹又懒又病的骡子,竟挤到群马的前面,自命不凡地说道:"选官大人,我是一匹高贵的宝马,望大人务必选上我!"

伯乐抬眼一看,疑惑地问道:"你有些什么长处?"

骡子说:"报告大人,关云长的赤兔马,就是我的爷爷!"

"我问的是,你有些什么特长?"

"禀告大人,薛平贵的红鬃马,就是我的叔叔!"

伯乐皱了皱眉头:"我问的是,你究竟有什么优点?"

"大人容禀,唐僧骑的白龙马,就是我的表哥。"

伯乐发火了:"再讲一遍,我是问,你自己到底有什么本领?"

"大人息怒,张果老骑的神驴,就是我的外公!"

"住口!"伯乐忍不住大发雷霆,"可怜的先生,难道你除了高贵的血统,就再也没有可以炫耀的吗?"说罢,立刻传令,把喋喋不休的骡子轰出门去。

雁寻天堂

很久很久以前,一场凶猛的洪水,吞没了草原,摧毁了森林,把鸟儿们富饶的家乡涤荡得一片荒凉。

面对一片凄凉的景象,大雁伤心极了。它们决定离开家乡,远走高飞,去寻找传说中那幸福的天堂。

雁儿们排着队飞啊,飞啊,飞到南方,四处去寻找天堂。可是,那儿的夏天,热得像火,于是它们又往北方飞。

它们飞啊,飞啊,飞到北方,四处去寻找天堂。可是,那儿的冬天,冰天雪地,于是它们只得再飞回南方……

就这样,一年一年过去了,南来北往,从古到今,大雁还没有寻到一块安身的地方。

这时候,那些留在家乡的鸟儿,却把家乡重新建成了真正的天堂。雄鸡,每天一早把大家唤醒;布谷鸟,分秒不误地催人们耕种;啄木鸟,夜以继日地给树木治病;百灵鸟,用美妙的歌喉为大家歌唱……

据说,大雁有一天回到了故乡,它羞愧极了,感慨地说:"天堂原来是建成的,而不是现成的!"

数学家的魔箱

传说,数学家有一个魔箱。谁见过它,谁就能变得聪明。

真的,第一个见过魔箱的人,成了著名的数学家;第二个看过魔箱的人,成了创造简谱的音乐家;第三个看过魔箱的人,成了电报密码的发明家;第四个看过魔箱的人,成了"四角号码"的创始人……

嘿,就连那最不争气的家伙,在看过魔箱以后,也成了扑克牌的发明者。所以,当代最时髦的电脑专家,也要去求教魔箱呢!

"那么,魔箱里究竟放着什么?"有个孩子日思夜想,要探索魔箱的奥秘。

一天,孩子恰巧碰见了数学家。老人立刻打开魔箱,满足了孩子的要求。

咦,奇怪得很。箱子里别的什么也没有,只有从"1"到"10"这十个阿拉伯数字。

看着孩子失望的表情,数学家纵声大笑:"孩子!一堆砖头乱放着,只不过是一堆垃圾；但如果善于组合,它就能变成大厦。这十个数字也是一样——只要你善于运用,它就能变出无尽的宝藏!"

谁是富翁

传说,时间老人、知识老人和财神爷,有一回结伴巡游人间。

他们经过一座公园的时候,看见长椅上坐着三个人。一个是大腹便便的老人,一个是戴着眼镜的学者,还有一个是正在读书的穷孩子。

突然,财神爷心血来潮,向伙伴们提议:"咱们来猜一猜,这三个人中,谁是真正的富翁。"时间老人和知识老人听了,点头微笑,表示同意。

财神爷自信满满,抢先发言:"这很明白,那个老人有着数不完的钱财,是一个道道地地的富翁。"

知识老人听罢,连连摇头,笑着说:"可是,从知识的角度来讲,他只不过是一个乞丐。所以,真正的富翁,应该是那位知识渊博的学者。"

时间老人听完,哈哈大笑,而且笑个没完没了。

财神爷和知识老人诧异地问:"你笑什么?"

时间老人说:"你们错了。从生命的角度来讲,那孩子有着更多的宝贵财富——时间。而时间,是万能的法宝。只要你善于利用,它就可以变成一切知识和财富!"

维纳斯和三朵桃花

三个小姑娘一同出游。半路上,遇见一位跌倒在地的老婆婆。她们把老人搀扶起来,送回她的家——桃花村。

临别时,老婆婆拿出三朵鲜红的桃花,分送给三个小姑娘,说道:"好孩子,它可以满足你们每人一个爱美的心愿。想要什么?快说吧!"

爱打扮的小姑娘说:"我希望有一套世上最华美的衣裙!"说完,她身上果然流光溢彩,无与伦比。

爱漂亮的小姑娘说:"我希望有一张最动人的脸蛋!"说完,她立刻顾盼神飞,绝世无双。

最小的一个小姑娘说:"好婆婆,我只希望有一个最美心灵!"说完,她心里豁然开朗,一片光明。

数十年以后,老婆婆忽然想起当年的小姑娘们,决定去探访她们。

她找到第一个"小姑娘"。这时,爱打扮的她,只穿着一套普通的衣服,伤心地对老人说:"我那套最美的衣裙,早已破旧了!"

她找到第二个"小姑娘"。只见爱漂亮的她脸上已布满了皱纹。她痛哭着对老人说:"您给我的美貌,还给了时间老人!"

她找到第三个"小姑娘"。只见她脸上洋溢着幸福的微笑,她高兴地说:"这些年,我用整个心灵去爱每一个人,爱就像一粒神奇的种子,已经在所有朋友的心里扎根!"

老婆婆开心极了:"孩子,只有你,最懂得美的真谛啊!"

原来,那个老婆婆,就是美神维纳斯的化身。

马成润（1941— ）

安徽蒙城人。中学退休高级教师。著有《酸葡萄》《刺玫瑰》《含羞草》《尖蒺藜》等文集。

魔　镜

狐狸得到一面镜子,可以把魔鬼照成天使。它想将镜子献给虎王,这样自己一定可以得到重用。

虎王拿着镜子一看,里面出现一个青面獠牙的妖魔。虎王咆哮起来:"你是存心丑化我的形象,拉出去打一百大板!"

原来那镜子,既可以把魔鬼照成天使,又可以把天使照成魔鬼,就看你的修行,要不然怎么是魔镜呢?

网名羞花与闭月,只聊了一次,就觉得相见恨晚。见面一看,一个是狼,一个是狈,于是狼狈为奸。

昵称凤凰与孔雀,它们聊天约定夜半相见。见面一看,一个是黄鼠狼,一个是小鸡,于是惨不忍睹。

叶　澍（1941—　）

本名叶万昌，笔名叶纪，安徽休宁人。中国作家协会会员，中国寓言文学研究会名誉副会长、顾问。著有寓言集《寓言城》《贝壳寓言》《鼯鼠的桂冠》《南海群猴》等。

微雕高手

神州绝技博览会上展出了一件精品，在半粒米大的象牙上居然刻着一座花园，楼亭花木，栩栩如生。

谁是那位巧夺天工的微雕高手？人们纷纷拥向一位驼背的银须老人。老人说："别误会，我的专长是盆景。你们要找的是我儿子。"

博览会一角，人们找到了老人的儿子，他跛着脚正带领大家观赏他的根雕老鹰。"哦，别误会，我的'杰作'是我的儿子，微雕是他刻的。"

人们终于见到了那位巧匠，他年方十六，坐在轮椅上，瞎了一只眼，只有一只手能动弹。

"真是他刻的吗？"人们的眼中分明都是疑惑。

年轻人的父亲帮助他在桌上安好了木座架，夹住了一小块玉，只见他拿起微型刻刀，眯着眼，三下两下，就刻成了一只绿豆大的玉兔。人们轰动了，问他："你父亲是怎么教你的？"他指着桌上的一小片玉说："父亲只告诉了我一句话，我已经把它刻在上面了。"

放大镜下，人们看到了一行秀丽的字："哪怕是最孱弱的生命，只要用毅力集中可用的部分，就能创造出奇迹。"

画展听评

苦苦画了一辈子，老画家的画展终于揭幕了。在人们观赏作品之时，他在一旁悄悄聆听观众的评论。

一人说："幅幅都是精品,无与伦比。"老画家听了,默默无语。

一人称："统统不行,要画得像挂历上的美人一样,那才好卖钱呢!"老画家听了,仍是默默无言。

另一人道："整体不错,但前面几幅不及中间的,中间部分又不及后面的。"老画家听罢,眼一亮,竟激动得前去紧紧地和那位观众握手,连声道谢。

几位年轻画家见了,不解地问："这是何故?"

老画家说："我的画是按创作年代先后展出的,要是从头至尾都一样好,岂不是我数十年的工夫全白费了?最后那位观众肯定了我一生的追求,遇上了知音,我怎能不激动呢?"

徽州渔翁

清江渔舟是徽州一道明丽的风景线。岸边三户渔家各有一只小舟、数只鱼鹰。商界旅游团前去参观。

导游介绍,这三家中一家致富,一家亏损,另一家最惨,鱼鹰都死了,只能停业。

商界来客细问缘由,导游说："原因就出于扎在鱼鹰脖子上的细铁丝上,致富的渔翁给鱼鹰捆的铁丝圈不紧不松,不大不小,鱼鹰小鱼吞下,大鱼吐出;亏本的那家的圈捆得过松过大,本可卖钱的鱼也让鱼鹰私吞了;而最惨的渔家自以为精明,把鱼鹰的脖子扎得又紧又小,结果事与愿违,饿死鱼鹰,血本无归!"

商界人士听罢,感叹不已:"到底是徽商故乡,处处可闻商道。"

量布裁衣

缝纫师有两个学徒,满师前他取出同是三尺见方的两块布料,要徒弟各为他裁一件衣服。

师兄接布,思忖:"只消照'量体裁衣'的师训办,肯定万无一失。"于是,他细心地替师傅量了衣长、袖长、肩宽……自去裁剪了。

师弟把布比了比,眉头皱了皱,旋即也给师傅量了一下,不过,只量了衣长和胸围,便裁剪起来。

不多时,师弟交出了一件合体的马甲;师兄却哭丧着脸,手中提着两只袖子及一些碎布……

夜郎自"小"

夜郎国自汉时闹了个"自大"的笑话,从此谈"大"失色。某些书生一反常态,"自小"起来。

一人曰:"以敝人之见,夜郎国根本不必种树,反正果实不及外面的大,何苦劳神!"

另一人附和道:"就是嘛,依我说连鸡也不用养,夜郎国产的鸡蛋最多像个鸽蛋……"

幸而有人不信邪,久而久之终于培育出了半斤重一只的苹果,育出了产蛋二两一只的优种鸡,而书生们仍不屑一顾,一律冠以"小"字。

一日,突然爆出新闻:外地竟有人不远千里专程前来觅宝,参观这些"小"苹果、"小"鸡蛋。书生们如梦初醒,揉着眼睛说:"真没想到,咱们夜郎国也有不算小的东西……"

但不知书生们会不会从此又"自大"起来。

宰鸡与偷鸡

养鸡场的老头每天偷宰一只鸡下酒,把鸡毛都甩进了粪坑。附近的一只黄鼬全看在眼里。

一夜,黄鼬潜入鸡舍咬住一只鸡就逃,偏偏让老头给逮住了。狡猾的黄鼬苦苦哀求说，它只偷了一只，又是初犯。老头说："这鸡是人民的财产，就是动一根毫毛，也是犯罪！你偷了一只，现在我就剥你一张皮！"说着，就要动手。

黄鼬大叫："且慢，就算我该剥一张皮，那么你呢？你利用管理鸡场的权力天天偷鸡，后面粪坑里的鸡毛都塞满了！你自己算算该剥多少张皮？"

第二天，老头因打死了偷鸡贼——黄鼬，受到了表扬。鸡场里的鸡，却仍在一天天地少下去。

南海群猴

南海猴岛上的一只猕猴，心肠极好，每次上树摘椰子，总不忘给同伴们带回一些。

一天，猕猴发烧躺在家里，口渴难忍，而同伴们全外出玩去了。它只好挣扎着起来，竭尽全力摘回一只椰子解渴。

群猴回到家，一眼看见猕猴床边的椰壳，顿时群情激昂，骂开了："自私鬼装病躲在家里吃独食！"……

猕猴迷惑不解："为什么我十次带了九次，只一次不带，大家就全变了脸？"

楼顶向日葵

摩天大楼的顶上种着一棵向日葵，因土壤不足，高不过三尺。然而，它的头转来转去，鸟瞰城市美景，大有"一览众山小"之感。

它对掠过楼边的老鹰说："喂，算你走运，有幸见到了世上最高的向日葵！"

老鹰乜斜了它一眼，道："且不说我看过高山成片的向日葵，也不说有人把你栽在高处，只问，你有胆量到平地上去和同类比一比吗？"

象棋人生

古时象棋的发明者叫雕刻匠按他的设想把棋子刻出来。面对新做成未刻字的三十二颗棋子,雕刻匠突发奇想:不如听听它们自己的意见,免得一刀下去就定了棋的终生。

"各棋子想当什么,说吧!"——没等他的话落地,喊声一片:"将""帅"……

"那怎么行?'将''帅'一边也就一个,最后再定吧。你们得想想自己的情况,选合适的报来!"

没等他说完,又是一片喊声:"车""马""炮"!——是啊,谁不想横冲直撞,大展身手?

这下子雕刻匠犯难了,左思右想,最后说:"现在我决定,大家抽签,机遇均等……"

于是,根据抽出的结果,雕刻匠得意地刻好了一副象棋,把它们放在了棋盘各自的位置上。棋子们有的兴高采烈,有的垂头丧气。

"相"说:"完了,完了,我再怎么尽力,也永远过不了河。"

"兵"道:"惨了,从此我只能向前,后退一步也不行。"

"车"暗思:"哼,今后看谁敢挡我的路,格杀勿论!"

"仕"窃喜:"虽说出不了宫,老在头儿的身边转也还不错。"

至于其他棋子想些什么,雕刻匠和读者也只好自己去猜度了……

擅于配合的狒狒

紧鼓密锣,一年一度的拉车大赛,即将来临。

从未参赛过的狒狒灵机一动,找到了骏马:"怎么样?咱俩配合,准能拿冠军!"

骏马不解地问:"我们怎么共同行动呢?"

"这个嘛,你只顾拉车就行了。到时候我坐在车上,旁的我全包了。"狒狒解释说。

骏马同意了。比赛的时刻终于到来,狒狒神气十足地坐在车上,骏马拉着车,竭尽全力向终点狂奔,果然,夺得桂冠。

趁骏马卸车的时候,狒狒登上了领奖台,喜鹊伸出话筒采访它。狒狒谦虚地说:"这是我们配合默契、共同努力的结果。"

喜鹊正要进一步问时,狒狒已抱着奖杯走远了。喜鹊只好找到正在喘气的骏马,请它补充。

骏马望着狒狒远去的身影说:"它讲得不错。至于默契嘛,它坐车,我拉车。"

秋翁赏花

秋翁爱花,远近闻名,为觅奇葩珍草外出一年未归。

一日,秋翁回到家园,只见门前围着一群人,正在赏花。他抬眼望去,见一簇簇红杏艳得喜人。秋翁心旷神怡,赞不绝口,回到家中急唤管家道:"门外之花绝妙,速去打听何人所栽,要不惜重金移进园来!"

管家笑答:"此花乃园内之红杏,是从院墙孔中伸出去的。"

秋翁听罢,将信将疑,去到园中,果见如此。秋翁察看许久,叹道:"老夫确是老眼昏花也。此等闲花,在我园中不知其数,何足道哉……"

秋郎寻花

秋翁之子秋郎,酷似其父,嗜花如命,然秋郎不像其父广为搜罗,而是刻意追求完美、奇绝之花。

一年初春,秋郎外出寻花,遍游乡间野外,闻到蜡梅飘香,秋郎说:"虽香而花小。"过一阵桃花盛开,秋郎道:"虽艳而无香。"再过一阵,荷花亭立,秋郎想:"虽出淤泥而不染,毕竟是出自污泥……"时至秋日,菊花竞放,千姿百态,秋郎不免心动,然思忖:"其香不如蜡梅,其色不及桃花,其形不抵池荷,不如回头再寻。"

秋郎原路返回,冬日已至,除能见到些莲子、桃干、梅脯外,何花有之!

楼成柱折

鲁班于深山物色到数棵大树,伐回用以为柱。

"好材料!"监造赞不绝口,"然而,楼仅三层,用之岂不可惜,加三层如何,老鲁?"鲁班皱了皱眉头,勉强点了点头。

六层高楼即将竣工,监造兴高采烈:"啊,老鲁,再加六层吧,奇才难得哪!"

鲁班急忙摇头,道:"月满则亏,弦紧则断,凡事不可过量……""嗳,奇才嘛,物尽其用,不妨,不妨!"监造说。

结果正如鲁班所料:楼成之日,柱折之时!

变形的眼睛

据说,鹅的眼珠是个"缩小镜"。它视马如猫,视牛如羊……故整日趾高气扬,什么也不在它的眼下!人嘛,不管多高、多大,在它眼里一律成了"三尺小儿"。谁要对它稍有"冒犯",它便伸出长长的颈子恶狠狠地啄去!……

传说,骆驼的眼珠是个"放大镜"。无论什么,在它眼里都成了"庞然大物",因此,它总是自惭形秽,谨小慎微,逆来顺受……哪怕是个学龄顽童也能叫他俯首帖耳,唯命是从……

更有奇者,听说还有一种动物的眼睛是"哈哈镜"。在他眼里:长成了短,直成了弯,圆成了扁……于是他咬牙切齿地发誓,要把一切"不成形"的东西统统扫光,并永世不准"复辟"!……它比鹅可恶,比骆驼可悲,实属可恨,甚至可杀。

若问,这到底是什么,属于何纲、何目,则尚待再考,但可断定,绝非人类!

自负、自卑、恶意的偏见,都不是人应有的品德。

魔术师的烟幕

戏法人人会变,各有奥妙。大凡魔术表演总少不了用烟幕,腾腾烟雾中死变活,无变有,点石成金,蛇化美女……几乎无所不能。现代魔术更让人惊讶,众目睽睽之下,哪怕是一架大飞机,眨眼间也能无影无踪。

最近,一位世界级的魔术大师宣称,他要作一次轰动的表演:"大变绿洲"。演出之日,剧场座无虚席。幕启,背景是一片大沙漠,只见他手一指,震耳的轰鸣声中,硝烟弥漫,桥断屋塌,相互杀戮,抢劫成风……观众目瞪口呆。

魔术师彬彬有礼地说:"各位,请耐心,'美味'在后面。"他手一挥,烟雾又起,蓝天上展翅的鸽子们纷纷落下,变成他桌上的一盘盘"烧烤"……

剧场凝固了,异常寂静。观众似乎悟出了什么,场内顿时响起久久的掌声。谢幕时魔术大师对观众说了句意味深长的话:"看魔术,当烟雾四起时可得睁大眼睛啊!"

宫崇家（1944— ）

　　安徽淮南人。曾长期在淮南市大通区任小学教师，淮南市作家协会会员，淮南市大通区作家协会理事。

小鸡找妈妈

　　阳春三月，太阳暖暖地照着大地。鸡妈妈见天空晴好，便带着一群小鸡崽到野外去游玩。出发前，鸡妈妈告诫大家："一定要懂规矩、守纪律，自由散漫容易犯错。"

　　来到野外，鸡小弟感到十分新奇。百灵鸟在蓝天上唱歌，路边和田埂上开满了各色鲜艳的野花，景色美不胜收。更好的是，草丛里还有许多好吃的虫子哩！鸡小弟看呆了，落在后面。鸡妈妈催促鸡小弟快走，说前面还有更美的景色呢！鸡小弟嘴上答应，可脚下就是步子慢，它陶醉在明媚的春光中。

　　忽然，鸡小弟发现一只蚱蜢从眼前飞过，它便飞跑着追上去。可是，蚱蜢又往前飞去，追着追着，蚱蜢便不见了踪影。这时也看不到妈妈了，鸡小弟哭了。恰在这时，正在麦田里捉虫子的燕子姐姐看到了鸡小弟，问明情况后，忙安慰他，妈妈就在前面不远处。在燕子姐姐的指引下，鸡小弟终于找到了妈妈。娘俩谢过燕子姐姐后，鸡妈妈语重心长地说："今后集体活动时，大家一定要遵守纪律、懂规矩，自由散漫是容易出问题的。"

小公鸡学技

　　一只小公鸡经常到离家不远的草地上捉虫子吃。有一次，它吃饱后到一条小溪边喝水，后又顺着小溪往前走，忽然发现前面池塘里有几只鸭子在凫水。小公鸡好生羡慕，不经考虑就跳下池塘。很快它就往下沉，拼命挣扎时还喝了几口水。幸好正在附近游水的鸭大姐赶过来,让鸡小弟踩在自己的背上跳上塘埂。

鸡小弟稍待镇定后,央求鸭大姐教它游泳。鸭大姐对小公鸡说:"我们不论学什么技艺,都要根据自己的具体情况而定。"鸭子喝了口水,继续说,"你和我们鸭子不同,鸭爪子之间有蹼,两腿交替划水,就像船桨一样!而你没有。鸡小弟,你不适合游泳!"

一席话,让鸡小弟心灰意懒。鸭大姐话锋一转:"鸡小弟,你有你的特长——你身手矫健,腿脚麻利,连飞带跑,我们鸭子可赶不上!你可以练习短跑。"这一席话又让鸡小弟充满了信心。稍停,鸭大姐又继续鼓励鸡小弟:"你看,你的父辈鸡冠高耸,一身油光红亮的羽毛,威武英俊,并且都有一副好嗓子。所以,我建议你学习声乐,练习独唱。你的前途一定很精彩。"听了鸭大姐的教诲后,鸡小弟明白了具体问题要具体分析,不再盲目见啥学啥了。

从此以后,鸡小弟每天在练习跑步的同时,还抓紧时间练习唱歌。小公鸡每天天不亮,就亮开嗓子引吭高歌:"小朋友,早早起;喔喔喔,练身体;喔喔喔,要学习……"

戎　林（1946—　）

安徽阜阳人。现为安徽省马鞍山市人民政府文化顾问。中国作家协会会员。著有长篇小说《采石大战》、寓言集《将军和强盗》《吃青草的老虎》等。

食柜里的小偷

非洲的天气太热，中午的饭菜，不到天黑就全部变质。那里的人想了个办法，就是把一种叫散香龟的乌龟放进食橱。这种乌龟头上长着一个香腺，散发出的香味非常浓烈，能消灭细菌，防止食物腐烂。

散香龟一进食橱，心里乐开了花。它望着一碟碟香喷喷的食物，馋得直流口水。

开始，还算忠于职守，渐渐地，它忍不住了。那天，它趁主人不注意，悄悄地尝了一口，好香！第二天，它把每只碟子里的菜都尝一点，一点一点又一点，天天如此。

不知什么时候，主人发现菜少了，有点怀疑散香龟，但又没有证据。于是，开始暗暗地留神。

散香龟觉得没被主人发现，胆子越来越大，心一横，干脆把碟子里的菜吃得精光。

主人打开食橱，面对着一只只光净净的碟子，目瞪口呆：天哪，原来是这个贼！主人一气之下，抓起散香龟，真想把它摔成八瓣。他头脑一转，想出了一个绝妙的主意。

主人做了个小竹笼，把散香龟关进笼子，然后连笼带龟一起放进了食橱。

散香龟这下可傻了眼，隔着竹笼盯着面前的菜肴，嘴不停地吧嗒。它不为自己的行为而羞愧，反而抱怨自己不该一下子把菜吃光，太显眼了。

利用别人对自己的信任干着不可告人的勾当，总有一天会露馅的。

理事长不该让鲸当

听说海洋的鱼类要成立动物协会,大鲸也赶来报了名。在讨论领导成员名单预备会上,比目鱼第一个发言,说鲸个头最大,是大海里的巨无霸,协会的理事长非它莫属。

鱼群纷纷响应:"我同意!""我没意见!"

大黄鱼突然冒出一句:"我不但不同意它当理事长,还反对它参加我们的协会!"

"为什么?"大家都感到惊奇。

"因为它不属于我们鱼类!"

"胡扯!"比目鱼拿出鲸填写的表格,"你看看,这'鲸'字旁边就是个'鱼'字,不正说明我们是一家吗?"

大黄鱼反问比目鱼:"你说说,我们鱼类的特点是什么?"

"这还用问?第一,凡鱼类须用鳍游泳;第二,须用鳃呼吸;第三……"

大黄鱼打断了比目鱼:"请问,鲸是用鳃呼吸吗?是用肺呼吸呀。我还发现它的孩子是喝奶长大的,我们鱼类可不是这样。"大黄鱼还想往下说,桌上的电话铃响了,是鲸打来的,说它不能参加鱼类协会了,要参加哺乳类动物协会。

在场的大鱼、小鱼全都愣了。

看来,不论什么事,都得多动脑筋,要有自己的见解,千万不要盲从。

长颈鹿的心病

小山羊家里有一台血压计,长颈鹿跑去一量,不得了,它的血压比人的血压高两倍还不止!长颈鹿急得要命。它觉得天空变得那么暗,花儿也失去了芳香,连泉水也苦涩涩的。

它赶紧跑到药店里买了几瓶降压灵。可全部吞下也不管用,头反而更晕了。

小绒猴见长颈鹿焦急的样子，关切地问："长颈鹿哥哥，你怎么啦？"

长颈鹿把事情一说，小绒猴劝它到森林医院去治治。

长颈鹿进了医院。白鹅大夫给它量了量血压，又用一根皮尺量量它的脖颈。长颈鹿想，也不做衣裳，量这干什么？白鹅大夫说："你不是高血压，是低血压。"

长颈鹿又是一惊。

大夫接着说："你的脖子很长，离心脏有三米远。所以，你的血压必须比一般人高两倍才行。不然，血液就打不到脑袋上。"

长颈鹿听了长长地吁了口气，又问："那我怎么又成了低血压了呢？"

"是因为你吃了几瓶降压灵，对吗？"白鹅大夫收起了血压计，对它说，"不要紧，过几天就会好的。"

长颈鹿走出医院。它觉得天空格外明朗，花儿分外地香。喝一口泉水吧，一直甜到了心里。真不明白，世界怎么变得这样美好。

小海参的防身术

海参妈妈教给小海参一套防身术，小海参总想找个机会试试妈妈教的本事灵不灵。这天，一只大青蟹正在岩石缝里睡大觉，它游过去，嬉皮笑脸地说："青蟹青蟹眼睁开，老子给你送饭来！"

大青蟹被逗得火冒冒的，猛地伸出大钳，小海参后退两步，立刻使出妈妈教它的防身术——把肚子里的肠子全都抛了出来。

大青蟹抓起来就往嘴里塞，眨眼就吃个精光。大青蟹刚钻进石头缝，不料又传来小海参的嬉笑："青蟹青蟹你真孬，把人家的肚肠当个宝！"

大青蟹这才知道上了当，气得直吐泡泡。

小海参回到家，把发生的一切说给妈妈听。妈妈一惊："孩子，不到万不得已，千万不能用这个法子。"

"为什么？"

"你还小，说了你也不懂，等你长大了我再告诉你。"小海参还死死缠着妈妈不放，妈妈只得悄悄告诉它，"这是我们海参家族唯一的护身法宝……"

既然是法宝,为什么不能试试?小海参根本不听妈妈的话。等新肚肠长出来,又跑到水草边,对伏在水草里的大青蟹挑逗起来:"青蟹青蟹眼睁开,老子给你送饭来!"

大青蟹装着打盹,等到小海参一靠近,猛然伸出大钳,夹住了它的腰,疼得它身子直扭。焦急中,它赶紧把肚肠往外挤,天哪,无论它怎么挤,大青蟹还死死不放。

大青蟹恶狠狠地说:"这回,你以为我还会上当吗?"

青鱼抢房

大水塘里分房子。青鱼和鲫鱼分在一层,草鱼住二层,鲢鱼和胖头鱼住最上面一层。

青鱼爷爷一肚子不快活,心想:哼,凭什么让我住在最底层,让它们住在我们头顶上?它把儿子、孙子叫到一起,气势汹汹地说:"给老子抢,二层抢来我住,三层给你们!"

住在隔壁的鲫鱼忙跑来劝说:"青鱼大哥,别忙,别忙,去问问清楚再说,也许这样分有道理呢?"青鱼大声说:"这不是明摆着的吗?有意欺负我。你甘心住一层你就住好了,别管我!"

青鱼当天就和它的儿孙们冲上二层、三层,把草鱼、胖头鱼打得落花流水,狼狈而逃。

谁知不要半天,它们就发现了一个大问题,这里没有它们吃的!青鱼叫儿子吃水草,儿子头直摇;叫孙子吃浮蜉,孙子说吃不下。

整整饿了三天,他们招架不住,只好老老实实地搬回楼下。鲫鱼笑眯眯地迎上来说:"哎呀呀,我都打听过了,房子这样分完全合理。"还说,"你和我住一层是因为我们爱吃水下的螺和蚬,草鱼住二层是因为它们爱吃水草,鲢鱼和胖头鱼住三层,吃的是浮蜉。"

青鱼爷爷一声不吱,闷下头,大口吃着水下的螺和蚬。

鸡蛋洗澡

一只鸡蛋刚被生下来,它感觉全身热乎乎的。正得意,一阵细微的声音在身边响起:"蛋生,蛋生,祝贺你胜利诞生!"

是谁在说话?怎么一点也看不见哪?鸡蛋欠着身子吃力地朝四周瞅瞅。那个声音又在响:"我们是细菌,是肉眼看不见的细菌。对于你的光荣诞生,我们表示热烈的祝贺。"

一听说是细菌,鸡蛋一肚子不快活,还在妈妈肚子里的时候,它就听说过细菌,小得连肉眼都看不见,真是无孔不入的坏家伙,钻到哪里,哪里就会发霉、变臭。鸡蛋越想越来气,大声说:"滚开,我不认识你们!"

"你不认识我们,可我们认识你呀!"细菌们一起乱嚷嚷,"你以为我们是坏蛋吗?其实错了,细菌也有好的,比如我们……"

"去去去!"鸡蛋不耐烦了。

细菌们还在讥笑它,这个说:"笑话,我们不嫌它脏,它倒嫌起我们来了。"那个说:"生下来也不洗个澡,满身骚烘烘的,呸!"还有的在说:"走吧走吧,难闻死了。"……

鸡蛋听了,心里直嘀咕,是呀,连最脏的细菌都嫌我脏,看来是该洗个澡。

可是它没想到,当它洗完了澡,晾干了身子后,那些不知躲到哪儿的细菌忽然全冒了出来,七嘴八舌地吆喝着:"嘻嘻,蠢蛋上当啦,上当啦!""等着吧,要不了几天它就会发黑、变臭。""我们胜利了,冲呀!"

原来鸡蛋生下来时身上有许多肉眼看不见的小孔,被一层层胶质掩盖着,细菌们无法钻进去,所以细菌就骗鸡蛋洗澡,等把胶质洗掉,它们就好往里钻了。鸡蛋听见细菌们那疯狂的叫声,惊得一句话也说不出。

青蛙剪舌头

一个偶然的机会,花鼓青蛙发现鹦鹉说话的秘密。没用半天,他把这个发现传遍了整个池塘:"嘿,你们晓得鹦鹉为什么会说话?我亲眼看见是一位公公每月为它剪一次舌头……"青蛙们一起鼓噪起来:"难怪它那么讨人欢喜,原来玩了这一手。走,我们也找老公公去!"

清早,老公公来到了湖边,青蛙们全蹦了上来,围上来要他帮助剪舌头。

老公公掰开这只青蛙的嘴巴,看看那只青蛙的舌头,连声说:"剪不得,剪不得!"

青蛙们一起叫起来:"别人能剪,我们为什么不能剪?"

老公公呵呵地笑了:"你们的舌头根是倒着生长的,舌尖分了叉,碰到害虫,便将舌头全部放出来,把那些害虫一下子就裹进了嘴巴里。"停了一会儿,公公接着说,"这么特殊的舌头,要是剪了,你们喝西北风呀!"

花鼓蛙还在咕噜:"剪吧剪吧,我们实在不想捉虫子了,累坏啦!"

老公公看劝不好,便叫鹦鹉张开嘴巴,对它们说:"来,你们看看。鹦鹉的舌头尖上生长着一种硬硬的角质,剪圆以后,反复训练,就能发出声音。而你们却异想天开……"

"别异想天开喽!"鹦鹉在后面学了一句。

青蛙你看看我,我瞅瞅你,不知说什么好,花鼓蛙把胳膊一抡,赌气地说:"走!"大家便跟着它扑通通跳进了大湖。

太阳公公羞红了脸

太阳升起来了,田野、山林、房屋……镀上了一层金灿灿的霞光。百灵鸟亮开了银铃般的歌喉,小草伸直了腰杆,鲜花抖着露珠……看哪,那棵由千百片小花瓣组成的向日葵抬起了头。

这时,只要太阳公公向东,向日葵就向东;太阳公公向西,向日葵便把脸盘转向西方,始终向着太阳那红彤彤的面庞。

一种说不出的自豪感在太阳心中升起。是呀,万物生长靠太阳,没有太阳,整个世界将永远沉没在黑暗之中。太阳对向日葵感到特别满意,心里默默地想,向日葵,向日葵,多么美的名字,但愿大地上的万物都能和你一样,对我一片真诚。太阳越想越激动,朝向日葵热情地打招呼:"站高一点吧,我可爱的向日葵!快给大伙儿说说,你为什么对我这样忠诚,为什么整天向着我旋转,快说呀,别不好意思!"

向日葵愣了愣,这个老公公怎么这样想呢!它清清嗓子,点着头说:"太阳公公,我感谢你,是你给了我阳光,使我发芽、生长,我一生一世也忘不了你。可是,我要对你说,我的脸老围绕着你转,绝没有一丝一毫讨好你的意思,那是因为脖子上的生长素分配不均造成的……"

太阳大吃一惊:"什么?你说什么?"

"你可能不知道,生长素害怕阳光。当我的脖子里的生长素见到你的光线时,马上就全部躲到背光的一面,所以使背光一面长得特别慢。这样,我的脖子只好向你弯曲,我的脸也只好随着你的东出西落转来转去,可你却自以为是……"

我的天,是这么回事!向日葵这意外的解释使太阳羞愧不已,它实在是太难堪了,慌忙扯了块云彩遮住了红得发烫的脸。

招聘检验员

树叶报上登出一则广告:药材公司急需一名药材检验员。大黄狗、小蝙蝠、灰脖鸽一齐来了,围着经理直打转。

大黄狗抢先说:"我的嗅觉特灵,公安局还请我捉过盗窃犯哩。收下我吧,经理!"

小蝙蝠说:"我能产生超声波,通过嘴巴、鼻子发射出去,碰到东西再反射回来,再用耳朵接收。有了我,什么药品都能检验出来!"

灰脖鸽说:"我的眼力特好,能从上千个伙伴中一眼发现我的爱人,还能从无数巢中认出自己的家。"

经理叫它们当场表演,大家忙了半天,结果只选中了灰脖鸽。

大黄狗和小蝙蝠一肚子牢骚,心想,还不知这个经理在搞什么花样呢!

他们正想不辞而别,却被经理叫住,说要带它们上科研所走一趟,请科学家看看,说不定能派上用场呢。

不出经理所料。当天,科研所把大黄狗推荐到矿山研究院,将小蝙蝠介绍给盲人科研所。大黄狗这两年在矿山里探出了几种稀有矿,抽空还帮煤气公司检查煤气管道,还帮邮电局查出一包装有炸药的邮包。小蝙蝠也不简单,科学家爷爷模仿它的器官制造出一种盲人探路仪。这些天,它正忙着在昆虫协会介绍经验呢!

不论在哪个岗位上,它们都一直记着那位好心的药材公司经理。

碘酒和红汞的友情

深夜,药房里静悄悄的,只有药箱里的一瓶碘酒和红汞在谈心。

"好样的,你真是好样的!进过那么多医院,参与那么多大大小小的手术,杀死了那么多细菌。"红汞的声音细微、亲切。

"哪里?我的脾气暴躁得很,对破裂的皮肤和伤口有刺激性。小朋友们不喜欢我,而喜欢你。你的性格好,温柔,又有耐心……"碘酒瓮声瓮气地说。

红汞有些不好意思,轻轻地嗫嚅着:"瞧你说的,小朋友们喜欢我,是因为我不大使他们感到疼痛,而你呢,消毒能力比我强好几倍。要不,为什么每遇到重大外科手术、骨科手术,医生们专门请你而不请我呢?我的确不如你,真的。"

"别谦虚了,好妹妹。"碘酒的话十分诚恳、坦率,"我亲眼所见,那天,小宝放鞭炮把眼睛崩坏了,医生们坚持请你去消毒,还夸你对皮肤黏膜没有伤害和刺激作用。我还听说,不光眼睛手术请你,连鼻孔、口腔的手术都得由你出马,我算什么!"

"哪里哪里!许多地方我赶不上你,还得向你取经。"红汞的话中充满了对碘酒的爱慕之情。

就这样,它俩天天晚上在药箱里亲切交谈,越谈越倾心,越谈越激动。直到有一天,碘酒终于忍不住,向红汞大胆地提出自己的要求:"红汞妹妹,我们要是能一辈子生活在一块儿该多好!"

红汞明白了它的意思,脸一下子涨得通红,把头点点,表示没有意见。的确,它也深深地喜欢上了这位忠实可靠的伙伴。

经过进一步的了解,它们决定生活在一起。就在它们要合二为一的那天晚上,被躺在一角的手术刀发现了,它大声嚷起来:"哎呀,不行不行,你们是近亲,合在一起,会产生碘化汞。那可不是好东西,倒在人身上,不仅妨碍伤口愈合,还能钻进人体去放毒。你们千万不能凭一时冲动,倒在一起,千万别,千万别!"

红汞和碘酒大大地吃了一惊,它们互相看看,无可奈何地叹了口气,左思右想,觉得手术刀说得有道理。为了不给人类带来痛苦,它们决定不生活在一起了。是啊,交个朋友不是挺好的吗?

第二辑

程　谱（1950—　）

本名程玉生，安徽怀宁人。中国儿童文学研究会会员，安徽省作家协会会员。著有《小小机灵猴》《聪聪兔、机灵猴和博士象》等。

鹭鸶与狐狸

鹭鸶正在沙滩上跳舞。一只灰狐狸窜了过来，吓得它腾空而起。

"鹭鸶小姐，救救我吧！骨头卡住了我的喉咙，请帮忙！别害怕，我是不会伤害你的！"

"我怎么救你呀？"鹭鸶见狐狸痛苦的样子，急忙地问。

"鹭鸶小姐，只要你把骨头衔出来就行了。哎哟！哎——哟！"它看起来好可怜，心里却乐滋滋：哈哈，鹭鸶的肉，从没吃过，倒霉的家伙，你就等死吧！

"张开你的嘴巴吧！"

狐狸急忙张开嘴巴。鹭鸶心里却一惊，它看见狐狸牙齿上还有白绒绒的毛和肉屑。"我差点上了当！我得制服它！"鹭鸶发现身边有一只连线的鱼钩，便悄悄地将鱼钩衔在嘴尖，线连在自己的脚上，便对狐狸说，"先生，你得闭上眼睛，免得我害怕呀！"

狐狸一听，好不高兴，闭上眼，嘴巴张得更大。

"看你耍花招！看你死性不改！"当狐狸还没来得及扑向鹭鸶的时候，那只锋利的鱼钩早已钩住了它的舌头。鹭鸶扑腾着拉着线儿拖着狐狸不放。

这时的狐狸，嘴里鲜血直流。

聪明的鹭鸶急中生智，惩罚了狐狸。它进一步认识到：狐狸难改狡猾的本性，不断玩弄新的花招！绝不可轻信它的花言巧语，不然会受骗上当，后果不堪设想。

友谊桥

一群蜡笔娃娃,长着不同的肤色。一天,它们争吵起来——

红娃娃说:"我的用途最大,能画红太阳、红花……"

"你算什么!"黄娃娃抢着说,"我能画大黄梨、黄香蕉……"

"我画的绿草、绿柳可美了!"

"你们那点本领算啥!我能画蓝蓝的天、蓝蓝的海,谁敢和我比?"蓝娃娃傲慢地说。

忠厚的紫娃娃说:"你们只说自己的本领大,看不到别人的长处。我建议,大家共同画一幅画,好吗?"

它们一起作画。看,蓝蓝的天上挂着红太阳,阳光下的青山格外美丽;山溪像绿色的飘带;溪边红花绿柳,金色的麦浪一望无际……

"啊——真是美极了!"它们惊叹地说。

"知道了吧,这就是集体的力量!"

大家低下头。"我们大家手拉手,唱一支《集体力量大》好吗?"紫娃娃建议说。它们唱着、跳着,又画了一道彩虹。啊,那就是他们架起的一座友谊桥!

众人拾柴火焰高,集体力量大无边。

白头翁学艺

小鸟想寻师学艺,想成为歌星。黄鹂答应了它诚恳的要求,并让它每天练唱、吊嗓子。于是,它唱呀唱,练呀练,没过多少日子,它就不辞而别了。

它想成为舞蹈家。蝴蝶也允许了它真挚的要求,并让它坚持练习。于是,它跳呀跳,没练多久,它又不辞而别了。

它又想成为名医。啄木鸟同样答应了它的恳求,并要求它勤学苦练。于是,它去给大树看病、捉害虫。没多少日子,又不辞而别了。

"唉——"它长长地叹了一口气。

喜鹊大婶见它懊丧的样子,就说:"你想唱歌成明星,你想跳舞舞春风,你想治病成名医……可想这想那不用功!到头来,啥也没学成,成了一个白头翁!"

见异思迁的人,到头来啥也没学成。

薛贤荣（1950— ）

　　笔名贝木等，安徽肥东人。中国作家协会会员，中国寓言文学研究会理事，安徽省儿童文艺家协会副主席，安徽电子音像出版社原总编辑、编审。著有寓言集《小猴躲雨》《否否先生》《国王与海盗》《老鼠和神灯》《狼兄弟猎驴》《得意的大灰狼》等和理论专著《寓言学概论》。

小猴躲雨

　　有三个猴子耐不住林中的寂寞，相约下山一游。大概是贪恋于田野的景色，竟忘了时辰已到黄昏，天气阴晦欲雨。等它们意识到这点时，豆大的雨点已劈头盖脸打了下来。恰巧，路旁有一座看青人搭的小木屋，三个猴子便决定进去躲雨。

　　第一个猴子一步跨到门口，却失望地咂砸嘴，转身对两个伙伴说："倒霉！这门是关着的。"

　　第二个猴子绕小屋转了一圈，垂头丧气地告诉大家，窗子也都关着，进不去。

　　第三个猴子嚷道："别浪费时间了，我们快来想想办法吧！"

　　于是，三个猴子围成一团，冒雨开起了讨论会。它们设计了一个又一个开门方案，又一个接一个地否定掉。最后，它们都认为这木屋是无法进了，只有冒雨回到树林中去。

　　正在它们欲走未走的当儿，一阵风把门吹开了。三个猴子又惊又喜：啊，原来门是掩着的，压根儿没锁！

　　惊喜之余，它们想：花那么大的劲儿去开会研究，还真不如亲自动手推一推哩。

不争气的马

参观了精彩的赛马会,在回家的路上,主人感叹地对座下的马说:

"我的马啊,今天的比赛你可都看见啦,那一匹匹腾云驾雾、追风撵月般的骏马,多棒啊!可你呢,走起路来慢慢腾腾,一步三摇,活像一头老驴!要不是熟马难舍,我真想把你卖了。唉,你就不能给我争口气吗?"

"我怎么能跟那些骏马相比!它们的装备可比我强多啦,就说鞍子吧——"

"哦,对!对!"主人恍然大悟道,"那些骏马的鞍子,确实都是明光锃亮的!好,我马上去给你配一副好鞍子!"

马鞍很快配好了,可是这匹马依然如故。

主人忍不住又发起牢骚来。

马说:"你不就配了一副鞍子吗?可那些骏马的装备,还是比我强,再说辔头吧——"

"哦,"主人道,"那些骏马的辔头,似乎是要强些。"于是他又买来了新辔头。

对马的所有欲望和要求,他都尽量满足。遗憾的是,这匹马始终没有丝毫长进。

主人苦恼万分,百思不解:

"我给了它一匹骏马所拥有的一切,可它为什么不能成为一匹骏马呢?"

一个朋友告诉他:

"因为你手里缺少一根鞭策它上进的鞭子!"

长寿水

青蛙无意中跳进一口浅井,发现一只千年老龟。

"你真的活了一千岁?"青蛙问。

"真的。"

"你一直生活在井里?"

"不错。"

"喝这井水长大?"

"是的。"

"哈哈,我发财啦!"青蛙乐得呱呱大叫。

"发财?发什么财?"老龟摸不着头脑。

"听着!"青蛙说,"因为你一直喝这井水长大的,所以能长寿千年。这说明,这口浅井的水是一种长寿水!我要办一个长寿水开发公司,向全世界高价出售长寿水,那些老板大亨、明星大腕、百万富翁千万富翁亿万富翁,谁不想长寿?好,拿钱来买水!哈哈,我发财啦!"

"且慢!"老龟说,"我的长寿跟这井水没关系……"

"这话可不能往外说,傻瓜!事实上你就是一直喝这井水长大的,事实上你就真的活了一千岁,这就够了,足够了!好啦,你是活广告,只要给我证明这一点就行啦!等着享福吧!"青蛙蹦跳着筹办公司去了。

"这事儿能成吗?"老龟呆呆地想。

事实证明老龟多虑了。青蛙在井旁开了家长寿水公司,挂牌营业后,生意兴隆,全世界买水的人络绎不绝。

浅井的水很快被抢购一空。

"这下该停业了吧?"老龟想。

"本公司怎么能令顾客失望呢?"青蛙说,"不能停业,我自有办法。"

青蛙从山溪边埋了根水管直通到井里,把溪水引入井里。这个井有永远用不完的水,长寿水公司继续营业,生意兴隆。

晚九秒

"哥伦比亚号"航天飞机绕地球转了三十六圈,历时三十六小时又二十一分钟,然后,稳稳当当地降落在加利福尼亚的机场上。

一群记者蜂拥而至,众星捧月般围住了这位从太空胜利归来的英雄。

"请您谈谈感想!"

"请您给本报题词!"

"请您对电视观众说几句话!"

"好吧,"太空英雄等乱糟糟的声浪稍稍平息后,沉稳地回答说,"这次飞行,基本上是成功的!"

声浪再一次轰然而起:

"您太谦虚了!不是基本成功,是完全成功!百分之百成功!千分之千成功!完完全全成功!简直太神奇了!整个地球都将为您喝彩!Very good!"

"不,不不!只能说基本成功,因为据控制中心说,我比预定着陆时间晚九秒。"

人群一下子安静下来,静得连蚂蚁打架都能听得见。一位记者收起镁光灯,合上笔记本,不悦地说:"既然晚九秒,就说明不成功。太令人失望了!对不起,拜拜!"

一半记者跟着他走了。

"不!"另一位记者说,"晚九秒算什么?想想吧,三十六小时又二十一分钟,三十六圈,才晚了九秒!根本不值一提,不值一提呀!本报立即报道,绝对成功!"

他的话得到了另一半记者的响应。

第二天,全部新闻媒介都报道了此事,但观点截然相反:要么完全肯定,要么完全否定。至于晚九秒,谁也没有提。

另一只耳朵

画家给老农画了一幅侧面肖像画。

他画得一丝不苟,逼真毕肖,自以为是一幅写实主义的杰作。画好了,他十二分满意地交给老农,准备领受几句夸奖。

谁知老农接过画像,只看一眼,便勃然大怒,质问画家:

"我怎么只有一只耳朵?另一只耳朵呢?"

画家一下子愣住了,好半天,才开口解释说:

"这是侧面肖像,只看见一只耳朵。"

老农拽了拽自己的耳朵,说:

"可是,我确实有两只耳朵呀!"

"另一只耳朵在后面,遮住了,看不见的。"

老农将画像反过来看了看,吼道:

"骗人!后面哪里有?狗屁画家!"

画家气得直喘粗气,真想大骂一通:蠢货!笨蛋!饭桶!你连最起码的空间意识都没有,怎么能同你谈得清楚?

可是,他突然沉默了,他想起经常发生在自己身上的类似寻找"另一只耳朵"的故事。

人啊,愿你们多去掉一些遮蔽,多增加一些睿智!

鲤鱼的怒斥

在一个快要干涸的浅水沟里,有条鲤鱼在苟延残喘。它知道无情的阳光马上就会把这点可怜的水晒干,自己的生命也即将结束。

这时,沟旁的路上走过一个人来,见到鲤鱼,他高兴地叫道:

"哈哈!老天爷送给我一顿美餐!"

他跳下沟去轻而易举地捉住了鲤鱼。

"饶了我吧,"鲤鱼哀求道,"我是如此瘦小,不够你吃一餐的!"

"你再瘦小,做一碗汤还是够的。"

"你放了我,我会打心眼儿里感谢你!"

"算了吧,还是用你做成鱼汤感谢我吧!"

这人完全不听鲤鱼的哀求,蹦跳着往家里跑去。

也许是这意外的收获,使他高兴得忘乎所以;也许是他活该倒霉,在路过一个池塘的时候,他跌了一跤,不知怎么的,手里的鲤鱼被甩进了塘里。

"啊,啊!"这人一把没抓住,眼看着鲤鱼尾巴一甩,就要往深水里钻去。

"慢,慢着!"他站了起来,义正词严地侃侃而谈,"你刚才说过要感谢我,现在怎么一句话也不说就要溜走?都像你这样的话,世界上还有没有'信用'二字?我把你从绝境中解救出来,又把你放进这天堂般的池塘里,你扪心自问,要不是我,你还能活几时?"

"要不是你,我或许已经死了。可是,你捉我的目的,原本是想吃掉我。不过是个很偶然的机会,使我无意中获得了新生。如果你因此还想得到报酬,那世界上还有没有'无耻'二字?"

海的沉思

大海欣喜地看到无数条河流源源不绝地流进自己的胸怀,它高兴地喊道:

"谢谢,我的流水们!是你们的注入,使我永远博大宽广、浩瀚无垠!"

"这不是我们的功劳呀!"流水们答道,"你得感谢雨水才成,要不是它们经常从空中降落下来,加入我们的队伍,那我们早就被干涸的大地吸收消灭啦!"

大海连忙向雨水致谢。

"不要谢我们,不要谢我们!"雨水说,"是云朵孕育了我们,是云朵孕育了我们!要谢,还是谢云朵吧!"

于是,大海向云朵高声致谢。

云朵一听,笑得前仰后合、上下翻腾:

"谢我吗?哈哈,那还不如谢你自己!"

"为什么呢?"大海诧异地问。

"因为正是你孕育了我呀!太阳光把你身体里的水分蒸发上来,聚在一起,就形成了我——云朵呀!"

"哦!"大海若有所悟地沉思起来。

它是否悟出什么真理了呢?

三人过海

丞相、财主和农民坐着一条大船过海。

丞相说:"我身居高位,官职显赫,吃喝穿戴,全不用操一丝半缕儿心!这一辈子,也算得上立身有本了。"

财主说:"我虽属布衣,未入官场,但家有万贯钱财,吃喝穿戴,全然不愁,这一辈子,也算得上立身有本了。"

他们一起问农民:

"你有什么呢?"

农民回答说:

"我什么也没有。只是在长期挨饿中,我学会了识别各种野果野菜,孬好也算是一门知识吧!"

丞相和财主哧哧笑道:

"这门穷知识顶屁用,你还不是一无所有!"

他们的讥笑还未结束,这只船突然触礁了,顷刻间便沉入海底。三人抱着一块木板,漂泊到一座荒岛上。

农民采来野果野菜,聊以充饥解渴。

丞相和财主饥渴得熬不住,又没有识别野果野菜的本领,只好胡乱采些来吃,不想恰好吃了有毒的果子,都呜呼哀哉了。

几天后,救援的船只赶到,将农民救走了。

农民临上船时,指着丞相和财主的尸体说:

"你们这下明白了吧?官职和钱财全是身外之物,算不得数的,只有知识才是赖以生存的立身之本啊!"

歌唱家黄鹂

一只黄鹂,在食物丰富、环境优美的森林里长大。后来,它唱出了美妙的歌,成了森林歌唱家。

这天,《森林艺术报》的记者翠鸟前来采访它。

"黄鹂小姐,说说你奋斗、成长、出名的经历吧!你一定付出过超常的努力,一定经历过巨大的挫折——成功的名人个个如此,你也不能例外!"

"可是,我……"

"好吧,让我来启发你——你小时候没吃没喝,瘦小如蚁,有一次差点儿被蜘蛛吃了。"

"有这事儿吗?"

"你父母双亲至少应该死掉一个。死谁好呢?就死你爸爸吧!"

"怎么会呢?"

"你的喉咙一直有病,不能发声。你从小是个哑巴鸟。"

"这是真的吗?"

"有一次,你和妈妈一起看了场精彩的演出,那位百灵小姐唱得多好啊!你对妈妈说,总有一天,你要像它一样,成为著名歌唱家!"

"我实在记不得了。"

"从此你冬练三九,夏练三伏,为了学唱歌,你牺牲了吃饭和休息的时间。非洲的鸣蝉、澳洲的叫天子,你都曾拜它们为师……终于有一天,哈哈,你成功了!太感人了!"

翠鸟的大作很快发表了,黄鹂读后,感动得直掉泪,可它疑惑地想:这写的真是我吗?

向两只蜗牛敬礼

春暖花开的时候,燕子从南方飞了回来。途中它停留在一棵大树上休息,忽然听到有极细极细的声音在说话。

一个声音说:

"我想到远方去旅游。"

另一个声音说:

"好主意,我同你一起去。"

燕子仔细一瞧,原来说话的是两只蜗牛。

燕子在心里发笑:

"这两个吹牛的家伙,既没有翅膀,又不会走路,只能慢慢蠕动,怎么能到远方去旅游呢?做梦吧!"

燕子休息了一会儿,慢慢恢复了体力,就飞走了。

第二年,又到了春暖花开的时候,燕子再一次从南方飞来,停在一棵树上休息。

它又听到了极细极细的声音在说话。

一个声音说:

"啊,我们终于到达了远方!"

另一个声音说:

"我们走过了多么漫长的路程啊!如今愿望实现了,真高兴啊!"

燕子仔细一瞧,原来说话的就是去年见过的那两只蜗牛。

燕子在心里笑道:

"看来,它们花费了整整一年的时间,从那棵树爬到了这棵树,而两棵树的距离,最多也就一千米啊,怎么能算远方呢?笑死我了!"

可是,突然,燕子心里咯噔一下:

"不对呀,我怎么能用燕子的标准来衡量蜗牛呢?它们自身条件那么差,但不甘平庸,立志去远方旅游,历经千辛万苦,最终实现了愿望。这种精神其实很可贵呀!"

燕子想到这里,真诚地向两只蜗牛敬了个礼。

冷漠自私的大黑熊

在一个寒冷的冬天,树林里白雪皑皑,北风一阵紧似一阵,冷得连空气都在打哆嗦。

天快黑了,一只小松鼠在树林里深一脚浅一脚地走着,它迷了路,想找个遮风避雪的地方住一夜。

小松鼠看见一个树洞,刚一探头,一个声音传了出来:"我先发现这个树洞的,现在,这儿已经是我的家了。"

说话的是一头大黑熊。

"对不起,打搅了!"小松鼠说,"我迷了路,能进来住一晚吗?明天太阳升起的时候,我就能找到回家的路了。再说,树洞还是挺宽敞的,我们一起住也能住得下。"

"是很宽敞,可是我习惯了自个儿住。"大黑熊说。

小松鼠还想说什么,大黑熊发火了:"别进来!你私闯民宅,是犯法的!"

大树看不下去了,劝道:"大黑熊啊,你住的房子是我的,我既没有收你的房租,又没有赶你走,如今小松鼠遇到了困难,你应该让它住进来呀!"

大黑熊还是不愿意。天已经完全黑了,小松鼠只好睡在树根旁。天太冷了,小松鼠睡不着,它看见不远处有个坑洞,想避避寒,就跳了进去。谁知那是猎人挖的陷阱。大树想阻拦,已经来不及了,小松鼠跳进陷阱,就失去了自由,再也不能回到树林里了——它被猎人捉了去。

大树目睹了这件事的全过程,它既伤心又生气,责备大黑熊说:"你呀你,你太冷漠了!"

树林里的其他动物很快都知道了这件事,它们纷纷前来责备大黑熊说:"你呀你,你太自私了!"

大黑熊羞愧极了,在一片责备声中离开树洞。它低着头,流着泪,一步一步走向远方。树林里的动物们,从此再也没有看见它。

后来,大树收到了大黑熊从远方寄来的一封信,信中说:"我现在明白了,不管是谁,只要它冷漠、自私,就不会得到幸福。"

有意义的狼

有一次,狼被猎狗逼上悬崖,无路可逃了。狼只好返身跟猎狗厮打。

在正常情况下,狼是斗不过猎狗的,可是这回出现了例外情况,猎狗居然被狼打败了!

狼正为捡了条命而高兴,白头翁博士飞来了。

"狼啊,你知道这次胜利的意义吗?"博士问。

"意义?什么叫意义?我不知道啊!"狼说。

"你是第一个打败猎狗的狼,意义非同小可呀!"博士说,"你将被写进狼国的教科书,以后就成了狼国历史上的亮点!"

狼听得似懂非懂,但知道这是一件有面子的事,着实高兴了一阵子。

又有一次,狼不小心掉进了一个深坑,它即使费尽力气也爬不上来,只好在里面待着。这一待就待了半个月,狼没吃一顿饭,没喝一口水。后来,大风吹断了一根大树干,正好掉进坑里,狼才顺着树干爬了上来。

狼为意外得救而高兴,白头翁博士又飞来了。

"狼啊,你创造了一个奇迹!"博士说,"你成了最耐饿、最耐渴的狼!你知道这意义有多大吗?"

"知道知道,"狼说,"我会被写进书里,还能成为狼国历史上的亮点。我真高兴啊!"

"先别忙着高兴,"博士说,"你既然是一只有意义的狼,今后,没有意义的事就不要去做了,要专做有意义的事!"

"好啊!"狼记住了这句话。

打这以后,每当狼饿了、渴了、困了,它想去捕兔子、捕山鸡,或者想到溪边喝水,或者想找个隐蔽的地方睡一觉,它就会想:这事儿有意义吗?这是普通的狼都会做的呀!这么一想,它就放弃了。

这只狼整天去寻找有意义的事,可是再也没有找到。

它被"意义"折磨得痛苦不堪,很快就垮了,就在它奄奄一息的时候,白头翁博士又飞来了。

"我看你快不行了,真可惜!"博士说,"你不是一只普通的狼,你是一只有意义的狼,你给这个世界留下一句有意义的话吧!"

狼费力地抬起头来说:

"我想做一只普通的狼!"

"这是什么话!"博士不满地说,"这话有意义吗?"

顶撞的小山羊

老山羊对小山羊说:

"孩子,我一生软弱,所以谁都欺负我。你可别学我的样儿,要坚强些才好!俗话说,弱的怕强的,强的怕拼命的。你强硬起来,就没有谁敢欺负你了!"

小山羊牢牢记住老山羊的话。

有一天,小山羊在路上走,碰到一头猪。小山羊马上瞪着眼,挺起胸,对着猪冲过去。

"哎呀,我的老天爷!你这是干什么?"猪吃了一惊。

"你挡了我的路!"

"路宽着呢,我们互相让一让,不就过去了?"

"不让!我就得照直走!"

猪想一想,觉得犯不着和它计较,就让到了一边。小山羊直挺挺地冲了过去。它心里挺得意。

又有一天,小山羊在路上走,碰到一条狗。谁都知道,按常理,羊是斗不过狗的,也不敢跟狗较量。可是我们这只小山羊与众不同,它牢牢记住了老山羊的话,又有了上回的得胜经验,所以它马上瞪着眼挺起角,对着狗冲了过去。

"哎呀,我的老天爷!你这是干什么?"狗吃了一惊。

"你挡了我的路!"

"路宽着呢,你让一让,不就过去了?"

"不让!就得照直走!"

狗觉得奇怪,心想,它大概发了疯。对于疯羊是犯不着跟它计较的,狗就让到一边去。小山羊直挺挺地冲了过去,它心里更加得意了。

小山羊唱着歌儿往前走,不料啪的一声,它撞到一棵老榆树上。

"让开!"小山羊吼道,"谁敢挡我的路?"

"孩子!"老榆树说,"我几十年来,一直立在这儿,你的曾曾祖父还没出世的时候,我就立在这儿了!是你往我身上撞的,怎么说我挡了你的路?"

"你在这儿待多久我不管,反正你得让开!"

"我没有办法让开呀,因为我的根深深扎到土壤里了。再说,路宽着呢,你绕一绕,不就过去了?"

"不绕!就得照直走!你让不让?"

"实在让不开呀,孩子!"

"好,不让,我就跟你拼了!"小山羊说着,一头撞了上去!

结果如何,那就可想而知了。

鱼评委

骆驼举办演讲会,请鱼来当评委。

骆驼的演讲是这样开始的:"在茫茫沙漠里,一只骆驼孤独地前行……"

"等等!"鱼评委说,"凭常识我就知道,在我们的周围是个喧嚣的世界,有虾,有蟹,还有摇曳的水草,怎么会孤独呢?"

骆驼愣了半晌,这才接着往下讲:"它找不到水源,喉咙渴得直冒烟……"

"这就更荒谬了!"鱼评委气得大叫起来,"四周都是水,张口就能喝,怎么会找不到水?"

骆驼的演讲一再被打断,情绪全被破坏了。后来,它结结巴巴地讲了些什么,连自己也不清楚。

骆驼的演讲彻底砸锅了,它很伤心。

——可这怪谁呢？亲爱的骆驼，你下次演讲时，千万不要请鱼来当评委。

毛毛虫开美容院

毛毛虫开了家美容院。

第一天，花蝴蝶前来美容。"老板，像我这样的，做美容合适吗？"花蝴蝶问。

"合适！合适！没有比你更合适的了！"毛毛虫说，"你天生丽质，再做个美容，天然美加上人工美，那就美不胜收啦！不瞒你说，要是癞蛤蟆来做美容，我就劝它别做。因为根据美学原理，人工美不能修饰丑的东西。"

花蝴蝶听了很高兴，愉快地做了美容。

第二天，癞蛤蟆来做美容。"老板，像我这样相貌丑陋的，做美容合适吗？"癞蛤蟆问。"合适！合适！没有比你更合适的了！"毛毛虫说，"你虽然丑了点，但丑得耐看。根据美学原理，美丑是可以转换的。你做美容，就是由丑向美转换。不瞒你说，要是花蝴蝶来做美容，我一定劝它别做。它把天然美展现出来就已经很好了，人工美修饰天然美，会弄巧成拙的。"

癞蛤蟆听了很高兴，愉快地做了美容。

墙洞里的老鼠听了毛毛虫的两次高论，忍不住探出脑袋问道："老板，听起来你的知识倒是很渊博的。可是，你前后两次讲的话为什么不一样呢？到底哪个是真道理呀？"

"赚到钱就是真道理！"毛毛虫一边数钞票，一边毫不犹豫地回答。

刘文勇（1952— ）

安徽寿县人。中学高级教师，任中学督导员，县报主任编辑。

手中石头

原始大森林，毛猴是兽王。

兽王毛猴很专制，森林里的大兽小兽都臣服于它。这些兽们，没有敢违抗它的。

兽王毛猴很好色，它有个很美很美的老婆，是只狐狸。

毛猴谈不上爱狐狸，但狐狸对毛猴说，它非常爱毛猴。狐狸不能不这么说，它不这么说，怕毛猴动怒打它。

狐狸表面上畏惧毛猴，骨子里却很轻视它。

大森林里，狐狸有许许多多的知己。这些知己，都受过毛猴的凌辱。母兽被毛猴占有过，公兽被毛猴毒打过。它们拥戴狐狸："一方面它是王后；另一方面，都是屈辱者。"

这片大森林里，充满了反抗，是无声的、沉默的，好像每个兽手里都有一块尖利的石头，随时准备扔向毛猴，但没有一个兽敢向毛猴扔石头。

毛猴不知道，对它一片媚笑的笑浪里，潜藏着愤怒的逆流。

有一天，狐狸说，山那边有棵桃树，树上只结了一个桃子，有碗口大。毛猴说："胡说，秋天怎么会有桃子？"狐狸说："你不信，去看看，不就知道了？"

毛猴喜欢吃桃子，虽然它不信秋天会有桃子，但它想，也许是没被发现的奇迹呢！它随狐狸去山那边，果然有一棵桃树，树上有个碗口大的桃子，红艳艳的、鲜滴滴的。

毛猴流口水了，它一个纵身扑向了那棵桃树，双手伸向了碗口大的桃子。

一声响，毛猴与桃树同时掉进了陷阱。这时，狐狸大喝一声，陷阱边许许多多小动物立即伸出头，毫不迟疑地举起了手中的尖利石头！

徐其余（1953—　）

网名晴空、晴空飞鸽，安徽庐江人。曾工作于庐江县公安局。

鹤立鸡群

一只鹤来到一群鸡中，鸡们纷纷说鹤长得太高。有的说："你的腿长得太长，如果短一些就好看了。"于是鹤将腿屈着。有的说："你的脖子长得太长，如果短一点就匀称了。"鹤只得将脖子缩着……

众说纷纭，鹤无所适从。它寻思道："为什么它们指责我的，恰恰是它们所不具备的？啊！原来如此！"

左眼与右眼

森林里有一道小溪，溪畔树丛中有一只野兔在歇息。

猎人的左眼对右眼说："每逢猎人开枪的时候，都是我闭上，让你看着猎物怎样中弹倒下；今天你闭上，让我看看这壮观的场面。"

"那怎么行？"猎人的右眼说，"这哪是看壮观场面？我还有瞄准任务。"

"你不闭上，我也睁着。"

猎人无法瞄准。结果，野兔跑了。

有些良机失去，是因为内部的扯皮。

陈忠义（1954— ）

江苏兴化人。长期生活、工作于安徽合肥。曾任职于安徽教育出版社，副编审。中国作家协会会员，中国寓言文学研究会会员，中国儿童文学研究会会员。著有寓言集《枫树的遭遇》等。

一和八十一

猴子爱花成癖，它从花神手中苦苦求得一粒非常珍贵而又稀有的花种。花神反复叮嘱它："播下花种后，要每天浇水，不可间断，九九八十一天后，你就能欣赏到那朵神奇的花朵。"

猴子遵从花神的嘱咐。九九八十一天后，神奇的花终于绽蕾怒放，清香满室。后来，它小心地珍藏好收集到的花种。

第二年，猴子又种下那花种，不过它想："第八十一天浇的水才使名花盛开，那前面的八十次浇水显然可有可无！"

于是，它天天掰着指头数日子，早忘了花神的反复叮嘱。第八十一天早上，它兴高采烈地给花浇水时，发现那紫砂花盆中的土早已干裂开一道道大口子，寸把长的花苗早已干枯了。

猴子找到花神询问缘故："为什么我今年第八十一天浇的水和去年第八十一天浇的水一样，一滴不多，一滴不少，怎么那花不但没开，反而早死了？"

花神意味深长地说："你想过一和八十一之间那种简单而又复杂的关系吗？"

名　声

狐狸用花言巧语骗走了乌鸦嘴里的肉后，它又上演过狐假虎威的闹剧。后来，大家都骂它是骗子，都渐渐疏远了它。

狐狸没有了朋友,它感到很孤单,心里难受极了。它不是从自己身上找原因,而是怪别人坏了它的名声。

狐狸骂乌鸦:"这个黑鬼,它不怪自己太笨,反而坏我的名声,骂我是骗子,用花言巧语骗走了他嘴里的肉!"

狐狸骂狼:"这个傻瓜,它不怪自己智力低下,却骂我狡猾,借老虎的威风来吓唬大家!"

老牛实在听不下去了,它劝阻狐狸说:"孩子,你别骂别人了,这只能怪你自己形象不好啊!"

狐狸不解地问:"老牛爷爷,您这是什么意思?"

老牛接着说:"因为名声的好坏是由自己形象的优劣决定的,有什么样的形象,就有什么样的名声!所以,要珍惜自己的名声,就必须从爱护自己的形象做起啊!"

狐狸这才惭愧地低下了头。

家鹅和大雁

传说很久很久以前,家鹅和大雁是亲兄弟。大雁不畏风雨雷电,搏击长空,练就了一副强健有力的翅膀,它们每年都要进行跨越万水千山的长途旅行,被人们誉为"鸟类旅行家"。

可是其中有几只大雁受不了长途飞行的苦,它们贪图安逸,每天在湖水里嬉戏,在岸边散步,舒服极了。日复一日,年复一年,它们的身体渐渐变得越来越胖,双翅也严重退化,再也飞不起来了,成了今天的家鹅。

每当长空出现排列整齐、威武雄壮的南飞雁阵时,家鹅便仰头问大雁:"我们是你们的嫡亲兄弟,可是人们为什么称我们为家鹅,有时还骂我们是笨鹅?这实在太不公平了!"

大雁意味深长地说:"因为你们失去了大雁的雄心和强健的翅膀,却追求大雁的虚名!"

登山的基本功

小岩羊的爸爸是个登山高手。有一天,岩羊爸爸对小岩羊说:"走,孩子,跟爸爸去练登山!"

"好啊!我终于可以登山了!"小岩羊高兴得蹦起来。

岩羊爸爸带着小岩羊来到了巍峨的云雾山山脚下,找了一块平坦的地方,岩羊爸爸带着小岩羊练起了奔、走、攀、跳。小岩羊学了一会儿,噘着小嘴说:"爸爸,在平地练奔、走、攀、跳真没劲,我的理想是成为一个优秀的登山家,将来登遍三山五岳,你还是带我去攀登云雾山吧!"

岩羊爸爸认真地说:"孩子,你忘了我常对你说的那句话:大事要从小处做起吗?只要你练好了奔、走、攀、跳的基本功,有了一身奔得快、走得稳、攀得高、跳得远的真功夫,别说登云雾山了,就是登三山五岳,还难得住你吗?"

小岩羊听了,不好意思地低下了头:"爸爸,我懂了:要想登上高山,先要从平地练起!"

只告诉你一个

夜深了,海龟悄悄地爬上岸,在沙滩上产完卵,然后用沙子掩埋起来。

第二天,海龟忍不住快做妈妈的喜悦,对螃蟹说:"我快要做妈妈了,昨晚我把卵产在海滩上,我只告诉你一个,你可要替我保守秘密!"

很快,螃蟹又忍不住告诉兔子说:"海龟把卵产在海滩上,我只告诉你一个,你可要替我保守住秘密!"

不一会儿,兔子也迫不及待地告诉花猫说:"海龟把卵产在海滩上,我只告诉你一个,你可要替我保守秘密啊!"

……

一个星期后,海龟不放心龟卵,它又爬上海滩察看。结果,海龟发现龟卵早已不翼而飞了,旁边清晰地留着一行狐狸的脚印。

海龟气得眼泪直流,它向正从头顶飞过的海鸥诉苦:"我真倒霉,这个秘密我只告诉了螃蟹一个,怎么狐狸会知道呢?"

海鸥埋怨它说:"今后可要牢记这个惨痛的教训!保守秘密的最好办法是不要把它说出口。因为秘密一旦出口后,那便由不得你了!"

小山雀争食

山雀妈妈捉回了一只毛毛虫,三只小山雀都要先吃。老大说:"我食量最大!"老二说:"我肚子饿了!"老三说:"我身体最弱!"它们你争我夺,直到把虫子啄得粉碎……

过了一会儿,山雀妈妈又捉到一只虫子。老大说:"我是哥哥,你们应尊敬我,该我先吃!"老三说:"我是弟弟,你们要爱护我,当然该我先吃!"老二说:"我既是哥哥,又是弟弟,你们更应该让我先吃!"三只小山雀仍争执不下,杜鹃趁机一口吞掉虫子。

又过了一会儿,山雀妈妈再次捉回一只虫子。老大说:"前两次都怪你们捣乱,这次非我先吃不可了!"老二说:"反正已和你们争了两次了,干脆争到底吧!"老三边把虫子踢到树下,边说:"我吃不到,谁也别想吃独食!"

山雀妈妈难过地说:"孩子们,我共捉了三只虫子,你们如果互相谦让一下,本来都能吃到一只虫子啊!"

望着正在发愣的小山雀,山雀妈妈又说:"今后要记住,不该争的别争,该让的一定要让!这样对别人对自己都有好处!"

成功的路

白马驹、黑马驹和枣红马驹是同胞兄弟,它们的身体条件都差不多,也都有着将来在草原赛马会上成为冠军的美好理想。

一天,它们和妈妈赛跑,结果都输给了妈妈。观看比赛的绵羊把它们好一顿讽刺挖苦。白马驹怕再次引起别人的讽刺,再也不敢和妈妈赛跑了。黑马驹和枣红马驹毫不气馁,继续坚持锻炼,风雨无阻。不久它俩的奔跑速度有了很大提高。有一次,它俩和妈妈赛跑,竟不分胜负。

观看比赛的老黄牛不住地赞扬,夸它俩将来一定有出息。

面对赞扬,黑马驹心里乐滋滋的,它认为自己的本领已经到家了,不再刻苦锻炼了。只有枣红马驹毫不松懈。

终于在一年一度的草原赛马会上,枣红马驹凭着自己的过硬本领,一举夺得了金牌。

白马驹和黑马驹非常委屈地问妈妈:"我们弟兄三个,身体素质都差不多,为什么枣红马成功了,我们却失败了?"

妈妈感慨地说:"孩子们,这要从你们身上找原因了,枣红马经得住失败时别人的讥讽,又经得住胜利后别人的赞美!你们呢?"

小溪和大海

一

一条小溪宽不足一米,最深处也只能没过膝盖,平时看起来总是满满的。稍微下点雨,容不下的雨水便漫向四面八方。小溪不住地埋怨:"雨太大了,我装不下了!"

浩瀚的大海,无边无涯,深不可测,暴雨倾泻个十天半个月,大海也能容得下。

小溪困惑地问:"大海爷爷,我俩境遇为何如此截然不同?"

大海意味深长地回答:"孩子啊,还是先从自己身上找原因吧!"

二

到了旱季,一连几个月不下雨,高温酷暑早把小溪蒸发得底朝天了。小溪又气得大骂:"该死的太阳,把我烤干了!"

面对烈日的暴晒、热风的吹拂,大海仍显得很平静,海平面也不见降低一丝一毫。

小溪又不解地问:"大海爷爷,当初我是那么充实,感到满足;而你看起来却并不那么充实,永不满足,为什么我干涸了,你却依然浩浩荡荡?"

大海深沉地回答:"孩子啊,这只能怪你自己不充实啊!因为容易满足的都不是真正的充实,而真正的充实却永远也不会满足的!"

王　玲（1958—　）

女，安徽合肥人。曾任职于安徽少年儿童出版社，编审。现专为儿童写作。著有童话《再见，荷花塘》《闹闹国和静静国》《萤火虫搬家》《太阳的风筝》等。

花蜗牛爬墙

花蜗牛一家住在高墙的背后，那里又潮又湿，一年到头见不到阳光。花蜗牛经常想：墙的那边是什么样子？

一天，花蜗牛看到小鸟站在墙头唱歌，问道："小鸟，请你告诉我，墙的那边是什么样的？"

"墙的那边是美丽的田野。"小鸟告诉花蜗牛，"柳树发芽了，小草变绿了，迎春花开了。"

"啊，多美啊！"从此，花蜗牛有了一个愿望：爬到墙上去，看看绿绿的树、青青的草，还有美丽的迎春花。于是，花蜗牛开始往上爬。

可是，花蜗牛爬得很慢，几天过去了，只爬了一点点。它的弟弟说："姐姐，你真傻，墙那么高，你爬得那么慢，根本爬不上去的！"花蜗牛摇摇头，继续使劲地往上爬着，它要看墙那边美丽的风景。

十几天过去了，花蜗牛又爬了一点点，可是，离墙头还是很远很远。它的姐姐说："小妹，墙实在是太高了，等你爬上去，花早就谢了，草也黄了。算了，别白费劲了。"花蜗牛摇摇头，它继续使劲地往上爬……

又一天，小鸟又飞过来了，花蜗牛问："小鸟，墙那边的迎春花谢了吗？草黄了吗？"

小鸟对花蜗牛说："春天已经过去了，迎春花谢了。不过，夏天的花儿正在开放。墙那边，蜻蜓在荷花丛中跳舞，蜜蜂、蝴蝶在草丛中捉迷藏。花蜗牛，加油爬吧！"

花蜗牛使劲地点点头，更加卖力地往上爬。

爬呀爬,也不知道爬了多久,花蜗牛感到一缕阳光照到自己的身上。"哎呀!我爬到墙头啦!让我来欣赏美丽的景色吧。"

可是,花蜗牛立刻呆住了:花谢了,草枯了,树叶也都黄了。一阵凉风吹来,花蜗牛打了个寒战,它好失望。

突然,几片黄色、红色的树叶,像一群蝴蝶飘落下来,有的落在它的身边,有的落在地上。

"啊,多么漂亮的树叶!"花蜗牛赞叹着,它抬起头,看到柿子树上,熟透了的柿子像一盏盏小红灯笼挂在树上。"多么可爱的柿子!"

花蜗牛高兴起来,它晒着太阳,闻着柿子的香气,心想:我虽然很辛苦,但是很值得。

拔小熊

小熊想盖一座漂亮的小房子。盖房子要木料呀,它打算砍一棵大树。小熊在树林转来转去,它看中了一棵长得又高又粗的大树,他想:就是它了。

小熊举起斧头正要砍树。

"别砍,别砍!"小松鼠站在树上说,"小熊,你不能砍。春天的时候,它开满了花,多漂亮啊!"

小熊不听小松鼠的话,又举起了斧头。

"别砍,别砍!"小白兔也劝说,"小熊,你不能砍。夏天的时候,它长满树叶,树荫下多凉快啊!"

小熊也不听小白兔的话,又举起了斧头。

"别砍,别砍!"小狐狸也劝说,"小熊,你不能砍。秋天的时候,它结满果子,多甜呀!"

小熊谁的话也不听,它举起斧头,"嗨哟、嗨哟"使劲地砍,把大树砍倒了。小熊累了一身大汗,它扔了斧头,一屁股坐到大树桩上,好好休息休息。等它休息好了,想把大树扛回家的时候,它站不起来了。小熊"嗨、嗨"使劲地想站起来,还是站不起来。

"哎呀！我的屁股！"小熊尖叫起来，原来它的屁股被大树分泌出来的树脂牢牢地粘到树桩上。

小熊正着急呢，天上飘来了一朵黑云彩。"哎呀，要下雨啦！这可怎么办？"小熊急坏了。哗哗哗，大雨下来了，小熊坐在树桩上不能动，被大雨淋得湿淋淋，一个劲地打喷嚏。

大雨过去了，太阳又出来了，火辣辣的太阳照得它头晕眼花。小熊实在受不了了，它哇哇大哭起来。"救命啊！哇——"

小熊的哭声很响，小松鼠听到了，小狐狸和小白兔也都听到了，它们都跑来安慰小熊。小松鼠说："小熊，你不要哭，我们一起帮你想办法。"

想呀想，大家想出来一个好办法。小松鼠拉着小熊的手，小白兔抱着小松鼠的腰，小狐狸又抱着小白兔的腰，大家一起使劲地拔呀拔，像拔萝卜一样拔小熊。

"拔呀，拔呀，嗨哟，嗨哟，拔呀，拔呀……"大家拔得满头大汗，小熊还是一动不动。

"咚！咚！咚！"小象来了。小象好奇地问："你们这是在做什么游戏呀？"

"我们不是在做游戏，"小松鼠它们告诉小象，"我们在拔小熊！它被树脂粘在树桩上了。"

"算上我一个！"小象把长鼻子绕在小狐狸的腰上，和大家一起来拔小熊。"嗨哟！""嗨哟！"小象的力气真大，有了它的加入，小熊一下子就被拔了起来。

小熊是拔起来了，可是，它的那条短尾巴却留在了树桩上。

狮子大王砸镜子

森林里有个城堡，里面住着一个狮子大王。

狮子大王有一头好头发，又浓又密又长，谁见了都要夸奖一番。狮子大王非常得意，不论谁来到它的城堡，它都要与人家比一比头发。

狮子大王天天都要对着镜子照很久，它还请来了世界上最著名的美发师为它美发。它的发型每天都要变化，什么披肩发、卷发，有时还扎满头小辫子……什么样的奇怪发型，狮子大王都留过。

一次,狮子大王生了一场大病,病好了,可是,它的头发却一把一把全掉光了,成了一个大光头。它一声不响地坐在镜子前面,看到自己难看的样子,气得大叫一声,把镜子砸得粉碎。从此,狮子大王再也不照镜子了,它还下令,把城堡里的镜子全部都砸碎。

没有了镜子,狮子大王再也看不到自己难看的样子,心里好受多了。

春天来了,城堡外面到处是绿草和鲜花,狮子大王带着卫兵们走出城堡去游玩。看到四处山清水秀,狮子大王高兴极了。

狮子大王走到湖边,清清的湖水倒映着美丽的青山,也倒映着他难看的大光头。

狮子大王发起了脾气:"镜子!快给我砸碎镜子!"

"镜子?镜子在哪里?"卫兵们吓坏了,到处也找不到镜子。

狮子大王指着湖水说:"快砸!快给我砸镜子!"

"这不是镜子,这是湖水!怎么砸?"卫兵们不知道怎么做才好。

狮子大王气得又蹦又跳,把一个士兵推进了湖里。

湖水荡起了波纹,难看的光头不见了,狮子大王开心地笑了起来:"碎了,我把镜子打碎了!哈哈!"

过了一会儿,湖水平静了,狮子大王难看的光头又出现在水面。"啊——"狮子大王又大叫起来。卫兵们吓得都跑了,湖边只剩下狮子大王自己。它大声喊叫着,自己跳进了湖里。

湖水荡漾,很久才平静下来……

多多养虫子

小啄木鸟多多长大了,妈妈给它一片小树林,让它和兄弟姐妹们一样,出去过独立的生活。

多多在小树林里飞来飞去,开始捉虫子。它按照妈妈教的办法,笃笃笃、笃笃笃,在一棵大树的树干上敲敲打打。不一会儿,多多用长长的尖嘴巴捉到了一条小毛毛虫。

"哎呀,一条好小好小的虫子!"多多好开心,这是它第一次捉到虫子,虽然很小,它不想马上吃掉,它想拿给妈妈看看。

"嘿,"小毛毛虫说话了,"你没有瞧见我多么瘦、多么小吗?一点点肉也没有,一点也不好吃。"

"对呀。"多多睁大眼睛,"这条毛毛虫的确很小,没有妈妈喂我吃的虫子肥。"

"你应该把我放了,等养胖了再吃。"毛毛虫就像能看透多多的心事似的,"再说,你的本领大,我怎么能逃得掉呢!"

说得有道理。多多就把小毛毛虫放了,心想:"等养肥了再吃它吧。"

从此,多多捉到又大又胖的虫子就啊呜一口吞掉;捉到又瘦又小的虫子,就放了,想等它们长大长肥再吃。

多多天天在小树林里飞来飞去,辛辛苦苦地工作。可是,它负责保护的小树林却树叶枯黄,每棵树都像生病的样子。

多多的妈妈觉得很奇怪,多多工作很卖力啊,怎么会这样?妈妈特地来看看多多。

笃笃笃、笃笃笃,多多正在树林里忙着捉虫呢!它正在一棵大树上敲敲打打,工作得可卖力了。多多让妈妈在树荫下好好地休息,它要捉一条又肥又大的虫子孝敬妈妈。

不一会儿,多多从树洞里捉到一只小毛毛虫,它马上把虫子放了。小毛毛虫吓得赶紧逃跑了。

"多多,你怎么把虫子放了?"妈妈奇怪地问。

"这条虫子太瘦太小,不好吃,我把它放了,让它长大长肥了再吃。"多多说。

"什么?!"多多的妈妈傻眼了,还有这种事情?妈妈总算明白多多的小树林里树叶枯黄的原因了,多多这是在养虫子啊!

"多多,你是个傻孩子!虫子是吃树长大长肥的,等你把虫子都养肥了,大树也就死了。瞧,你的这片小树林,树都快死啦!"妈妈对多多说。

"啊!"多多睁大眼睛,傻了。

大大的邮包

小熊住在楼上,它楼下住的是小白兔。

小熊很爱干净,他喜欢打扫卫生,总是把家里整理得干干净净。你看,小熊家的玻璃窗擦得很明亮,地板上扫得很干净,到处都整整齐齐。

小熊有个坏习惯,它喜欢把垃圾随手乱扔。不信你瞧:

鞋子、袜子穿破了,小熊往窗外一扔;

皮球破了,小熊往窗外一扔;

扫帚断了,小熊往窗外一扔;

雨伞坏了,小熊往窗外一扔;

苹果皮、香蕉皮、西瓜皮,小熊全都扔到了窗外的楼下……

住在楼下的小白兔可就受苦了。它的院子里到处是小熊丢的垃圾,它天天忙着打扫小熊扔下来的垃圾。

小白兔在院子里做早操,咚!一只破皮鞋从楼上扔下来,掉在院子里。

小白兔在院子里浇花,咚!一个破喇叭从楼上扔下来,掉在花盆里。

小白兔坐在院子里晒太阳,咚!一个空可乐罐从楼上扔下来,正好砸在小白兔的头上,它的头上马上起了一个大包。

小白兔来找小熊:"小熊,你不能再往楼下扔垃圾了,瞧,我的头都被你扔的可乐罐砸破了。"

小熊不好意思地说:"对不起!我错了,我一定不再扔垃圾了。"

可是,过了几天,小熊就忘了,它又把水果皮、破水壶和旧娃娃随手往楼下扔了起来。

小白兔气坏了,它要想个办法教育一下小熊。

一天,小熊又在家里打扫卫生,突然听到门铃叮咚、叮咚响了起来。它开门一看,邮递员给它送来一个好大的邮包。小熊高兴地说:"谁呀,寄给我这么大的一个邮包?一定是我最喜欢的礼物!"小熊最喜欢礼物了。

小熊笑眯眯地打开邮包,傻眼了,哪里是什么礼物?是一大包破破烂烂的东西。小熊气得跳了起来:"是谁这么可恶!我一定要跟它算账!"

小熊仔细一看,不对呀,这些东西怎么这么眼熟?它认出这些东西了,自己的旧鞋子、破袜子、坏喇叭、破皮球……原来都是自己扔掉的垃圾!小熊的脸唰地一下红了起来……

后来呢?

不用说你也知道,小熊再也不乱扔垃圾了。

洗　澡

森林里有一个小水塘,水清清的,不深也不浅。小白兔、小狐狸、小黑熊,还有小象天天都喜欢来这里洗澡。

很久没有下雨了,小水塘里的水越来越少了,水也不像原来那么清了。大家洗起澡来就有点拥挤,不是你碰了我的肚子,就是我碰你的腰。大家洗澡时,动作都要轻一点。

这天,小白兔和小狐狸正在洗澡,小黑熊来了。小黑熊一下到水里,大家又碰撞起来。

小白兔说:"水塘里的水越来越少了。我希望,小象今天最好忘记洗澡。不然,它一来,我们就洗不成了。"

小狐狸说:"对!我也希望小象不要来洗澡,它身体太大,太占地方了。"

小黑熊也说:"是呀,我也希望小象别来,它洗澡太费水了。"

三个小伙伴正说着,突然听到一阵咚咚咚的脚步声。小象来了!小白兔、小狐狸和小黑熊都不高兴小象来,它们连忙把身体转了过去,背对着小象,假装没有看见它。

"哗——"一阵清水从天而降,落到了小白兔它们的身上。

"啊!下雨啦!"小白兔它们连忙抬头往天上看。天蓝蓝的,云白白的,一滴雨也没有下。它们正觉得奇怪,"哗——"又一阵清水落到它们的脸上。

"哈哈!哈哈!"小象快活地笑着。原来是小象的鼻子里喷出来的清水。小象对伙伴们说:"这里的水太脏了,我带你们到小河里洗澡去。走!"

小河在很远的地方,小象说:"来,来,都坐到我的背上,我驮着你们走。"

"小象真好啊!"小白兔它们三个坐在小象的背上,你看我,我看你,脸儿都红了起来,都为自己刚才说过的话而感到不好意思。

小象带着小伙伴们来到了小河边。小河的水真清啊!小象用自己的长鼻子喷水,为小白兔它们洗淋浴。四个小伙伴打着水仗,水花飞舞着。它们洗着笑着,笑着洗着,真是快活极了。

老虎的儿子

小黄狗长得又瘦又小,别说狐狸、小熊欺负它,有时,就连小白兔、小乌龟也敢拿它开开心。

小黄狗很难过,他对着镜子左照右照,心想,如果我能够变成老虎的模样,大家就不会欺负我了。于是,小黄狗拿着画笔,蘸着颜料在身上、脸上横一道、竖一道画了起来。画着画着,小黄狗看上去还真有点像老虎的模样呢!

小黄狗走出家门就碰到了小白兔。小白兔吓了一大跳:"哎哟,你是谁呀?长得怪吓人的!"

小黄狗瞪大眼睛粗着嗓子说:"我是虎狗,大名鼎鼎的虎狗!"

小白兔害怕地摇摇头说:"虎狗?没有听说过。不过,你的样子够吓人的。"

小黄狗很凶地说:"老虎是我的爸爸!我是老虎的儿子!你说我像不像老虎?"

"像、像、像老虎……"小白兔吓得结结巴巴的。

"哼!谁要是敢欺负我,我爸爸就会对它不客气!"小黄狗叉着腰说。

小白兔害怕极了,说:"虎狗大哥,你是老虎的儿子,谁敢欺负你呀!"说完,赶紧跑了。

小黄狗见到小狐狸。小狐狸听说它是老虎的儿子,也乖乖地甘拜下风,谁敢跟老虎的儿子过不去呀!就连小熊见到小黄狗也是左一声"虎狗大哥",右一声"虎狗大哥"。

现在,森林里都知道虎狗是老虎的儿子了,谁都害怕它。小黄狗好不得意呀!

一天,小黄狗被小青蛙吵醒。小黄狗气得大发脾气:"该死的小青蛙,你吵什么吵?"

小青蛙说:"对不起,虎狗大哥,我不是故意吵你,我在练习唱歌。"

小黄狗说:"什么唱歌?明明是在吵我。你一个小小的青蛙敢不把我放在眼里,看我怎么治你!"说着一把抓起小青蛙的两条腿,让它头朝下。

小青蛙一边挣扎,一边哇哇大哭:"放了我!我不敢了。"

小黄狗开心地大笑:"看谁还敢跟我作对!我是老虎的儿子!"

正巧老虎从河边路过,看到了这一切。它说:"谁敢跟我的儿子作对呀!"

小黄狗一看真的老虎来了,忙放下青蛙,点头哈腰地说:"您好,父亲大人!我、我是您的儿子呀!"

老虎上上下下地打量了一番小黄狗,说:"既然你是我的儿子,那我就要好好地教育教育你!"说着,老虎抓起了小黄狗,把它丢进河里。等到小黄狗挣扎着从河里爬上来时,身上脸上的颜料都让水洗掉了,只剩下一副落水狗的可怜相。

老虎拍拍小黄狗说:"记住,不管是谁的儿子,都不能欺负别人!懂了吗?"

小黄狗夹着尾巴,一个劲儿地点头说:"懂了,我懂了。"

从此,小黄狗再也不欺负小动物了。

钓鱼比赛

树林里有一个小湖,湖水清清的,湖里游着小鱼小虾。没有风的时候,水面平静得像一面镜子,周围的大树和花草倒映在湖面上,风景非常美丽。

一次,小胖猪、小黑熊和小毛猴来到树林里春游。

"啊!多么美丽的地方啊!"小黑熊它们都看中了湖边的景色,决定在湖边盖一个小楼,三个小伙伴搬来住。很快地,一座漂亮的小楼盖好了,小胖猪它们搬了进来。一楼住着小胖猪,二楼住着小黑熊,三楼住着调皮的小毛猴。

湖边的风景真好,小毛猴坐在阳台上,一边喝饮料,一边看风景。喝完了,它把空罐子往下一扔。咚!空罐子掉进了湖里。

小黑熊的皮鞋破了,大脚趾露了出来。它把皮鞋往窗外使劲一扔。咚!破皮鞋掉进了湖里。

小胖猪的水壶漏水了,不能用了,它把水壶往门外一扔。咕噜咕噜,水壶沉进了湖里。

从此,小胖猪它们经常把垃圾往小湖里扔……

一个星期天,天气很好。

小胖猪站在院子里对楼上的邻居喊:"喂!今天天气真好,小黑熊、小毛猴,你们不要在家睡懒觉。我们来个钓鱼比赛,好不好?"

"好啊!"小黑熊和小毛猴一起答应着,它们早就准备好了钓鱼竿,也想到湖里钓鱼,小胖猪的邀请正合它们的意呢!

小毛猴、小黑熊和小胖猪它们坐在湖边,开始比赛钓鱼。

"嗨!上钩啦!"小毛猴高兴得大叫起来。它使劲一提,钓上来的不是鱼,而是个空的饮料罐。

"哈哈哈!"小胖猪和小黑熊乐得大笑起来。小毛猴羞红了脸。

"嗨,看我的吧!"小黑熊的鱼竿也沉甸甸的了,它大声向伙伴们宣布着。可是,它拉上鱼竿一看,不是鱼,而是一只破皮鞋。

"哈哈哈!"小毛猴和小胖猪捂着肚子笑弯了腰。小黑熊看着破皮鞋一声不响。

"瞧,鱼儿咬钩啦!"小胖猪也叫了起来,"我拉不动了,一定是条大鱼呢!"小胖猪使劲地拉呀,小黑熊也上前帮它一起拉。最后,从湖里拉上来一个大水壶,壶里装满了泥。

鱼没有钓到,钓上来一大堆垃圾。看着这样的比赛结果,小毛猴、小胖猪和小黑熊你看我,我看你,谁也笑不出来了。

袁家勇（1963— ）

安徽舒城人。中国寓言文学研究会会员，安徽省作家协会会员。著有《豌豆飞船》等。

小岩石和鹅卵石

小岩石从隧道中滚出来后，飞落到小溪中，四处一看：水中净是圆圆的、光滑的鹅卵石。它不解地问："我们石类都是有棱角的、立体多边形的，你们怎么变得像鸡蛋呀？"

"我们原来也是有棱角的、立体多边形的，后来让溪水把我们冲刷成这个样子的。"

"什么？"小石头惊讶地叫道，"难道溪水有这么可怕吗？"

"是呀，溪水看上去软软的，实际上太有力了，让我们没办法对付，只好变成这样了！"

一块一直生活在溪水底下古老的岩石听见后，指着自己坚硬的棱角说："不用怕，小石头，只要坚定地迎接溪水，不对溪水左右逢迎，你就不会变成鹅卵石的。"它说完，指了指鹅卵石接着道，"只有那些内心和身体都禁不住溪水磨炼的石头，才会变成鹅卵石的！"

小岩石看了看水中摇晃不定的卵石，再看看屹然不动的老岩石，心里顿时明白了许多。

泉水的志向

泉水哗哗地流淌着，从山上流过山涧，流到小溪。这时，一只小燕子飞落到小溪边喝水，说道："小溪，你准备流到哪里去啊？"

"小燕子，我的理想是流向那无边无际的大海。"泉水兴奋地答道。

"为了帮你实现理想,我想帮你看看路!"小燕子在泉水上空飞起来。泉水欢乐地流啊流,忽然,一座高高的大坝拦住了去路。小燕子急了:"泉水,不好了,前面没路了,你还是回去吧!"

"燕子哥,可我没有回头的路啊。"

"泉水,那结果太可怕了,你会变成一汪死水,被太阳晒干,化为泡影。"

"燕子哥,我准备用力试一试冲破大坝。"

"泉水,我劝你还是放弃吧,单凭你的力量,是无法战胜大坝的。"

"啊……"泉水听后并没有灰心,只是笑了一下,然后加快了速度,用足了劲,向大坝冲去。大坝太坚固了,泉水怎么也冲不破,可它毫不气馁,一次次向大坝冲去。泉水冲呀冲呀,坝内的水越集越多。小燕子见泉水不理睬自己便飞走了。

几天后,水面上,一群小鸟飞了过来,落在水上欢快地游了起来。一个月后,人们在水上撒网捕鱼了,下游的农夫还用泉水灌溉起良田。

一段时间后,燕子再次来坝前,眼前出现了一座水库,它笑起来:"泉水,你没冲破大坝,奔向大海,理想没实现有什么感觉?"

"燕子哥,即使没实现最初的理想,只要自己努力了,就会得到自己意料不到的收获。"泉水笑了。

皇帝的金箍

悟空西天取经荣归后,唐僧把悟空的金箍赠送给了大唐博物馆。

这天,来到博物馆参观的大唐皇上,见金箍放在柜中,好奇地趴在柜前瞧了起来:"这金箍,箍全是金的,特漂亮,比我的皇冠还漂亮。"说完,他顺手戴在头上。戴了一会儿,皇上想拿下它带走,可怎么也拿不下来。"怎么回事?"皇上急了,用尽办法也没能摘下金箍。

早晨,金殿上,丞相上前一步,拿起奏章低头道:"巢州发洪水,灾民无数,无粮无草,请皇上明察。"

"啊?闹灾有什么了不起。"说着说着,皇帝头上的金箍紧了起来,痛得无法忍受的皇上双手抱头瘫坐在地。无能为力的皇上,跪倒在如来像前,求道:"佛祖,救救我吧。"

"阿弥陀佛。唐僧回大唐之后,把金箍咒咒语重新修订一遍,交给黎民百姓了。施主,不好意思,我也没办法。"佛祖摇了摇头。

站在一旁的丞相见皇上半天没反应,急了,跪到皇上面前:"皇上,巢州百姓性命危在旦夕,请拨发救灾款吧。"

头痛得要命的皇上,无所谓道:"丞相,你去巢州,该拨款就拨款,该拨粮就拨粮吧。"皇上说完,奇迹出现了,他头上的金箍突然松了。

没事的皇上在大殿上转了一圈后,睁大了眼睛:"难道金箍是专治我的,百姓有一双眼专门监督我的?!我的头时时都有可能疼?!这下我可完了!"说完,他低头大哭起来。

出奇制胜的螳螂

自从"螳螂捕蝉,黄雀在后"的故事流传开来,大螳螂秋秋就感觉自己的家族日子一天比一天难过了。每次捕蝉都有双黄雀的眼睛紧盯它们,然后捕食同类,闹得家族数量越来越少,濒临灭绝的边缘。它看在眼里,急在心里,只是苦于自己生得太笨,实在没招。

这天,秋秋发觉一只小螳螂趴在树上,激动地喊道:"哈哈,我终于找到一个螳螂兄弟!好啊,兄弟!我想和你商量一个事情!"

"有尿就撒,有屁就放。我发现了前方有一只蝉,正准备抓它吃呢!"

"小老弟,看你样子就知道你很聪明。我们一起对付黄雀,怎么样?"

"大哥,你有好远滚好远!黄雀天生不就是捕螳螂的吗?关我什么事?!不要在这里挡我道!"小螳螂不耐烦地说完,轻轻移动脚步,悄悄地向蝉逼近。它见蝉在捕捉范围内,迅速用带刺的臂膀嚓一下把蝉紧紧钳住了。

这时,黄雀突然从空中飞了过来,快速地飞落下来,抓住了螳螂的翅膀,兴奋地用脚爪压着螳螂和在挣扎的蝉,得意地说道:"呵呵,螳螂捕蝉,黄雀在后,嘻嘻,收获的永远是我这个胜利者,哈哈!"

眼看自己兄弟马上就要进黄雀肚子,秋秋不顾一切,向黄雀的眼珠冲了过去。黄雀的眼睛一下被撞伤,瞬间流下滴滴热血,自己都照顾不了自己的黄雀,不得不放下小螳螂飞走了。

受伤的小螳螂走到秋秋面前,不好意思起来:"大哥,这黄雀太可恨了,我差点儿把命丢了!现在算是醒悟过来了,靠自己单打独斗是战胜不了强大的黄雀的,只有我们合作,才有办法对付它们!"它说完,思索了一下,激动地喊道,"有主意了!"

这天,秋秋看到一只蝉趴在树上,飞扑一口咬下去。正在这时,一只黄雀从秋秋的头顶飞扑过来,瞬间就要咬到它的脖子。突然,从黄雀的身后传来一阵吱吱蛇的游动声,黄雀吓得转身一看,身后出现了一条会游动的红花蛇,紧张得它哇地尖叫一声,什么也不顾了,扑棱一下飞走了。

小螳螂见黄雀被吓得扑哧扑哧飞远去了,兴奋地说道:"我还以为黄雀有多么了不起!没想到啊,笨!真是笨!竟然被我放的一只电动蛇吓唬住,哈哈!"

正在吃蝉的秋秋,赞许地点了点头。

猴子的礼物

食素动物家族常遭老虎、豺狼、豹子等食肉动物的伤害,数量渐渐变少,已所剩无几,急得野山羊、野兔子、野鹿等头领,直抓脑袋,想了半天也无计可施。

面对凶恶的食肉动物,野山羊、野兔子、野鹿等头领认为自己跑也没法跑,溜也没法溜,最终结果就是种族灭绝。

自我感觉有担当的野山羊头领,看在眼里急在心里,他想,只有寻求到食肉动物首领狮王的保护,才能免于种族灭绝。这天,野山羊头领和野兔子、野鹿一起拉着一车白菜、萝卜、青草和水果,走在去狮王家的路上,准备给狮王送礼。

待在树上的猴子见野山羊远远走来,问道:"山羊哥,您去哪里?"

野山羊用手拍拍车上的白菜、萝卜、青草和水果:"猴子老弟,没法子啊,去狮王那里送礼,希望狮王保护我们呀!"

猴子一听急了:"山羊哥,千万别,狮王不吃素的,我感觉这个主意有点傻!"

野山羊一听不高兴了:"不要胡说,这是我最好的东西,它能不要吗?再说,你不当家不知道柴米贵啊,眼看我们食草家族就要灭绝了,我能不急嘛!不想办法能行吗!"说完,拉着野鹿气势汹汹地拿起绳子准备走。

猴子一把拉住野鹿身边的野兔:"兔老弟,你就不要去了,我帮你想办法!"

"这……"

野山羊一看野兔犹豫的架势,生气地说道:"小兔子,你们家族的事以后我就不管了!"

"野山羊,你不听我的劝阻,兔子它们的事不是你不管,是你以后再也没机会管了!"

"少废话!走着瞧!"野山羊说完,丢下兔子拉着车走了。

见野山羊渐渐走远,心里七上八下的兔子问道:"猴子,你有办法让我躲避食肉动物的伤害吗?"

"有!其实越高深越简单!就是加强自身本领,练到风一般的速度,遇到啥事就都不怕!"

"这个主意好!"从此以后,野兔子带领家族人员从五点开始,练到晚上八点,不间断地跑起来,跑的速度越来越快,到后来和风的速度相差无几。几次遇到老虎,老虎根本没法追上自己,它感到很幸福。

只是让野兔纳闷的是,自从上次和野山羊、野鹿分别后,它再也没见到它们,它们好像人间消失一样。后来野兔多方打听,才明白:原来是它们把自己当作最好的礼物送给狮王了。

沙子的理想

大海边,一粒沙子正在为自己的未来发愁。它想,继续这样混下去,只能静静躺在海边的沙滩中,从此以后就被海水埋没,永远没有出头之日。走出去,命运很可能会改变,跟随海水来到岸上,很可能被用在大楼中,成为一粒默默无闻的沙子。

正在这时,从远处来了一只小船,船上的人说话了:"你们知道耀眼光亮的珍珠是怎么来的吗?不知道吧,就是沙子钻进海蚌的身体,然后变成的!"

沙子一听,顿时来了精神:"嘻嘻,这个,我可以有!"沙子说完,在附近找到了一个壮壮的、慢慢爬行的海蚌。它在远处慢慢观察海蚌的行动,发现蚌一般不能主动追逐食物,只能靠鳃和唇瓣上的纤毛摆动,使水中的食物随水流从入水孔进入肚中。

沙子看了一会,有了主意。它轻轻来到蚌下半部的壳边,准备悄悄溜进蚌的体内,然后成为珍珠。可它刚刚接触到壳边,瞬间就被蚌挤出体外。

沙子连试了三四次都没有成功,急得在原地连转了几圈,叹了口气:"没想到蚌对我太没好感了,这样下去可不是法子,得另想办法!"

海蚌听后,感觉很是好玩,笑了:"嘻嘻,真是个可爱的沙子!告诉你,可不是每粒沙子都会成为珍珠啊,要努力啊!"

没成功的沙子呢,它悄悄在一旁观察海蚌的一举一动,发现蚌特喜欢吃小鱼小虾、浮游生物和植物叶子的碎屑。沙子看到,这时一条小鱼随水流从蚌的入水孔即将进入肚中,沙子感觉机会来了,紧贴着小鱼进入了蚌的肚子。

海蚌呢,见努力的沙子用智慧通过了自己的考试,乐了:"哈哈,沙子,你成功啦!"说完,它从身体里分泌出一种叫珍珠质的物质,把沙子一层一层包裹起来。

一段时间后,沙子被海蚌养育成一颗人见人爱的珍珠。

沙子呢,完成了自己最美好的心愿。

石斑鱼的情怀

在海里,一条黄花鱼逆流而上,拼命往岸边游。一群鱼见了它的疯狂劲儿,都吃惊不小。

"到底发生了什么事?"它们纷纷询问。

黄花鱼好像没听见一样,一个劲儿往岸边游。

"怎么回事?黄花鱼这么拼命难道是想逃命?"

"大概是吧!"

"不好,海底火山要爆发啦!"有条鱼说。

"是啊!我现在感觉海水温度都变高了,还有股怪味呢!"好几条鱼立即附和。

"比这更可怕呀,是海啸!"另一条鱼说。

"那还等什么?快跟着它逃生吧!"

这时,鱼群中一条特别有智慧的石斑鱼,冷静地看了看周围情况,发现海水温度、气味都没有改变,这是怎么回事?它紧张起来,仔细看了一眼黄花鱼,发觉它游泳姿势机械、不自然,一切都明白了!石斑鱼快速冲到鱼群的前面,拦住了大家的去路,大声喊道:"大家不要慌张,一切都正常!你们好好瞧瞧,这黄花鱼游动的姿势可有点怪怪的,它和我们正常黄花鱼柔软的自然游不一样呀!我感觉它是机器鱼呀,故意制造混乱,引诱我们上当,然后再抓我们,你们千万不要上当,它一定是渔夫的圈套呀!"

一条游在鱼群前面的头鱼一听着急了,冲上来狠狠撞了一下石斑鱼,怒气冲冲地说道:"去你的,你自己找理由想死就算了,还想拉我们这些鱼去做垫背,你真是没良心,赶紧让路!"说完,快速地向岸边冲去。

被撞晕的石斑鱼清醒后,见众鱼即将游到岸边,想都没想,不顾自己身上的疼痛,冲去鱼群拦了起来。

一部分鱼在石斑鱼的努力下终于被拦了下来。

突然,从海底下出现了一张渔网,黄花鱼带领下的鱼群进了网兜。渔夫将渔网收起,拉进了船舱。

被拦下的鱼看到这场景惊呆了,纷纷游到机智的石斑鱼面前点头表示感谢。

石斑鱼呢,摇了摇头,开心地游着刚刚被头鱼撞痛的身体走了。

喜鹊的胸怀

一只从沙漠里飞出来的喜鹊,几天没吃食,饿得双眼发花、翅膀发软,硬撑着飞到了一片森林的上空,往下一瞧,发现了一棵结满苹果的树,树上的苹果红得鲜艳。它飞到树上毫不客气地吃了起来。

喜鹊吃饱了,感觉太累的它站在树上,紧闭眼睡了起来。一会儿,它醒了,好像想起什么,点了点头,似乎有了决定。

喜鹊用嘴拼命啄着苹果,见不起效,然后用脚拼命蹬着苹果。

一只躺在树上休息的蚂蚁看不下去了:"喜鹊哥,你怎么能这样呢?这样下去,会把苹果砸坏的!"

"呵呵,你不会懂的!"喜鹊说完,一用力,苹果落了下来,跌成了几块。

只见喜鹊落到地面,抱起一块小苹果展开翅膀用力飞了起来。

蚂蚁实在看不下去了,指责起来:"这个小喜鹊不只坏,还十分贪婪!"

喜鹊呢,它知道在困难的时候是多么需要别人的帮助,好像没听到一样,继续向沙漠飞去。

这时,在炎热的沙地上,喜鹊突然发现一只饿得躺在地上奄奄一息的麻雀。它不顾自身的安危,飞到麻雀身边,用嘴啄起苹果,喂到麻雀嘴里,一会儿麻雀得救苏醒了。

生活在天空的太阳,见喜鹊天天往返森林与沙漠之间,救助受饿的小动物,幸福地感叹起来:"嘻嘻,蚂蚁怎么会知道喜鹊有如此大的胸怀呢!"

洋洋的选择

草原上,成群结队的野牛在草地上悠闲地吃草。突然,一群狮子从远处像黑色的旋风一样包抄过来。

野牛群惊恐不已,吓得四处奔逃。跑了一会儿,一头年老的野牛慢慢落下队伍,狮子们一下围扑过去。

跑累的野牛一头一头地停住了脚步。一头母野牛发觉群狮围堵了一头野牛的去路,无可奈何地低下头,叹了口气:"还是我们很侥幸,没被狮子追上,现在安全了!"

"就是啊,我也是安全的!"另一头野牛也这样说。

一头名叫洋洋的公野牛听后,看了看远处凶猛的狮子,和拼命用牛角抵抗狮子,渐渐力不从心的兄弟,心里难受极了。它勇敢地站了出来:"兄弟姐妹们,我感觉这样下去永远没有什么安全!只有我们团结起来,一起冲上去打败狮子,才是最安全的!"

其他野牛听后,看了看远处受难的兄弟,思索了一会儿,纷纷点了点头,快速冲向狮群。它们在洋洋的指挥下,瞬间集体头埋在里面,屁股朝外,围成一个小圆圈,把老野牛保护起来。

狮子见到手的野牛即将消失,疯狂起来,猛扑过来。野牛们不甘示弱,纷纷用后腿猛踢着狮子的头部。

一会儿,这群狮子被野牛踢得鼻青脸肿,头直冒血,眼看大势已去,狮子们带着伤痛接二连三地逃跑了。

站在一旁的母野牛,见狮子受伤接连离开,老野牛得救了,它似乎明白了一切,点了点头:"唉,原来团结起来战胜对手后,才是真正的安全啊!"

邹　程（1963—　）

安徽淮南人。现在在安徽铜陵工作，任铜陵供电实业有限责任公司总经理。

伞的爱情

伞的一生有两个情人，一个叫雨，一个叫阳。

有了这两个情人，伞永远不会寂寞。因为，只要伞愿意，阳不在时，雨会来陪伞，而雨过天晴，阳又会来到伞的身边。

伞有两个名字，在雨面前，它叫雨伞；而与阳约会时，它又叫阳伞。于是，伞同时讨得了雨和阳的喜欢。而伞，则喜欢阳的炽烈、雨的缠绵。

"呵呵，不可以啊！你不可以谈三角恋爱！"人们向伞发出了善意的警告。

伞却一脸从容，毫不担心雨和阳会为了自己而争风吃醋。因为，雨和阳不知道伞同时爱着它们，它们似乎也永远没有见面的机缘。

就这样，伞和雨，伞与阳，似乎不离不弃，又似乎若即若离，伞的爱情浪漫而温馨。

终于有一日，天空下起了太阳雨，雨和阳在伞的地儿不期而遇。人们担心雨和阳会你撕我打，伞会顾此失彼。但谁能想到呢？出现在人们视线内的却是一幅甜蜜的场景：雨亲吻着伞，伞拥抱着阳，雨和阳丝毫没有战争的迹象。

雨和阳陶醉在爱情的梦幻里，即使近在咫尺，它们也丝毫感觉不出对手的存在。

是啊，热恋中的雨，热恋中的阳，此时此刻，就像热恋中的人一样，智商已经蜕变为零。雨倔强地以为，整个世界都是属于它和雨伞的；阳傻乎乎地自信，只有它和阳伞才是伊甸园的主人。

旁观了伞的爱情，为情所困的人们只能无奈而悲凉地从童安格的歌声中寻求解脱："我宁愿我一个人悲伤，才能解决三个人长期的纠缠……"

代应坤(1964—)

安徽寿县人。北京市安都律师事务所律师,中国寓言文学研究会会员,安徽省作家协会会员。著有《带着梦想启程》《怒放的生命》。

野猫攀亲

一群野猫跟一只老虎相遇在乌蒙山的丛林中。

虎两眼盯着为首的那只黄鼻野猫,目光中透露出难以掩饰的凶残,黄鼻野猫只顾点头媚笑,没有发现虎的表情。

黄鼻野猫说:"虎哥哥,多年不见,想您啦!"

虎咧着大嘴,似笑非笑的,鼻孔中发出吭哧吭哧的声响。

黄鼻野猫说:"这林子里算起来,只有咱们最亲啦,同属猫科,同祖同宗,血浓于水。只是这些年我们从没有见过面,我也没有机会孝敬您。"

虎哼哼着,勉强地点着头。

黄鼻野猫继续喋喋不休:"今后咱们要常来常往,有苦同担,有福同享。虎哥哥,您不嫌弃我的高攀吧?"

虎一步三晃地走近黄鼻野猫,依旧是似笑非笑的表情。

黄鼻野猫笑容可掬地望着虎哥哥,伸出爪子,想跟虎做肌肤接触。

虎只轻轻一吸,黄鼻野猫就成了它的腹中之物。

一群野猫立即作鸟兽散,跑得四面都是。

虎从鼻孔里发出一声"哼",心里说:"跟我攀亲,你配吗?"

猫、狗、鼠之间的冤案

狗躺在西山墙晒太阳,迷迷糊糊地正准备彻底地睡一觉。忽然咚的一声,一只硕大的老鼠从墙洞跳出,落在狗的耳朵边上。

狗极不耐烦地看了一眼老鼠,老鼠眨着狡黠的小眼睛,没有离开的意思,呼哧呼哧的喘息声让狗感觉很不爽。

老鼠还没有要离开的意思,喘息声让狗忍无可忍。狗站起来,厉声说:"滚!我要睡觉呢,不要打扰我!"

老鼠嬉皮笑脸:"这是主人的房子,你能住,俺也能住,我凭什么滚?"

狗说:"你的屋子在洞穴内,不是这儿,这儿是俺的地盘。别啰唆,快滚!"

老鼠突然加重语气:"风水轮流转,阴暗的角落俺待够了,俺今天还就不走了,也要在这晒太阳,过一回阳光的瘾!"

狗生来嘴笨,辩论不是它的强项。它抬起爪子,想摁住老鼠,老鼠机敏地躲开;狗张开大嘴,想撕咬老鼠。一个愤懑的声音从侧面传出:"狗哥哥,你要干什么?你吃喝不愁,吃香喝辣的,不该抢小弟的饭碗啊!"

大花猫瞪着眼睛站在一旁。

从此,便有了"狗拿耗子多管闲事"这句俗语。其实,许多事情的一开始可能就是假象,但是没有人出来纠正或者无法纠正,时间久了便弄假成真,比如狗、猫、鼠的这件事,一直是冤案。

长处与短处

牛、羊、鹿等有角动物召开代表大会,十二名代表聚集于二郎山。会议主要议程是:如何改变自身形象。

牛率先发言。它说:"人类把不听话的人说成'头上有角身上有刺',这是对我们有角动物的误解!其实我们是最听话的,忍辱负重,任劳任怨,从不捣蛋。"

羊说:"我有角不假,但我从没有伤害过人类,连小猫小狗都没有伤过,最多跟我羊哥哥、羊弟弟们嬉闹。我用过角,不过是无害运动。"

鹿打了一个喷嚏,说:"我是有角,不过人们都喜欢我这个角,说是含有名贵中药材,名贵对我有什么用? 所以,我最先表态,希望从我的孙子辈开始,不再长角。"

"不过,没有了角,以后遇到狼、狮、虎、豹找大家麻烦的时候,怎么应对呀?"牛忧心忡忡地说。

羊说:"我们也可以长出比狼、狮、虎、豹更加锋利的牙齿呀,以牙还牙,谁怕谁?"

鹿拍手称好,说:"对呀,角哪有牙齿的攻击力度大?"

其他有角动物都点头附和。

公元2345年,一场由狼、狮、虎、豹发起的全球性动物战争如期开战。仅几天时间,原先的长角动物全部被歼灭。做决议的十二名代表,开战的第一天就成了胜利者的晚宴。这些决策者到死都没能明白:在乎他人的看法,擅自放弃自己固有的长处,东施效颦,是多么愚蠢!

唐和耀（1964— ）

安徽太湖人。现任福建少年儿童出版社编辑室主任,副编审。中国寓言文学研究会常务理事、福建省作家协会会员。主编《中外道德寓言精品》等。

明与暗

猴王大寿庆典在即,猴子们忙开了。

甲猴早就看中了空缺的公关主管职位,为此准备送给猴王三根金条,它将金条藏在水果礼篮里。

在众目睽睽之下,甲猴口念"恭喜恭喜",毕恭毕敬地将篮子递给了猴王。猴王似乎有些不悦。

傍晚,乙猴在王宫后的垃圾堆里发现了被遗弃的水果篮。它连忙拾起,到树林里很快吃完所有的水果,然后眼前一亮,得到了三根金条。

趁着夜色,乙猴悄悄将三根金条送给猴王。猴王大悦。

两天后,乙猴荣升公关主管。众猴恭贺乙猴的同时,纷纷称赞猴王不徇私情。

半年后,动物庄园电视台播报猴王被查的消息时,众猴目瞪口呆。

两家剧院

动物乐园里,几乎同时开了两家剧场。

东头一家的老板是黑熊,走的是平民路线。剧场布置得简单整洁,演员都是乐园中动物兼职的,一张票才需一块动物铜板。

西头一家的董事长是犀牛,走的是高端路线。剧场布置得富丽堂皇,演员都是从珍稀动物演艺公司高价雇来的,一张票需十块动物银圆。

黑熊剧场的观众越来越多,而犀牛剧场的观众越来越少。犀牛倒是一点儿不急,它逐渐将票价提高。

一场意想不到的经济危机袭来,动物乐园许多行业陷入萧条。黑熊剧场生意却照常火爆。

犀牛剧场命运可想而知,最后只剩唯一的观众——大款活络猴。两个月后,活络猴在一场车祸中丧生。犀牛剧场随即寿终正寝。

猴子与马铃薯

猴岛上,一贯贪玩的猴子们居然变了,从去年开始种起了马铃薯。

岛上实行分仓销售制,各个猴子种的马铃薯放在一堆,任客户挑选。去年,干巴猴挑了一块最肥的地,却由于懒于耕作,马铃薯长得很瘦小,它的仓里几乎没动销。

出乎意料的是,干巴猴的舅舅三个月前当上了全猴营销协会会长,最近猴岛分管销售的副岛长的桂冠竟然落到了干巴猴头上。岛上一片哗然,然后渐渐平静。

今年岛内岛外马铃薯大丰收,价廉而且销路不畅,猴子们高兴不起来。

干巴猴召集营销专题会议。猴子们你一言我一语,讨论得热火朝天。接着,干巴猴大谈营销理论,说营销不是简单地卖马铃薯,而是如何如何。

正讲得天花乱坠时,长脸猴站起身打断它的话,问道:"副岛长,你为何不用你的营销理论去销掉你那些积压的马铃薯呢?"

"你你你……散会!"涨得满脸通红的干巴猴恼羞成怒。

正角与反角

某马戏团为了吸引观众,增加票房收入,拟隆重推出动物扮人系列剧。

演出获得巨大成功,尤其是反角演员——花狗冲冲的表演惟妙惟肖,赢得了最多掌声,成了全团的台柱子。

一天休息时，冲冲突发奇想："演反角都能一举成名，要是改演正角，那不红透了吗？"

当天演出结束后，冲冲拦住团长，先苦口诉说，后软磨硬缠。团长终于点头同意尝试。

休演数日，加紧排练。冲冲劲头十足，一口气接了七部戏，每部它都抢着演"一号"。开头团长还有些疑虑，劝冲冲适可而止，后来见它一意孤行，也就将赌注压在它身上。

离首演还有二十天的时候，当地各大媒体轮番进行广告轰炸，吊足了人们的胃口。当地市民翘首以盼，就连一些外来旅行团也更改行程等候。

马戏团上下忙得像陀螺。最大的一间演出大厅修整一新，金碧辉煌。售票窗口增至五个，"长龙"仍频频出现。团长在热血沸腾的状态下拟订了一天演出八场的计划。

盛大的明星转型演出终于拉开帷幕——首日上演的是言情故事剧《绝代缘》。随着浪漫悦耳的音乐声，一辆人力篷车缓缓而出，接着走出一个头戴礼帽、身穿长衫的人。那人走下车后，观众感觉很别扭，定睛一看，正是冲冲饰演的男主角——文学教授。可这"教授"毫无文雅可言，举止神态活像瘪三。观众们先是一愣，紧接着一哄而散，纷纷前去质问团长。

演出戛然而止，马戏团不得不公开道歉。在漫长的退票过程结束之后，一天傍晚，大伙突然发现，受谴责与自责的冲冲失踪了。

寂寞

嫦娥拜托搭乘宇宙飞船返回地球探亲的吴刚，将宇宙名画《寂寞之舞》捎给一位著名魔术师。她希望魔术师通过绝技，将她引以为傲的经典寂寞之美展示给世人，并在地球上复制宇宙水准的寂寞者。

魔术师的帽子、眼镜、手套以及各种道具迅速沾染上寂寞元素，在他尚不明就里的情况下，将寂寞传染给观众，再通过视频将寂寞情绪广泛传播。所有直接、间接染上急性寂寞症的人，千篇一律的症状是心灵闭锁，不愿与人交流，甚至不愿与人接触。

　　风将寂寞因子吹送到四面八方的山川、田野、石头、土壤,植物和动物也出现了寂寞综合征。……

　　魔术师的帽子最先发现了这一逆袭巨变。它费尽周折召集魔术师的眼镜、手套以及各种道具开会,商议对策。

　　魔术师的手套溜进卧室,竟发现魔术师在笔记本上叙说他自己成了寂寞之人。它按照会议部署,迅速将那幅名画卷起扎紧,套上绝缘胶纸,密封加固。

　　魔术师从寂寞中挣脱出来,被感染者也接连走出了寂寞。

　　名画被魔术师的手套送到市科技局,附上了魔术师的眼镜写的情况说明。

　　随后,名画被转送到国家航天局,附上了市科技局、心理研究所的报告。

　　奔月工程期间,名画连同报告回到了嫦娥手中。她懊悔不已,感慨万分,然后创作了一幅书法作品委托航天员带到人间。她写的是:"愿人间不再有寂寞!"

两只鸭的变迁

　　白母鸭怀特和麻母鸭弗拉是一对好友,从小形影不离。童年时,它们有一个共同爱好,那就是唱歌。所不同的是,怀特天生一副好嗓子,唱的歌悠扬动听,它还获得过第五鸭区文艺会演童年组优秀歌手奖和蓓蕾杯歌星大赛银奖;弗拉则五音不全,唱歌老是跑调,而且由于记性不够好经常把歌唱串门,虽然经常遭怀特讥笑,但是它痴心不改。

　　斗转星移,鸭子世界在一个春天经历着大规模的换岗迁移。怀特与其父母原地不动,而弗拉则随父母远迁至第九鸭区。

　　此后失去联系的怀特与弗拉,演绎着两种全然不同的生活模式。

　　怀特乐于在父母的安排下,辗转于第五鸭区的各个鸭场,陶醉在歌迷见面会的鲜花之中,或得益于各种特卖会的商家现场促销、各种商品的广告代言、各种剪彩仪式的特别嘉宾助阵,甚至有几次客串了车模、房模,且累且快乐。

　　弗拉则再三恳求父母,为它找个音乐辅导老师。父母不仅满足了它的要求,还为它购置了电子琴、电吉他。老师麻鸭玎珰从简谱教到五线谱,再从练声用气、视唱练耳,教到演唱方法、弹唱技巧,特别是根据弗拉的音域、音色特点为它专门创作了一些声乐作品。弗拉专心致志,踏实用功,进步明显,一年后获得第九鸭区少年歌手赛第一名。

一个冬日的晚上,刚刚从平面广告现场回来的怀特,一边点钞,一边打开电视机。文艺频道正在直播鸭子世界少年歌手电视大奖赛颁奖晚会,最后金奖得主一出场,怀特顿时觉得眼熟。难道是它?怎么可能?可是主持人分明念了它的名字——弗拉。"原来,跑调的选手容易得奖。"怀特不停地嘟囔。

"下蛋公鸡"的传经课

在自治鸡群"鸡乐世界",实行的是一夫一妻制。每对成年鸡分工明确,公鸡负责安保和为全家寻食;母鸡除了相夫教子,主要任务是下蛋。

有一对鸡夫妇,公的自命不凡、挖空心思盘算着如何独占鳌头,母的不知为何下的蛋偏少,以至于在向鸡群合作社售蛋纪录中老是垫底。

夫妇俩几经商议,终于想出一条妙计:声称它家是公鸡下蛋。它俩买通了合作社收购员,从此以双倍的价格卖出,实际收入名次一下子蹿升。

它俩又觉得光赚这点钱不合算,于是想出另一条妙计:办公鸡下蛋高价培训班。说干就干,贴海报、上广播,一传十、十传百,很快全群的成年鸡都知道了这一特大消息。

学费收齐后,第一次课定在八月初八。这天,发财礼堂里鸡头攒动,虚心的公鸡学员们正襟危坐。临时客串主持人的收购员一番吹嘘后,容光焕发的"下蛋公鸡"在雷鸣般的掌声中走上演讲席。它呷了一口菊花茶,扶了扶新配的眼镜,开始了传经。它越讲越起劲,越讲声音越大,越讲越玄乎。从食料讲到搅拌甚至烹煮佐餐,从助消化讲到增体重甚至美体美容,唾沫星子不时飞出老远。

就这样,翻过来调过去,讲了七七四十九天。学员溜号越来越严重,最后一天礼堂里只剩下两名学员。

第五十天,按原计划举行结业典礼。由于收购员威胁说,不参加结业典礼的学员,拿不到结业证书,出售的鸡蛋一律降等级,全体学员准时出席。收购员吹嘘一番后,"下蛋公鸡"开始它的总结。它拉拉杂杂说了一个多小时后,鸡群里嘀咕声越来越明显。

突然,坐在第二排的高个鸡站起身,敬了个礼,说道:"请老师现场示范下个蛋,让我们亲眼看看!"

"啊啊啊……""下蛋公鸡"落荒而逃,眼镜摔得粉碎。收购员拔腿便跑。礼堂里,一片哄乱。"抓住骗子,抓住骗子!"随着喊声,公鸡们一拥而出,朝着"下蛋公鸡"家的方向冲去。

猫的变迁

兜兜原本是一只流浪猫,流窜于荒郊野外、大街小巷的时候,它绝对是老鼠的克星,不时有肥硕的壮年鼠成为它的美食。

老鼠头领千千不得不格外谨慎,带着部下觅食、转移都要事先打探兜兜的行踪,整个过程中一直安排望风。就这样,仍有失算的时候,两名中层主管接连遇害。

斗转星移,流浪猫兜兜的生活突然发生了惊天转变:由于所在城市进行市容整顿,对流浪狗和流浪猫的捕捉、收容、领养迅速地推广,兜兜成为一位学者的家中宠物。

从此,兜兜过着吃喝不愁的日子,住进了别墅式的猫笼,以精制的猫粮作为日常主食,偶尔还有开胃的小鱼来供它开荤,喝的是甘甜的纯净水。每过一周,主人都让它享受一次温泉淋浴。

三年之后的一天,千千带领部下一路觅食,恰巧溜进了兜兜家,扭头看到了笼中的宠物猫,它一眼就认出那是兜兜。刚开始,千千还习惯性地胆怯,想着是不是该避让。可转念一想,兜兜已是笼中之物,何惧之有?

千千大踏步向前,接近笼子时,开始嬉皮笑脸地挑逗兜兜:"哎!老冤家,你有本事就出来呀,出来呀!我俩一对一比试一下,怎么样?嘿嘿……"

兜兜哪里受过这种戏弄?它脑中放电影似的忆起往事,然后回道:"哼哼,想当年,你们全鼠类之中哪有我的对手?"

"好汉不提当年勇。你现在来跟我比试呀!"千千笑嘻嘻地说道。

兜兜恼羞成怒,情急之下,它一把打在笼门上。不料,门一下子被推开了——原来当天主人竟然忘记别上门闩。兜兜一下子摔倒了,并滚出笼子。它拼命地爬,可是好久都无法起来。

千千一声令下,老鼠们一起动手,捉拿了兜兜,然后连拖带拽弄到鼠窝囚禁。当初老鼠的克星,现在竟然败给了老鼠。

狗熊眼中的老虎

在一个偏僻的山间盆地里,有一小片灌木林,林中住着一帮狗熊。它们经常从收音机里听到老虎的消息,从电视里看到老虎的画面,也从书刊上了解到老虎的概况。可是,它们一直没见过真老虎,而且对媒体上关于老虎威风的说法表示怀疑。

一日午后,狗熊们有的在聊天,有的在打牌。突然,一头被猎人打伤后感染患病的中年老虎吃力地、慢吞吞地挪着步子,进入林子,然后一下子瘫倒在地上。

狗熊们听到咕咚一声,纷纷赶过来查看。这一看,可把狗熊们吓了一大跳。多熟悉的脸面呀!狗熊头领多沙赶忙去取来画报,与眼前的动物对照着审视,最后一拍大腿,喊道:"正是它!终于见到真老虎啦!"

然而,多沙觉得老虎并不可怕。这厮歪歪倒倒,有气无力,这样的平庸之辈怎能称大王啊?"伙计们,操家伙!"它一声令下,手下忙着去取武器,刀枪棍棒一齐上,片刻工夫就结果了老虎的性命。

狗熊们狂欢着、吼叫着,它们现在都认定狗熊成了动物界的头号胜利者,大王的宝座非己莫属。多沙决定趁热打铁,攻下老虎的巢穴。狗熊们一呼百应,群情振奋。它们操起各式各样的武器,奔出林子,跃出盆地,沿着外出的唯一通道向山头进发。

没多久,遇上一只缓缓而下的大个头野猫,多沙看它长得像老虎,就判断它是下山找父亲的虎崽。在多沙的授意下,二头领唰唰一刀砍下了它的头。

多沙和手下更加斗志昂扬。它们趁着这股劲头,翻过了三座山,涉过了一条浅水河，终于看到写有"虎园"两个字的大标牌。呖呖一把推开虚掩的大门，狗熊们吆喝着、呐喊着，杀气腾腾地闯入老虎们的领地。

不料，当它们刚挺进一百米左右时，突然被一张牢固的大网罩住，紧接着看见从弯道那边冲过来几十头猛虎。狗熊们哪里知道，虎园里到处都有摄像探头，监控室还装有先进的定位系统，通过对讲机老虎们随时能掌握入侵者的动态。看到老虎们的架势，狗熊们一下子吓瘫了，哀哭不已。

为首的那头老虎格外威武，额头上的"王"字特别醒目。无疑，它就是这儿的大王。"弟兄们！将这些擅自闯入虎园的熊东西统统灭掉，腌制后做成肉干，我们慢慢享用。哈哈，哈哈！"虎王大声喊道。

老虎们的报复行动，先从多沙和呖呖开始，刚才就是它俩跑在最前面。它俩被拖出网，然后被一刀刀活割。痛晕过去后，又被踢醒。它俩身上的肉被割掉一小半后，虎王命令割下它俩的头颅，挂到大门口示众。余下的狗熊们就没有受活割之痛，它们被注射一种针剂后就永远地闭上了眼睛。

狗熊们死到临头，才真正认清了老虎。

猴王选接班人

猴王近年急剧衰老，现在它想赶紧确定接班人，把权交出去。它盘算了好久，终于想出一条高招……

雨后的一天，猴王把备选的五只壮年猴喊到跟前，递给它们各一只藤篮，说道："你们来抽签，按照签上标明的时间、地点去采蘑菇。每处我都派助手跟踪监视。谁采得最多，我就大赏它。"

甲猴抽到的是"今日上午八时出发前往屋后山"。屋后山是有名的野生蘑菇基地，甲猴喜形于色。它不费吹灰之力，满载而归。

乙猴抽到的是"今日上午八时出发前往铁岩山"。铁岩山是光秃秃的石山，连草都见不着，更不用提蘑菇了。乙猴抱怨而去，愤然而归。

丙猴抽到的是"今日上午十一时出发前往长青畈"。长青畈是庄稼地，根本不长蘑菇，丙猴疑惑而去，灰心而归。

丁猴抽到的是"今日上午十一时前往九虎山"。九虎山处于半荒状态，即使在最佳状态下，蘑菇也寥若晨星，何况这个时辰来到？自然遇不上蘑菇。丁猴抬头一瞅，发现山坡上有三棵野生桑树，成熟的桑葚挂满枝头。它灵机一动，连忙爬上树采摘桑葚。接着，它提着满篮的桑葚，到山羊开的水果蔬菜店里，全部换成蘑菇，高兴而归。

戊猴抽到的是"今日上午十一时前往清风塘"。清风塘是当地著名的野生鱼类基地，可四周不长蘑菇。戊猴恼怒而去，气馁而归。

甲猴和丁猴提交的蘑菇，暂时被分别上锁，严加看管。

下午三时，猴王召集全体部下开会。首先，五只壮年猴汇报了各自行程概况，猴王的助手们做了旁证。然后，甲猴和丁猴的蘑菇经当众过磅，其结果令大伙吃惊不已——都是五十二斤八两。猴王让管账猴取出六十块动物银圆，平分给甲猴和丁猴。众猴或鼓掌，或喝倒彩。

猴王示意安静，过了好一会儿才不紧不慢地说："通过今天的测试，我还做出了一个重要决定——选择丁猴作为我的接班人，几天后举行正式的交接仪式。"

众猴愕然。甲猴上前问道："大王！我和丁猴上交的蘑菇一样多，而且它的蘑菇是换来的，不符合要求。凭什么选择它当接班人？"

猴王缓缓答道："凭什么？凭它机智灵活，善于变通。"

众猴欢呼着、跳跃着。

驴子的委屈

创优驴场是一家以驴子为主要劳动力的新型企业，下设运力队和磨面坊。

驴场的主人阳阳是一位下海的学者，精通心理学、教育学、经济学和运筹学。每进一批驴子，他都对它们进行分别测试，根据各自的性格特征、兴趣爱好、耐受能力，分成两组。一组进运力队，另一组进磨面坊。

经过优选分组的驴子，充分发挥着潜力。运力队和磨面坊的服务，以高效率、高速度、高质量赢得客户的超高评价，受托运输和加工磨面生意日益火爆，大单客户预约经常需要提前一周。

闻名遐迩之后,参观访客络绎不绝。一日,来客之中有个自命不凡的诗人。他来到第一磨面间,对着勤恳拉磨的劳模——驴子盾盾,叽里咕噜吟诵了一番。由于诗人的地方口音很浓,驴子没听明白,也就没有任何反应。诗人意犹未尽,他从行囊里抽出纸笔,写下了他的"大作"——《什么都不懂的一头驴子》:"走呀走,走呀走,走过了昨天,正在走过今天,还将走过明天。走呀走,走呀走,走过了多少春秋冬夏,躲过了多少阴晴雨雪。常言行万里路如读万卷书,你却什么都不懂。"在随行者的掌声中,诗人亲手将"大作"贴在墙上,然后扬长而去。

歇晌的时候,盾盾昂起头,瞧见墙上的诗作。默念完后,它长号一声,然后泪如泉涌,瘫倒在地。其他磨面间的驴子循声而来,管理员也匆匆赶到。看到墙上的诗作后,都明白了原委。在管理员的安排下,驴子们将盾盾架出磨面坊,临时放在待工间休息,并喊来了兽医检查、调理。三小时后,盾盾恢复了健康。

主人阳阳和管理员们万万没有想到,这件事情的起因迅速发酵,竟然引发了拉磨驴子的集体罢工。在劝解无效的情况下,主人阳阳做出了一个无奈的决定:将运力队与磨面坊的驴子全部对调。驴子们上了新岗位后,几天新鲜劲一过,普遍感觉无法适应,劳动效率低下。原来磨面坊的劳模盾盾,竟然成了运力队的末梢。

一周以后,两方面的驴子都主动要求回到原岗位。一切似乎平静了下来,然而经历折腾后驴场的元气大伤,很久都没能恢复到从前的状态。

一天清晨,来访的寓言家听完管理员的讲述后,感慨万分,然后发出了呼吁:"文学啊,千万不能伤害敬业爱岗的驴子!它们认识自我,发挥所长,乐于奉献,这是多么通情达理啊!人们啊,千万不要因为祖先造出了'任劳任怨'一词,就去任意伤害踏实肯干的劳动者!"

猴岛的年终考评

猴岛一年一度的年终考评来临。与往年不同的是:今年新上任的岛长嘟卡决计改变考评办法,而且说一不二。眼下考评成了全岛的头等大事。

考评的重头戏是海选劳动模范,预定得票最多的一名当选。不出分析人士所料,以种马铃薯闻名遐迩的猴岛,劳模得票数排名靠前的,全是种植高手。要么单位面积产量高,要么产品个头大。连续三年经业绩考核评出的劳模勤勤,得票数第一。

岛长的如意算盘彻底打错了。它本以为它的小舅子磙磙会稳居前列,因为在它授意下磙磙挨家逐户打点过,除了少数严词拒绝,其余都笑纳了。

猴岛上从去年开始,劳模可以作为提拔重用的重要砝码。去年勤勤主动放弃了晋升分管生产的副岛长的机会,现在那职位还空缺着,事情暂由岛长代管。所以,这次磙磙如果顺利获得劳模的荣誉,晋升之事将是水到渠成。

却说那个磙磙,的确像扶不起的阿斗,不但懒于耕作,而且三天两头酗酒滋事。它如果能当劳模,岂不是翻了天?大伙儿心里都清清楚楚。当场公布的海选结果,让嘟卡和磙磙大跌眼镜——磙磙仅得两票,倒数第一。大家都能猜出那两票是嘟卡和磙磙投的。

本来这事到此就该结束了,可磙磙的姐姐得知消息后不依不饶。嘟卡只得硬着头皮硬闯试试。

第二天一早,嘟卡就召集岛委会议。它强调:"海选结果只能作为参考,民主之后集中是关键。"接下来,嘟卡拿着海选结果统计表,从高票到低票逐个地点评:老劳模勤勤,工作业绩突出,但是对同事的帮助不够;中层主管柳柳,具有超凡的管理能力,可是自己的种植水平一般;种植新秀棠棠,创新成果显著,然而时有莽撞行为……中层主管敦敦,管理粗疏,业绩平平。除了嘟卡自己和磙磙,全部的岛民都如此这般被评价了一番。最后,嘟卡总结道:"因此,我们采用淘汰法,也就是排除法,劳模的荣誉应该授予磙磙。"会议在稀稀拉拉的掌声中结束。

一张大红喜报,立马将新劳模磙磙公之于众。

嘟卡在田野到处找不到磙磙,遂带着几名部下,到多处室内找寻,结果在磙磙家里床上发现了酒气熏天、呼呼大睡的它。嘟卡气得一摔门出去了。此事很快传遍了全岛。

两天后,一封实名举报信以快递寄到了全猴督察中心。总督察剑剑连拍桌子,随即派员前往猴岛调查。核实之后,嘟卡被就地免职。磙磙的劳模称号,理所当然地被摘除。

一番周折之后,猴岛归于平静。本年劳模的荣誉,又落到了勤勤头上。

许泽夫（1964—   ）

　　安徽肥东人。现任中共肥东县委宣传部副部长、县新闻中心党委书记。中国作家协会会员，中国散文学会理事，安徽省作家协会理事，安徽省诗歌学会副会长，安徽省报告文学学会副会长，安徽省作家协会散文诗创作委员会主任。著有《深沉的男中音》《断弦之韵》《牧人吟》《渡江颂》等。

拉　磨

　　一头牛在拉磨。

　　一头耕牛在拉磨。

　　看一眼便知，那是一头耕地的牛。瞧它的脚步，踏踏实实，掷地有声，迈出一步就像钉下一个楔子。瞧它的头高扬着，那是随时接受清风的歌颂和牧童的花环。

　　一头牛在拉磨。

　　一头耕牛在拉磨。

　　它是按驴的标准装束的，眼睛被一块黑布蒙上。其实，对于磨盘上的米面，它根本不屑一顾。它的心目中，草才算粮食，轭架在它的脖子上，另一头不是犁而是沉重的石磨。

　　一头牛在拉磨。

　　一头耕牛在拉磨。

　　它在遭受着折磨。它试图挣脱，致命的鼻绳被一双手死死地拽着，它跟着钻心的痛一圈又一圈地转动。

　　牛心里的苦，牛说不出。

　　牛心里的苦，牧童最知，他不能说。

　　长大了的牧童用诗歌的形式替牛说了。

赤　脚

下雨了。

我赶紧将脚上的鞋脱下来,揣到怀里。

这是母亲纳的千层底。干了一天农活的母亲,在微弱的油灯下,一针一线地缝着。睡梦中我在一声小小的惊叫声中醒来,母亲正吮着流血的指头。

鞋底上浅浅的血迹,野花般鲜艳在脑海里。

牛背是汪洋中一块小小陆地。

我也舍不得骑牛。轭勒紧的部位已渗出血,牛虻和苍蝇趁火打劫,它的眼睑流下了黄色的眵目糊。

牛在前头移动,硬蹄践出细碎的雨花。

我跟在身后,一双小脚踩着牛的脚印,不会滑倒,还有些暖意。

鞋,似乎知冷知暖,几次要跳出胸怀,都被我用力按住。

这么多年了,那双鞋,还贴身带着,伴我行走天涯路。

多想自己是一头牛

或许是对饥饿的恐惧,或许是对温饱的渴望,农家骨节突出的大手,在土地里猛抠。早稻还在晌场暴晒,又要栽种晚稻。

必须在大暑与立秋的夹缝里,完成收割、脱粒、耕田、耙地、插秧一应工序,环环相扣,刻不容缓。

总有几天,不堪重负的水牛,敌不过步步逼近的秋风秋雨。

总有几天,我们要扮演牛的角色,体验牛的苦劳。

于是,兄弟们,我们耕田。

几个人一组,粗大的麻绳一端套在犁上,另一端扣在我们的肩上。

我们的双手,搭在彼此赤裸的肩上,好在我们已熟悉了牛的姿势,喊着号子,拉着水淋淋的铁犁,步调一致地往前走。

太阳像蝎子一样噬咬着油黑光亮的脊背,哪一季不揭去一层皮啊!

呼儿嗨哟,我们宁愿自己是牛,像牛一样吃得下苦,受得住累;我们多想是一头牛,拥有牛一样原始的力量。

当几天牛,拉几天犁,做几天牛的营生,我们养就一段牛的禀性,成就着自己一生的美德。

乳　娘

吃着地里的野菜,面黄肌瘦的母亲乳液稀少,带着血丝。

吃着地里的野草,四肢发达的母牛,奶水充足,溢着香气。

小牛犊,只要省下一口,就够我喝一顿了。

母亲将一捆青草背到牛舍给母牛,然后摸出一只粗瓷碗,半跪在母牛的肚皮下,又一次小小地偷窃。

她啜一小口,却并不咽下,抱起我口对口地哺喂。

小牛犊嫩嫩地哞几声,表示不满,有时干脆在母牛的身上蹭来蹭去,以求独占它的母亲。

倒是母牛通情达理,并不在意牛犊的胡搅蛮缠,一口一口地奉献出自己浓浓的乳汁。

在我儿时的记忆里,模糊一片,辨不清哪个是母亲,哪个是母牛。她们都是我的乳娘,都是我的亲娘。

兄弟俩用牛

炎热的夏天,兄弟俩在用一头水牛耕田。

哥哥累了,弟弟接着用,总不肯让水牛下水洗个澡,喘口气;也不让水牛到阴凉处歇一歇,吃口草。

水牛哀求说:"我实在顶不住了,歇一歇再耕吧!"可是兄弟俩手举鞭子又是打又是吓,牛终于把田耕完了。

第二天,水牛死在牛棚里。哥哥欣喜地对弟弟说:"要不是昨天赶紧把田耕完,那到今天怎么办呢?"

朱麦完（1964— ）

　　安徽南陵人。现任南陵县许镇镇金阁村党总支书记。中国寓言文学研究会会员，安徽省民间文艺家协会会员。

翠鸟和青蛙

　　金色的翠鸟已在池塘边等了很久，但始终未叼到一条鱼。一只青蛙和翠鸟搭讪起来："翠鸟小姐，你以食鱼为生，可今天等了这么长的时间，为何没吃到一尾鱼呢？"

　　"我从来就在小河、小塘旁边等待，一旦看见有鱼浮出水面，便算是我走运了！"翠鸟说。

　　"那你下水捕鱼行不行？"

　　"不行！我下水就会淹死，再说我也不愿那么干！"

　　青蛙说："翠鸟小姐，你与其在这里等待，不如去拜鱼鹰为师，学一手捕鱼的本领吧！"

螃蟹走路

　　螃蟹和乌龟、青蛙在一起散步。乌龟指责螃蟹说："老弟，你走路不得法呀！怎能横着走呢？"

　　"我只有如此！"螃蟹眨眨眼睛说，"我以前曾改过，未能如愿以偿。"

　　青蛙发表自己的见解说："乌龟老兄，我和你的看法不一，走路各有各的走法，何必指责？譬如鸡、鸭、鹅走路用两只脚，马、牛走路用四只脚，我看螃蟹横着走也无妨，只要能走，又何必都一样呢？"

蝌蚪剪尾巴

蝌蚪问妈妈:"我什么时候才能长成青蛙?"

妈妈说:"你的尾巴什么时候脱落了,就什么时候成为青蛙!"

蝌蚪不耐烦啦:"那要等到什么时候呢?"

它独自找到螃蟹,央求说:"大叔,请你把我的尾巴剪掉吧!"

螃蟹不问青红皂白,抬起钳子,咔嚓一声。哪知尾巴一剪掉,蝌蚪在水中失去了控制,慢慢地沉到水底去了。

我和木匠

傍晚,我从寒儒斋内读书出来,看见在我家做木工活的木匠师傅还没收工,便劝他洗手休息,准备吃晚饭。于是,木匠师傅在木屑中寻找并整理他的工具。当他把锯子另一端的麻绳松掉时,我好奇地问:"师傅,锯子今天放松明天绷紧,这样做不是很麻烦吗?"木匠师傅笑笑说:"这把锯子随我十几年,我每每收工时都把它松下来。因为它一天到晚都绷得很紧,如果连夜间休息都得不到放松,就会影响它的使用寿命!"

听完木匠师傅的话,我拍拍自己发涨的脑袋,似乎明白了许多。

麻猫逮鼠

麻猫看见一只老鼠钻进洞里。于是,它便守候在洞口外,两眼直盯着那里。

小狗看到猫是那样的聚精会神,便说:"猫兄弟,咱们去野外玩玩吧!何苦守在这儿?"

猫坚定地说:"我看见老鼠钻进洞中,我要拿它当夜餐!"

小狗没办法,只好独自玩去了。半夜,小狗回来了,见猫在美美地吃着老鼠,夸奖它说:"猫兄弟,你真有本事!"

麻猫谦虚地说:"我没有什么本事!要说我有本事,那就是毅力和耐心!"

两只蜘蛛

暴风雨过后,一只蜘蛛浑身湿淋淋地问另一只蜘蛛:"老兄啊,你真是神仙呀!你天天在露天织网,可今天刮风下雨,你却把网织在屋檐下,安然无恙!"

另一只蜘蛛说:"老弟,我在结网之前,总要听一听广播里的天气预报。我并不是什么神仙,只是你信息不灵啊!"

鼠夹和猫

鼠夹上放着一块鲜肉,作为捕鼠的诱饵。一只猫看见了,便去抓肉,不料被鼠夹捉住。

猫疼痛难忍地说:"混账东西,你夹不到老鼠,怎么乱来?你不看看我是谁!"

鼠夹理直气壮地说:"谁来吃肉,我就捕获谁!"

伊索遇到麻烦

一天,伊索先生漫步在森林里,构思一篇寓言新作。突然,一个农夫气冲冲地闯到他的面前,大声吼叫:"伊索先生,我要找你算账!"

伊索被这突如其来的事惊住了,不解地问:"朋友,你我无冤无仇,找我有什么账可算啊?"

农夫说:"你不是写过《行人和熊》吗?"

伊索点头说:"是的,那是我写的寓言作品!"

农夫说:"既然你承认了,这就好! 你在作品中说熊从不吃死人。我一天在山上干活,遇着一头大黑熊,来不及躲藏,便仿照你作品中那个行人倒地装死……嗯! 要不是来了个猎手及时打死了熊,我准成了熊的一顿美餐!"

　伊索探问农夫说:"在黑熊到达你身边时,你紧张吗?"

　农夫说:"死到临头,谁不害怕? 我浑身发抖,如筛糠一般!"

　伊索坦然说:"朋友,在吃人的熊面前,装死也是需要勇气和胆量的!"

汪兴旺（1965— ）

安徽桐城人。安徽省作家协会会员，安徽省散文家协会会员。

地　盘

自从邻居家花子失踪后，我的厄运也随之而来。万万没料到，主人搬家时悄悄地撇下我，害得我在租住处蹲守了两个月，也不见主人回来。想想平日里一天两顿伙食，他们从不少给我，还夸我忠诚，智商高，情商也不低。可这回他们真的不要我了！夜晚，我蜷缩在墙角，饥寒交迫，哭得好不伤心。现在的人哪……唉，说这些没用的话又不能当饭吃。

我不能就此消沉下去，我见过许多流浪的兄弟姊妹比我更惨。它们一生下来就流浪。为了活下去，它们依然快快乐乐。想到这，我鼓起勇气，放下往日尊贵的架子，不惜同流合污。几番观察，我发现公家大院里有个很气派的食堂，院中有花花草草，十分幽雅。厨房里时常飘出阵阵好闻的肉香，诱得我垂涎欲滴。我想偷偷溜进去又不敢，只因院里有白色的同类，虎视眈眈的样子，还有一黄一黑两只猫，常抱作一团，打情骂俏。我不知道它们什么来头，反正等待它们的有骨头、有肉、有鱼汤，这才叫快活！

有些事是逼出来的。那天我饿得发昏，趁同类不在，硬着头皮从后门溜进去。食堂的炊事员发现了我，我们对视良久，似曾相识。然后我就跟前跟后，摇头摆尾献殷勤。冷不防她一个急转身，一脚踩在我的脚上，痛得我一声惨叫，她反而又气又恼，抄起一根饭勺轰我出门。

我一瘸一拐地躲开，在角落里探头探脑。开饭了，我看到公家的人争先恐后，山吃海喝后，炊事员把剩骨头呼隆一下倒在场地上。哇，好香好香！我陶醉得叫出声来，忽地，从树丛里窜出两只猫来，正是那天看到的那俩，冲我就龇牙咧嘴，嘴里还发出呼呼的恐吓声。我心惊肉跳。要搁在以前，我才不怕呢！如今是在它们的地盘，不跟它们计较啦。我忍着饿，踉跄着走开。突然，那个白色的同类吼着向我猛扑过来,我一个躲闪,让它扑了个空。我寡不敌众,赶紧逃命吧。

我想了几个通宵,就凭我的智商和情商,难道对付不了它们?若打进它们的地盘,我得想办法跟炊事员套近乎,老早就听以前的主人说"厨房有人好吃饭",这话我信!瞅准炊事员去菜市场,我低声下气地来回接送。我听到卖菜的人当她的面夸我时,炊事员得意地笑了,俨然成了我的新主人。路过菜市场旁的垃圾堆,一群脏兮兮的同类为争抢食物,打得头破血流。我意外发现一个熟悉的身影,咦,是邻居家的花子。我问它为什么半年都不回家,花子哭丧着脸说:"主人不要我了。"我自知比它好不了多少,安慰了几句,匆匆离开。

我终于听到炊事员跟别人交谈时说:这帮流浪的家伙中,数"大眼睛"最灵性,它原先的主人也太狠心了。我晓得"大眼睛"是指我,心里好不激动。我想,待我有了靠山,我就不怕白子、黑子它们排挤了。

我还打听到,这阵子白子不知躲哪儿产崽了,它担心孩子被人抱走,临时搬到外面住了,只有饿急了才回大院。这可是天赐良机!更何况炊事员对我态度有加,有一回还特地扔过来一根骨头,这是我流浪以来第一次啃上骨头。我底气足了,为了地盘,我苦练擒拿格斗,以牙还牙,将那两只曾欺负我的骚猫撵上树梢。我郑重宣布:这里的地盘我有份!

正当我春风得意时,一天晚上,我亲眼看见垃圾堆旁,有人打开一只口袋,像倒垃圾似的,倒出七八只狗崽。狗崽们嗷嗷直叫,那人跟贼一样迅速逃离。它们本是我的同类,现在似乎成了威胁我的对手。我望着黑漆漆的夜空,心想:一只流浪狗的生存就这么难吗?眼泪哗地一下流出来。

云　弓（1966—　）

笔名云弓，安徽庐江人。现在在合肥市第八人民医院任职。曾任中国寓言文学研究会理事。

请　教

一个年轻人去拜访一位大师，向他请教为人处世之道，大师给他讲了三个故事。

第一个故事：

从前有两个强壮的青年，一拙，一巧。两人奉命在同一块地上各自挖井找水，很快两人都挖了两米深，但丝毫没有水的迹象。拙者继续在原地深挖，而巧者则换了个地方做新的尝试。如此这番，两人工作了很久，终于拙者通过不懈的努力找到了汩汩的源泉，而巧者虽然不断地更换地点，终究还是一无所获。

年轻人听罢，若有所悟地点点头："我明白，做人就应该持之以恒，不应该朝三暮四，蜻蜓点水，否则终将一事无成。"

大师只是笑笑。

第二个故事：

还是这两个人，巧者在经过数次的尝试后，终于在一个地方发现了有水的迹象，于是他在此深挖，最终找到了水源。而拙者则始终在原来的地方，一如既往，埋头苦干，越挖越深，结果虽然付出了很多却始终没有找到水源。

"这？"年轻人有些迟疑，"我想也许人还应该不断地总结经验，不断地尝试最适合自己的生存环境，而不应该刻板教条，更不应该执迷不悟。"

大师还只是笑笑。

第三个故事：

两个人虽然都竭尽了全力，但无论拙者挖多深，也无论巧者换多少地方，两个人都没有能找到水源。

"为什么?"年轻人疑惑起来,"那做人还有准则吗?"

"因为这个地方可能根本就没有水。"大师从容道,"其实为人也是如此,生活中没有一成不变的处世原则,一切都要靠你自己去摸索和体味。"

猴子的集体主义

大猴、二猴与小猴,三个猴子属于一个集体,同甘共苦,患难与共。它们生活在旅游区,经常有游人为它们散发水果。一次,三个猴子忙碌了一天,各自带着水果回家,重新分配,一猴一份,最后剩下香蕉一根、苹果一枚、桃子一个。三猴商定这三样东西作为集体财产,共同拥有,共同保护。

几天后,香蕉的边缘开始发黑。

小猴流着口水:我肚子饿了,想吃香蕉。

二猴说:不行,我不饿。

大猴说:谁都不准乱动。

第二天。

小猴:我真的饿了,再不吃香蕉就要坏了。

二猴:吃就吃吧,我们分一下。

大猴:好,每位吃一口。

小猴:不行,我嘴小,这不公平。

二猴:要不,等分成三段,每位一段。

大猴:不行,这不公平,我胃口最大。

第三天。

小猴哭:香蕉烂了。

二猴:既然烂了,就扔了吧。

大猴说:好。

三个猴子一致同意,高高兴兴地扔了烂香蕉。

第四天。

二猴:苹果皱了,我们把它分了吧。

小猴高兴:好啊!好啊!

大猴:这东西没法分,看来只有每位咬一口了。

二猴:好的。

小猴:那我先咬。

大猴:真自私。

二猴想了想:先放着吧,过几天再商议个万全之策。

第五天。

小猴兴奋地告诉大家一个好消息,邻山的猴子愿意用三个橘子换我们的苹果,我已经跟它们商量好了,这样一来,我们每位一个橘子刚好。

二猴:不行,这明显吃亏了,我们有损失。

大猴:是啊,传出去别的猴子会笑话我们的,这可是集体的财产。

第六天。

苹果坏了。三个猴子一致决定将烂苹果扔了,都很满意。

第七天晚上,小猴正睡得香,突然听见有动静,睁眼一看,好家伙,有几个老鼠正在偷吃桃。小猴用脚踹了踹二猴,二猴翻了个身又睡了。小猴又蹬了蹬大猴,大猴鼾声正浓。小猴气呼呼地想:又不是我一个的,都装睡,我也不管。

第八天,桃子变成了桃核。

大猴:该死的老鼠。

二猴:该死的老鼠。

小猴:该死的老鼠。

三个猴子骂完老鼠,手挽着手高高兴兴地出去玩了。

丛林法则

一

山中有一棵伟岸的大树,它枝繁叶茂,丰姿绰约。它的顶端极力向上,寻求最多的阳光雨露;它的枝干舒展扩张,占据最有利的呼吸空间;它的根系盘根错节,丝丝入扣,吮吸着大地最多的精华。可是,在大树的身边,几棵弱不禁风的小树却在痛苦中挣扎,枝干瘦弱如草茎,叶子萎黄如残花。

小树愤愤地盯着大树:"你已经有了如此辉煌的成就,为什么还要与我争夺生存的空间,你处处得天独厚,为什么却要限制我的发展?"

大树冷冷地说道:"这里是丛林,竞争就是丛林法则,因为你的生长对于我来说是个威胁。"

二

一棵草的种子落在了树下,在晨曦中,从土的缝隙探出嫩黄的小脸,羞涩地轻摇着自己纤细的腰肢,张望着这个陌生的世界。一滴雨露从大树的枝干上滴下,又是一滴,这珍贵的甘露滋养着饥渴的小草,草儿蓬勃地成长,它抬起头:"谢谢您!大树先生,谢谢您的慷慨和大度。"

"哈哈哈哈……"树宽厚地笑了起来,笑声在丛林中荡漾:"别客气,我们同在一个丛林,相依相偎,互相帮助,这是丛林的法则。尽情地长吧,要知道一个不想长成大树的小草不是个好小草,我会尽一切可能帮助你的,哪怕你长得比我还要高。"

小草感动得流出了晶莹的泪滴。

三

小草努力地长高,可每当它长到一定的高度就无力地倒下,在它倒下的地方继续生根发芽,它一次次地长高,一次次地倒下,终于长成柔美的草坪。

"你在干什么?那么卖力地生长。"小树低垂着头,不解地问。

"是伟大的树,它的慷慨滋润了我,它鼓励我成长,我不能辜负它的希望。"

小树摇摇头:"它才不慷慨,你瞧它把我挤成什么样,我都要饿死了。"

"可这是为什么?它会如此的不同。"

"因为你的生长不会对它构成威胁,你精心地呵护着它脚下的土地。"小树若有所思地说,"适者生存,这是丛林的法则。"

四

夜晚,刮起了强劲的台风,风声鹤唳,万木萧瑟。当太阳升起的时候,风止了,大树折断了树干,庞大的身躯凌乱地趴在地上,它看看身边的小树:

"这么大的风你怎么没事?我如此坚强都不能幸免于难,而你却是如此弱小。"

小树在风中招摇着自己的身体,阳光暖暖地照在它的叶子上:"你总是过于求大、求高,却忘记了树大招风,木秀于林风必摧之,懂吗?这也是丛林法则。"

丛林法则不止一条,我们要在竞争中寻求合作,在竞争中寻找自己的位置,在竞争中寻找一切可以成长的机会。

一头猪的非正常死亡

一群猪,世世代代生活在饲养场里,快乐、幸福、无忧无虑。

这里有充足的食物,足够的睡眠,有免费医疗,却没有任何工作压力。

膘肥体壮,皮红毛顺,是每头猪成功的标志。一头猪若能顺利走向屠场,便说明它是个成功者,如果它以很短的时间便能完成自己的一生,那么它的一生就是一帆风顺的了。

最年轻最健壮的猪,是在安享晚年;死于屠刀下,便是寿终正寝了。当猪发出最后一声嚎叫的时候,那是它生命中辉煌的顶点。

所有悠闲的猪个个都是哲学家,经过无数次的讨论,它们对生命的理解已渐臻化境,可以大彻大悟了。它们一致认定:猪是世界上最幸福的物种,屠宰场则是它们生命中理所当然的归宿。

可是有一天,有一头小猪犹豫了。当所有的猪都在为那些走进屠场的同伴热烈祝福的时候,它犹豫了。"为什么?它们都很年轻,却要去死,它们应该还能活很久。"

"你这蠢猪,简直长了人脑子,你没生病吧?"长辈们惊诧极了。

同伴也嘲笑它:"竟然不知道自己是头猪。"

小猪渐渐地忧愁起来,尤其是当大家伙都很快乐的时候,这种忧愁显得太不相称。它渐渐地失去了所有的朋友,越发地孤独了。终于有一天,一件不可思议的事情发生了,这头小猪,逃跑了。

小猪跑进了荒山,失去了温暖安逸的生活,面对危机四伏的世界,它不得不东躲西藏,到处寻找食物,过着颠沛流离、朝不保夕的生活。渐渐地,它的皮变得很厚,它的牙齿越来越锋利,它的出没甚至让周围的村民烦恼起来,村民为了保护自己的蔬菜,到处驱逐它。

它的故事传到了猪界,在那里它是个传奇的另类的猪,是一个失去乐园的猪。所有的猪都将它作为一个反面教材,教育那些有非分之想的猪。猪界预言:很快这头猪将死于非命。

不过它没有很快死去,反而越来越坚强。而它的故事,在猪界那些生命短暂的猪中代代相传,渐渐地,甚至有猪怀疑它的真实性:"莫非真的有一头如此长寿的猪?"

很久以后的一天,那头猪已进入垂暮之年。那是个温暖的中午,它在泥地里舒舒服服地蹭了个痒,然后对着太阳,眯起眼睛,舒坦地放松四肢……

村民找到了它的身体,惊讶地发现,它不是野猪,竟然只是一头普通的猪。村民们掩埋了它,称它为一头寿终正寝的猪。

猪界关于它的冗长的传说终于有了结果,一头没有死于屠刀的猪。当然,在猪界,大家一致公认:它死于非命。

自　由

一名奴隶很用功地工作,脚上沉重的镣铐使他步履蹒跚。他就这样工作,记不清已经干了多少年了。这一天年轻的主人第一次来检阅他的奴隶们,看着他老态龙钟的样子,起了怜悯之心:"你,过来。"

"主子,您喊我?听候您的吩咐。"他拖着镣铐,恭敬地走过来。

"你在这里干了这么多年,我决定给你自由,从现在起,你就是自由人了,感谢伟大的主吧!"

"自由?自由是什么东西?那东西有用吗?"他有点困惑。

主人笑着,命人给他解开镣铐:"你可以走了,我再给你一笔钱,你可以安享晚年,感谢伟大的主吧!"

奴隶待在那儿,不知所措。"走吧,你自由了。"

奴隶习惯性地抬起脚,抬得很用力,抬得很高,竟然仰倒在地上。他试了几次,最终没有成功,最后叹了口气,坐在地上,看着旁边的镣铐出神。

枷锁是一种桎梏,有时候却是一种依靠。当桎梏成为一种习惯时,自由便会引起混乱。只有当人自己想解脱的时候,自由才有意义。

拯 救

一艘豪华邮轮在海上遇到了暗礁,顷刻之间巨轮倾覆。船上的人大多数葬身大海,只有一小群人,幸运地挤上了一艘救生艇,在海上开始了艰苦的漂泊。不知经历了多少天,终于在远处出现了一个小岛,所有的人竭尽全力划向小岛,人们最后获救了。

这是一个荒凉的小岛。虽然大家都获救了,但是这里与世隔绝,人们不知道自己究竟身处何地。他们一面在岛上开始了简朴的原始生活,一面在岛的最高处堆起了干柴,每天派人在那里观望,希望有过往的船只能够发现他们的踪迹。

时间一天天过去,看来这是一座被人遗忘的小岛,没有任何船只从附近经过,渐渐地,人们陷入了绝望,他们甚至放弃了瞭望,整天唉声叹气。人群中有一位牧师,时间久了,他成为大家唯一的寄托,无论是信神的还是不信神的人,此时都把他当成唯一的希望。

牧师说:"神会保佑所有善良的人的,我们一定会获救。"

所有的人都相信他,也只能相信他了。

可是没有人来救他们。人们绝望的情绪达到了顶点。

一天,人们聚坐在牧师的身边,他们想到了死的问题。有人说:"牧师,看来我们今生是无法离开这里了,人死后真的有天堂吗?"

"有的。"牧师肯定地回答。

"那么我们死后能上天堂吗?"更多的人问道。

牧师说:"凡是诚实善良的人,他死后都会到天堂的。我相信,在这里的每个人都应该能够上天堂。为什么不呢?"

一个老人站了起来:"我想我应该是一个诚实而善良的人。在我年轻的时候,为了做生意我曾经从一个朋友那里借来一大笔钱,后来那位朋友突然病逝了,没有人知道我们之间的借约,当时我也很窘迫,不过几年后我的生意发展很快,我设法找到了他的家人,将欠他们的钱连本带息还给了他们,我想这是我应该做的。"

牧师笑了:"你会上天堂的。"

一个年轻人说道:"坦率地说,对于我们今天的遭遇我早有准备。我知道天有不测风云,因此为了避免给别人造成不必要的损失,在临行前几天,我归还了所有的银行贷款,将所有朋友的债务全部了结。现在我可以安心地死去了。"

牧师慈祥地点点头:"你也是个诚实的好人,而且你办事周密。"

在座的人纷纷向牧师讲述自己平时的操行,牧师高兴极了:"你们都是些品德高尚的人,与你们在一起更坚定了我获救的信念。"

大家都露出难得一见的笑脸。只有一个人例外,他始终没有说一句话。

"亨利,你怎么不说话?"牧师看着他,"你在船上的时候很活泼啊。"

那个叫亨利的人站了起来,轻轻叹了口气:"我很抱歉,牧师,其实我想说我的真名不叫亨利,我是杰克。我知道我进不了天堂,准确地说我是个骗子,一个无耻的人。在此之前,我成立了一家投资公司,我利用一些漏洞,将所有的钱转到了另一个账户上,我改换了名字。我上这艘船是想到一个不被人认识的地方,在那里过花天酒地的生活。"

牧师微微皱了皱眉,可是众人已经开始谴责他了:"原来都是因为你,我们才没有获救,你这个混蛋!"

杰克笑道:"现在反正我什么都无所谓了,你们就骂我吧。"

突然,天空中似是传来机器的轰鸣声,有人惊叫道:"上帝啊!是一架直升机。"

人们发疯般地向飞机挥动着手臂,有人点燃了岛上的柴堆。

飞机缓缓地降落,一个人从飞机里走了出来:"你们是不是那艘沉没邮轮的乘客,谁是杰克?有没有谁看见过杰克?对了,他还有一个名字叫亨利。"

众人纷纷转过脸来,杰克疑惑地走了过来:"我就是,怎么了?"

来人惊叫起来:"太棒了,你还没死啊!我们是一家侦探社的,有人花钱雇我们在全世界寻找你的踪迹,他们说你欠他们很多的钱。"

众人哈哈大笑,这一回,所有的人真的是获救了。

人们激动地相互拥抱:"善良的人终究会获得拯救的。"

"感谢上帝,你拯救了这些善良的人。"牧师虔诚地祷告着并走向杰克,"因为在这个世界上还有邪恶,所以善良获得了拯救。我们获救了,因为有你。"

有一棵树,名叫幸福

一个温馨的家庭,一个可爱的小女孩出生了。在这一天,女孩的父亲栽下了一棵苹果树,并且给果树起了个美好的名字:"幸福"。

女孩与"幸福"一起成长,终于幸福的果树结满了幸福的青果。

女孩天天守在树下,她为自己挑选了一枚最大的苹果:"妈妈,这个是我的。"

母亲点点头,微笑着准备将苹果摘下来。

"不!妈妈,"女孩摇起了头,"我要它变得更大,它还会长的。"

过了几天,苹果长得更大了,青色的果皮渐渐泛出鲜艳的绯红。

"妈妈,我是对的,"女孩兴奋地蹦了起来,"你瞧现在它又大又美。"

母亲洗净了手,准备采摘。女孩再次拒绝了母亲。

时间一天天流逝,女孩守望的幸福渐渐溢出金黄的色彩,芬芳馥郁。

"妈妈,我说过它会长得更好的。"女孩越来越自信,她又一次阻止了母亲采摘的企图。

几天以后,那枚最好的苹果落到了地上,溃烂了。

女孩哭了,哭得很伤心。

父亲走过来:"没事的,还有明年,还会有更好的果实。"

女孩摇摇头,她觉得再也不会有这么更好的苹果了。

第二年,"幸福"又挂满了果实,可是女孩很失望,因为没有一枚能够与她失去的那枚相比。母亲为她挑选了一枚最大的青果,这回她没有拒绝。女孩接过青果,轻轻地咬了一口,不禁潸然泪下:"妈妈,这不是我想要的啊!"

青果又苦又涩。

母亲有些茫然。

父亲抱起女孩:"爸爸无法告诉你哪枚苹果是最好的,不过有了这两次教训,我想你应该知道怎样选择幸福的苹果了。"

女孩思考了很久,她觉得应该在她所喜欢的果实最鲜艳的时候,不等它完全成熟就开始采摘,这个时候的苹果应该是最好的。

第三年,果树没有让她失望,"幸福"更茁壮了,女孩也更成熟了。她挑选了一枚中意的苹果,静静地等待它最甜美的时刻。

一个夜晚,狂风骤起,大雨倾盆。

第二天一早,女孩发现她的"幸福"凋零了。泥地里到处都是青果,而她最喜欢的那枚更是满身是泥,脏兮兮的。

女孩绝望了:"为什么?为什么我总得不到我想要的苹果?"

母亲将那枚苹果从泥地里捡了起来,擦洗干净:"你瞧,它还没有那么糟。"

可是女孩不愿意相信。

母亲将青果放在女孩的床头,洁净而微红的苹果浮出淡淡的清香。渐渐地,女孩开始有点喜欢它了,每天起床她都要看一眼苹果,她小心地拭去苹果上的微尘,赶走那些贪吃的小虫。

又一个早晨,一股浓郁的芳香弥漫了整个小屋,女孩惊喜地发现,那枚苹果变成了金黄色。

"这正是我想要的。"女孩惊呼起来。

父母闻声而来。女孩拿起苹果咬了一口,甜甜的,柔柔的,带着一种令人迷恋的醇香,像陈年的美酒。

女孩流下了幸福的泪水。

"我也吃过这种苹果。"母亲甜蜜地看着父亲,"我知道,这也是一枚好苹果。"

父亲则爽朗地笑了起来:"好苹果需要挑选,需要等待,也需要呵护,其实很多苹果都是好苹果,只要你自己肯用心。"

美　德

　　这是一场空前的饥荒,幸存的人也都奄奄一息。三个相依为命的人此时也正面临一场重大的抉择:在他们的面前有一份食物,唯一的食物,这份唯一的食物可以拯救一个人的生命,但也只能拯救一个人。
　　三个人看到了生存的希望,却也陷入了深深的困惑。
　　道德说:"这食物只能救一个人,所以必须有人放弃。"
　　法律说:"不,这不公平,我们三个人应该平分。"
　　本能说:"如果那样的话,我们都会死。"
　　看到这难解难分的局面,道德站了起来,他跳进了身旁波涛汹涌的河里,很快消失了。
　　法律连连摇头:"他放弃了他的权利,他有权这样做。"
　　本能则紧盯着那唯一的食物,一言不发。
　　法律看着本能:"现在我们来平分食物。"
　　本能点点头。
　　法律伸出手,开始分配食物。
　　本能伸出手,他紧紧掐住法律的脖子,直到法律不再发出任何的声音。
　　在这场饥荒中,道德沉沦了,法律被扼杀,剩下的只有本能。
　　本能活了下来,他度过了这场生存危机。可是他生活得并不愉快,因为他失去了道德,道德曾经是他最好的朋友。
　　本能沿着河流试图去寻找道德,在河的下游他费尽周折只找到了道德的外衣,他披着道德的外衣回到了家,但道德的外衣已经开始腐败,不可收拾了。
　　本能很伤心,他掩埋了道德的外衣,并且为道德树立了一座丰碑。
　　被扼杀的法律并没有真的死去,他渐渐地苏醒过来,在他恢复了自己的体力之后他找到了本能。
　　法律显得很脆弱,但他依然威严:"你杀死了我,你应该被处死。"说完法律便把他巨大的法网抛向本能。

本能很紧张,可是很幸运,法律的法网存在着一个漏洞,本能正好能够从洞中挣脱出来。

本能静静地说:"你没有死,我并没有杀死你。"

法律脸色苍白。

法律回到家中去修补自己的网。意外的是本能却来找他。

本能说:"我很沮丧,虽然我们都活了下来,但是道德却死了,没有道德,生活变得毫无意义。"

法律说:"不会,道德是永生的,他永远不会泯灭。你怎么知道他已经死了?"

本能说:"我在河的下游只找到了道德的外衣,他一定已经死了。"

法律摇头:"你错了,要寻找道德只能到河的上游,道德是不会愿意随波逐流的。"

在河的上游,他们真的找到了道德,此时的道德是赤裸裸的,灾难只是使他失去了自己的外衣,可他的身体却发出熠熠的光芒。法律和本能异口同声地喊道:"美哉!道德!"

从此,道德便有了一个新的名字:美德。

痛苦之源

有一个年轻的农夫快乐地生活在人间,每天他微笑着在自己的田里劳作,愉快地唱着歌。

在奥林匹斯山上,三位美丽的女神赫拉、雅典娜和爱神阿佛洛狄忒都被他悠扬的歌声所吸引。渐渐地,三位女神嫉妒起来。

赫拉说:"这个不知天高地厚的凡夫俗子,我要让他变成残废,让他在痛苦中度过余生,看他还怎么高兴得起来!"

雅典娜说:"我要把他变成白痴,让全世界的人都耻笑他。"

爱神则诡秘地笑笑:"不,我要给他伟大的爱情。"说完便带着三位绝色的女子出现在农夫的面前。

年轻人被眼前的美女惊呆了。

爱神说:"我要赐予你幸福的爱情,你可以从她们三人中任意选择一人做你的妻子。第一位女子,你娶了她将会拥有无限的财富,终此一生,无穷无尽;第二位可以给你带来至高无上的权力,你可以为所欲为;第三位则可以给你带来最高的荣誉,让全世界的人都景仰你的威名。"

年轻的农夫激动得手舞足蹈,他的思想激烈地斗争,但还是拿不定主意。

爱神笑了笑:"这样吧,等你想好了就对着前面的山谷大声说出你的选择,无论何时,只要你选择了,我都会立即满足你的愿望。"

农夫回到家中,一夜未睡。

第二天,田地里没有出现他的身影,更没有他的歌声。

一天一天过去了,年轻人生活在痛苦的煎熬中,最终瘦得皮包骨头,病倒在床上。

雅典娜动了恻隐之心,这位智慧女神赶到了他的床边:"曾经快乐的年轻人,为什么变得如此痛苦啊?"

农夫说:"爱神给了我幸福的机会,可是我无论怎样选择我失去的总比得到的多,所以我痛苦,太痛苦了,我必须做出正确的抉择。"

雅典娜点点头:"这只是爱神的阴谋,你只要选择放弃,你又没有失去任何东西,你还是原来的你,你不还是快乐的农夫吗?"

年轻人恍然大悟,他随着雅典娜来到山谷,坚定地宣布放弃自己的选择。

雅典娜笑了起来,她想爱神一定很失望吧。

农夫又出现在田头,一身的轻松。渐渐地,他感到有些疲倦,他来到树荫下喝了口水,突然他想起了什么:"如果我有很多钱,我何必如此劳累?如果我有权,我完全可以让别人替我耕作。如果我不是一个让人瞧不起的农夫……"想着,他痛苦地低下了头。

农夫无心劳作,他越来越后悔,他要向每个人哭诉他的不幸,他衣衫褴褛,乞讨为生。赫拉见了十分不解,她愤怒地来到年轻人的面前:"愚蠢的家伙,你已经做出了正确的选择,你自己毫无损失,你干吗还要念念不忘?真是个蠢货。"

农夫痛不欲生:"您不知道,我太后悔了,竟然放弃那么好的机会,当初随便怎样选择,我现在也是个幸福的人啊,我真是太不幸了。"

跳出井的蛙

青蛙生活在井底,自由自在,高兴了就在浅水中游泳,乏了就在乱石堆上歇息,自以为天下地上唯我独尊,整天呱呱鸣叫:"我真伟大,我了解整个世界呀。"

一只小鸟从空中飞过,听到此话笑了起来:"不对不对,这只不过是口井,世界大着呢,有江河湖海,大海无边无际,而你却自以为是,可笑可笑。"

青蛙抬起头,仰望着一方蓝天,看白云缓缓地从空中飘过,不禁怅然若失:"是啊,这云一定是从远处飘来,一定是向远处飘去。"

青蛙决定要跳出这口枯井,它不断地练习弹跳。终于,一次洪水之后,它跳了出来。

青蛙来到池塘边:"呵呵!世界真大,我见到大海了。"

鸟儿飞来:"这只是个小水塘,比大海小多了。"

"不怕不怕,"青蛙自信地叫道,"我再练练游泳,等下一次洪水过来就行了。"

洪水将青蛙带到了湖边,它抬头看着鸟儿:"这回是大海了吧?"

鸟儿露出敬畏的神情:"你真是个了不起的青蛙,不过这还不是大海,大海比这还要大。"

"不怕不怕,我再练练,"青蛙鼓起了肚皮,"只要洪水足够大。"

洪水将它带进了大江,顺江而下,青蛙终于看到了大海。

小鸟飞来:"你是世界上最棒的青蛙,竟然真的见到了大海。"

"是啊,我真伟大,"青蛙得意起来,"我已经看到了大海,整个世界就在我的脚下了。"

小鸟摇摇头:"不对不对,世界很大,我们都生活在地球上,而地球只是宇宙中的一口井,大海不过是井中的一只蛙。"

"不怕不怕,"青蛙叫道,"我一定能跳出地球,只要洪水足够大,跳出地球后我还要跳出宇宙,只要洪水足够大。"

世界上没有一成不变的真理,而谬误总在真理的延长线上。

草

办公楼的旁边有一块很大的空地,长期以来,这里一直就是一块无人管理的荒地。渐渐地,荒地上长满了各色的杂草,草参差不齐,整个院落因此也显示出一片衰败的景象。

一位领导看不下去了,他认为,杂草的存在有损于单位的形象。因此,他动员全体人员集体义务劳动,彻底改变一下院区的面貌。

拔草的那天领导亲自带头,所有的人都到场了,声势十分浩大。经过众人的努力,杂草被一扫而光,院落立即显得整洁了许多,大家都觉得早该这样做了。

两个星期以后,空荡荡的地面上再次长满了荒草,这些土生土长的草儿有着惊人的生命力,看来想毕其功于一役是很困难的。领导当然清楚这一点,他再次发起了一次义务劳动,这次劳动又保持了两周左右的整洁。

杂草在人的干预下消长,但显然没有屈服的迹象。众人都疲乏了,领导也渐渐觉得草的存在或许也是有它合理的理由的。草与人渐渐地融洽起来,有些孩子在里面捕捉昆虫,有些家禽也在里面觅食。只是当草长得太不像话的时候,或者,每次遇到上级的检查,领导仍然会发起一次突击性的清理行动,这样,草又会安安静静地老实几天,直到它再次疯长起来。

草里面有蚊虫,蚊虫能传播疾病,这一点所有的人都知道,更何况草本身就有碍观瞻,但所有的人都认为,要想清除这些杂草几乎是不可能的,天涯何处无"杂草"啊。

终于,有一位有识之士站了出来,他痛斥杂草的危害,更痛斥人的不作为。他认为,人与草的斗争是个长期的过程,应该坚持不懈,不可以搞突击,不可以一阵风,更不应该搞表面工作,而清除杂草实在是一项清洁环境有利于公众健康的大事。

有识之士的意见得到了上级的重视。领导决定,成立一个专门的组织,聘请一些专门的人员,拨一笔专项的资金,专门解决杂草问题。为了调动有关人员除草的积极性,领导规定,按劳取酬,除草越多所获越多。

有了专门的除草人，草在顷刻之间便被清除了。但是很快，草又长了起来，除草的人毫不含糊，再次进行除草，如此这番，草的长势得到了控制。每当草长到一定的高度时就被清除了，但这些杂草始终不能根除。

除草的人要求增加人手，除草的人要求增加设备，除草的人要求改善待遇，但草还是在一定的范围内滋生着。

有人指出，这些草之所以没有得到根除，是因为草与除草人之间形成了利益关系，除草人凭所除的草获得报酬。所以，大多数情况下，他们只是剪除草的地上部分，并没有斩草除根。事实上，草成了他们的衣食父母。

如果不给钱，就不会有人除草；可如果给钱，除草的人又会玩猫腻，看来要除草是不太可能的事了。

有一位学者从国外回来，对大家的除草方式提出了质疑。他指出：草是自然的组成部分，除草本身就是不科学的。在国外到处都有草，只是人家的草得到了很好的管理。草不能一味地清除，而要有所选择，有所管理，管理得当，草可以美化环境，可以增加氧气，对人体有百利而无一害。

领导决定学习国外的方法，让这位学者参与具体指导。很快，空地上的草被清除了，种上了整齐划一的草种。经过阳光雨露，草籽发出了嫩绿的芽，但杂草的长势显然更好，它们很快便利用本土优势夺取了这些外来者的营养，而那些引进的草种，很快便被杂草湮没了。

学者认为，一个新的草种在它的起始阶段都会遇到生存的难题，这时候如果一味依靠自然去调节，显然是不行的，因此需要更多的扶植。于是，每到一定时间便会有人专门去清除杂草，有针对性地给新的草种施肥、浇水。渐渐地，新草站稳了脚跟，成为成片的草坪，杂草也就失去了生存的空间。这一次，杂草得到了真正的控制，昔日杂乱的院落显得生机勃勃。

草坪与杂草相比需要更多的呵护，需要定时浇水、定期施肥，更重要的是需要专人修理，时间一长，维护的费用成为一项巨大的财政负担。谁都知道草坪对环境的重要性，谁都知道种草坪是一件利国利民的事，而且，一旦失去草坪会发生什么样的后果，大家心里都清楚，但草坪的维护费用最终还是被削减了，草坪渐渐地更像是杂草，而昔日的杂草又卷土重来。

看来一切都是白费，领导也只能认命。

这时领导家里来了位乡下的亲戚,此人一看偌大的院落荒芜了便惊呼起来:"太可惜了,这能种多少的菜啊!不如把这块地给我种菜吧!"领导勉强同意。

一时间,农民从乡下带了几个人,三下五除二,一畦畦的菜地便成形了。菜地的收成非常好,楼里的人取个菜也方便便宜,杂草终于得到了彻底的控制。这是一个多赢的结果,虽然看起来不太雅观,虽然常常有施肥时的异味,但杂草这回是真的没有了。

律师看病

某著名大律师感冒了,来到挂号处,工作人员说:"挂号费两元,病历费十元。"

律师不解:"病历费这么贵?不就几张纸嘛。"

工作人员说:"是啊,但这纸是法律文书,是你就诊的重要凭据。"

律师点点头:"对,对,有道理。"

看病的医生是位专家,问道:"怎么了?"

律师:"感冒了。"

医生:"头疼不?"

律师:"疼。"

医生立即开出一张 CT 检查单:"去,做一个头部扫描。"

律师:"我是感冒,扫描头部干什么?"

医生:"排除一下脑血管疾患。"

律师:"我不做,看一下感冒还要花几百块钱扫描,我拒绝。"

医生点点头,递过一张文书:"签字,签字就可以不做扫描。"

律师接过文书,上写:"本人拒绝做头部 CT 检查,如果因脑部疾患引发意外与医院无关,本人自愿承担由此引起的一切后果。"律师想了想:"好,我做。"

律师做好了检查,又回到了诊室。

医生:"感冒几天了?"

律师:"一个星期了。"

医生开出两张检查单,一张心电图,一张心脏彩超。

律师:"我心脏没问题,不用查了吧?"

医生:"病毒性心肌炎是病毒性感冒的常见并发症,通常可能发生在感冒一周以后,如果不做检查可能出现漏诊。"

律师不耐烦了:"我没心脏病,不做。"

医生点点头:"签字,签字就可以不做。"

律师接过文书,想了想:"好吧,我做。"

律师做好彩超。医生问道:"嗓子疼吗?"

律师:"是啊,感冒不就这样吗?"

医生:"嗓子疼通常是由链球菌引起的,往往会引发风湿性心脏病、风湿性关节炎、肾小球肾炎……这样吧,这心脏是查过了,再拍个片子看看关节,最后做个肾脏穿刺排除一下肾炎。"

律师一听,脸都白了:"穿刺?很危险吧?人家验个尿不就行了吗?"

医生:"从法律上讲,只有肾脏穿刺才能确诊肾炎,验尿只能做参考。"

律师狠狠心,跺跺脚:"我不做,拿来,我签字,出了事不找你们。"

医生点点头,继续问:"发烧吗?"

"烧。"

医生:"需要化验检查,排除艾滋病、梅毒、乙肝、丙肝、丁肝……"

律师咬咬牙:"我签字,不做检查。"

医生:"咳嗽吗?"

"咳。"

医生立即开出会诊单:"去,去痔漏科会诊一下。"

"痔漏科?"律师急了,"感冒看痔漏科?荒唐!"

医生:"十人九痔,咳嗽会使腹压增加,腹压增加可能加剧痔疮,痔疮严重可能引发大出血……"

律师:"我不做,死了拉倒。"

医生:"好,签字。"

律师愤愤地签完字:"说,还有多少字要签,我什么都不查,什么都不会诊,我就看感冒。"

医生拿出一沓文书:"太好了,你慢慢签吧,我要下班了。"

律师急了:"你先给我开点药,字我会慢慢签的。"

"不行。"医生很坚决,"我吃过这亏,你不签字,我不开药。"

律师带着几张还没签完的文书走出诊室,这时手机响了:"什么?医疗纠纷?我当然受理,什么?病人死了,好,没问题。医生履行了告知义务了吗?让你们签字了吗?让你们会诊了吗?没有?好的,没问题,这官司我们赢定了。"

如果没有痛苦

有一个可怜的奴隶,不断受到主人的虐待,常常被打得遍体鳞伤,一次次在呻吟声中度过漫漫长夜。他不断地祈求上苍,希望上帝能够拯救他,免除他的一切痛苦。

终于,上帝来了,看着这无助的"羔羊"。

奴隶泪流满面:"仁慈的主啊!快免除我的痛苦吧!"

上帝无奈地点点头,深深地叹了口气。

奴隶失去了痛感,他微笑地面对主人的皮鞭,以愉快的心情看着怒不可遏的主人。皮鞭失去了威慑,主人兴趣索然,只好放弃了他的暴虐。奴隶感到非常幸福。

一天夜里,奴隶的住处燃起了大火,火吞噬了他的床,他的被子,烧着了他的衣裤、头发、眉毛,可他仍然美美地沉浸在梦乡。他的皮肤开始起泡,脂肪开始融化,在幸福中,奴隶变成了一具焦炭。

桂　林（1967—　）

女，安徽淮南人。现工作于淮南市大通区洛河镇洛电社区。安徽省作家协会会员，淮南市作家协会理事，淮南市大通区作家协会主席。

花和叶

春天来了，公园里开满了五颜六色的鲜花。每天来赏花的人络绎不绝。

他们停留在开满樱花的大树下拍照、嬉闹，不住地夸奖樱花的美。

有一天，樱花被游人夸得情不自禁地沾沾自喜起来。它骄傲地对长在旁边的树叶说："你看大家都夸我漂亮，没一个人夸你的。你不觉得在我身边没趣吗？"叶子笑笑，没说话。这时有一个游人说："如果光有花没有绿叶，不知道是什么样子。"另一个说："那肯定不好看，俗话不是说红花还要绿叶配吗？"

几天后，一场难得的春雨降落之后又刮起了大风，把美丽的樱花吹落了一地。有一朵樱花不舍地往下掉。它望着嫩绿的叶子叹口气，难过地说："还是你生命力强。再美丽的花没有绿叶衬托也不好看，如果有可能我好想做一片绿叶，多在人间逗留一下。"

花落了，叶子还在茂盛地生长着。

新龟兔赛跑

自从龟兔赛跑成了经典的故事被人们传播后，乌龟就开始骄傲起来。它看谁都不顺眼，总觉得自己比兔子都跑得快，还有什么小动物比不过的呢？

有一天，一只小鸡看见它，就说："乌龟、乌龟，咱俩来赛跑吧。"乌龟眼一翻，都没抬头就说："我不和你比，我比兔子跑得都快，你能比兔子跑得快吗？"小鸡弄了个没趣，悄悄地走了。

又有一天,一只小狗看见它,就说:"乌龟、乌龟,咱们来赛跑,你敢和我比吗?"乌龟用小眼睛朝小狗翻了翻说:"去去去,一边凉快去,我比兔子跑得都快,还怕你吗?"小狗摇摇头叹口气走了。

没过多久,森林里举行了动物运动会,乌龟和兔子正巧又分到了一组。

乌龟心里特别高兴,看来我又要赢了,上次都跑过了兔子,这次还会差吗?

兔子也在想,上次因为自己的大意轻敌,造成了失误,成了天下人的笑柄,这一次我一定要赢。

比赛的枪声一响,兔子就像离了弦的箭一样窜了出去,没一会就到了终点。乌龟呢,等枪响了以后,还在左右乱看。想着,反正我比兔子跑得快,着什么急?

等乌龟慢慢悠悠地爬到终点时,裁判员早已不耐烦地举着兔子的手宣布兔子胜利。

乌龟不服气地晃着头说:"怎么可能兔子会赢?我上次都跑赢了它。"

李文全(1968—)

祖籍安徽金寨。现工作于四川广安。

酒　话

一个名酒瓶子被扔进餐厅的垃圾筐里。瓶里的酒钻了出来,香气四溢地说:"解脱了,终于离开局长家了。"

一旁的土陶酒罐里有个声音问:"你是局长家的贵宾,还委屈?"

名酒说:"我呸!"

罐酒问:"局长爱财,钞票抢了你的风头?"

名酒头一扭。

罐酒试探道:"名人字画不可小觑!"

名酒打个哈欠。

罐酒马上说:"知道了,那种叫尤物的。"

名酒突然嚷开了:"别把我们的局长说得那么没品位。"

罐酒迷糊了,喃喃自语:"这么好的主人,你还烦他?"

名酒带着哭腔说:"他隔三岔五熬制一种祖传膏药,隔着酒瓶,都熏得我恶心。"

罐酒愕然,问:"局长还兼职卖狗皮膏药?"

名酒哭笑不得,说:"局长的上司闹歪脖病,这膏药一贴就灵。"

汪学猛(1968—)

安徽铜陵人。中国石化销售安徽公司安全管理干部。

信　息

狗一把抓住正偷东西的耗子。

耗子大叫:"人们都说'狗逮耗子,多管闲事',快放了我。"

狗愣神间,耗子哧溜一下从狗爪子下逃窜。

狗生气地问一边正有滋有味地吃鱼骨头的猫:"你为什么不抓耗子?这可是你的工作。"

猫头也不抬,不屑地回答:"我抓耗子不是为了工作而是生存,就是为了吃它。现在条件好多了,我还会吃它吗?又不卫生又不健康的臭皮囊。我的工作就是闲逛,然后陪主人开心。"

耗子在远处,暗暗叹息,想:"时代都在进步啊,信息不畅是不行啊。白白浪费了一条鱼……"

伯乐和千里马

伯乐又相中一匹马:马头盖骨高高隆起,眼窝深陷,脊背收缩,马蹄大而端正,撒开四蹄,似离弦之箭。

不用说,这匹马作为优质马进入市场。纷至沓来的比赛、采访让马目不暇接。

马立即身价百倍,闻名遐迩。

一开始马还很低调,只工作,就是参加比赛,而不接受采访;渐渐地,难以推却,开始各种场合的报告,叙说是伯乐的功劳;后来,便不再提伯乐,配了狗做秘书,叙说自己是多么多么努力,奋力向前,还有一段坎坷、感人至深、催人泪下的敬业经历。

不久,狗马声色……

伯乐唉声长叹,跺足道:"这又是第几匹好马误入歧途啊?"

从此伯乐不再相马,而是一门心思潜心写一本书:《关于建立好马成长监督机制的N种建议》。

送 鱼

今天狗去河里钓的鱼比较多,狗太太对它说:"给邻居们送些吧,反正也吃不了,也好融洽邻里关系。"

狗到了山顶上最高层老虎的别墅。老虎正在用牙签剔着牙缝,在别墅外大门口,看到狗刚把鱼放下,赶忙说:"我不吃鱼了,最近减肥,吃素菜了。"门也没开,还在门边说:"有什么事情,明天上班时再说吧,我一个也定不了的。"狗说:"真没什么事情,就是鱼钓得多,给您尝尝鲜。"老虎非常客气、坚决地送走狗和它的鱼。

狗到了半山腰的狗熊家,狗熊和它媳妇正好要出门散步。狗还没把鱼放下,狗熊急忙对狗说:"大哥,都是自己人,甭这么客气。你知道的,我最近手头吧,也很紧,公司的资金运作一直不太好。"狗说:"真没什么事情,就是鱼钓得多,给您几条,尝尝鲜。"狗熊媳妇说:"我们不吃鱼的,一吃就拉肚子。"

狗到了山坡下的狐狸家,狐狸正在洗漱,狗敲门,狐狸非常热情地开门。狗把鱼放下,狐狸怔了一下:"你做鱼生意了?晚上还推销?多少钱?"狗说:"乡里乡亲的,今天钓得多,给您几条,尝尝鲜。"狐狸狡黠地笑笑:"都不容易啊,我知道的。"连说带塞地把三十元钱给了狗,还说,"不用找了,吃亏讨巧都这样吧。"

狗回到家里,把送鱼的事情对老婆说了。老婆闷了半天,道:"送几条破鱼,怎么这么麻烦?!"

吴菁华（1968— ）

女，安徽巢湖人。现任《农村孩子报》副总编辑。中国寓言文学研究会会员，安徽省作家协会会员，宿州市作家协会理事。

寻找掉下天空的小星星

"天上的小星星，是快乐的小精灵。一会躲进云房子，一会对着我们眨眼睛……"夜晚的天幕上闪烁着一颗一颗的小星星，森林边的小溪旁，雪花鸭、机灵猴正在和一群动物伙伴唱着儿歌做游戏。

唰——突然，一道亮光划过夜空。

"哎呀！不好啦！有颗小星星掉下来啦！"雪花鸭大叫起来。

"是呀，是呀！我也看到了，它掉下来的时候还拖着一条长长的亮尾巴呢。"梅花鹿说。

"听妈妈说，谁能找到从天空掉下来的小星星，就能结交到很多好朋友。"长耳兔说。

"是呀是呀，我也听妈妈这么说过。不如我们一起去找找这颗掉下天空的小星星吧！"机灵猴说。

"它掉到森林的那边去了，我刚才伸长脖子看到的。我们一起去找吧！"长颈鹿说。

"好！"其他的小动物附和一声，立刻跟着长颈鹿出发了。

走着走着，长耳兔一不留神踩到了一根竹签，脚被扎伤了。"哎哟，我的脚。"长耳兔大叫一声坐在了地上。几只萤火虫赶忙围过来帮着照亮。

"长耳兔，你别动，我来帮你把竹签拔出来。"雪花鸭来到长耳兔身边，蹲下身子。

"不，我不要，拔刺会很痛的。"长耳兔抗拒道。

"我会轻轻的，不会很痛的。"雪花鸭安慰说。

"长耳兔,刺留在脚上会发炎的,还是让雪花鸭帮你把它拔出来好。"长颈鹿说。

"那、那好吧。"长耳兔答应了。

雪花鸭用扁扁的嘴巴咬住竹签的一头,小心翼翼地把长耳兔脚上的竹签拔了出来。

处理好长耳兔的伤口,寻找掉下天空的小星星的队伍又出发了。

长耳兔的脚受了伤,它一瘸一拐,不一会儿就落在了队伍的后面。

"长颈鹿,我的脚还有点疼,我跟不上你们了。"长耳兔眼看要掉队,赶紧叫起来。

"来,我背着你走。"长颈鹿赶忙走了回来,低下头,让长耳兔顺着它的脖子爬到背上。

"谢谢你!"长耳兔坐在长颈鹿的背上,又和大家一起上路啦!

……

在森林里走啊走,找呀找,整整走了七天,找了七天,小动物们也没有找到那颗从天空上掉下来的小星星。不过,在寻找小星星的途中,它们结交了许多好朋友:有给它们拔掉前进道路上藤蔓的小象,有给它们送来又香又甜的蜂蜜的蜜蜂,还有告诉它们天上的小星星掉到地上就会变成陨石的灰熊……

在寻找从天空上掉下来的小星星的过程中,小动物们也都明白了一个道理:只要自己拥有一颗博爱的心、一颗真诚的心、一颗乐于助人的心,就能结交到许多真正的朋友。

蜗牛与蔷薇花

篱笆顶上的蔷薇花开了。花儿粉红美丽,还飘出淡淡的香味。

住在篱笆下的小蜗牛对妈妈说:"妈妈,我想去看看篱笆顶上的风景,给蔷薇花送上一句赞美的话。"

"孩子,你爬得太慢,爬上篱笆顶要很长很长的时间呢,还是别去了。"蜗牛妈妈阻拦道。

"妈妈,我爬得虽然慢,但是我只要坚持爬,就一定能爬到篱笆顶的。"小蜗牛挺挺胸说。

妈妈看小蜗牛的态度很坚决,就答应了小蜗牛的要求。

小蜗牛带上妈妈准备的干粮上路了。

天快黑的时候,一只小蜜蜂看到小蜗牛趴在篱笆上,好奇地问:"小蜗牛,天快黑了,你怎么还不回家呀?"

"我要到篱笆顶看蔷薇花去。"小蜗牛说,"我爬了一天,累了,就在这儿休息休息。"

"啊?你爬了一天才爬到这儿,那从这到篱笆顶你至少要爬一个星期呢。你还是回家去吧!"小蜜蜂看看小蜗牛待的地方,又看了看篱笆顶,说道。

"不!我一定要爬上去看看蔷薇花。"小蜗牛说。

小蜜蜂看劝不了小蜗牛,就飞走了。

第二天,太阳刚刚露头,小蜗牛又上路了。

……

天亮启程,天黑休息。小蜗牛奋力地爬呀爬,爬呀爬……终于在第五天的时候爬到了篱笆顶的蔷薇花旁。

"蔷薇花,我来看你啦!你的花儿开得真漂亮!我好喜欢。"小蜗牛对蔷薇花说。

"谢谢你,小蜗牛。昨天有只来采花粉的小蜜蜂告诉我,说过几天会有只小蜗牛来看我,没想到你今天就到了。"蔷薇花笑嘻嘻地捧出花蜜对小蜗牛说,"小蜜蜂还说你是一只有毅力的小蜗牛,让我把它酿的花蜜送给你呢。"

"哇!太感谢你们了!不仅让我看到了篱笆顶上的美丽景色,还给我准备了这么好的礼物。"小蜗牛接过花蜜,开心地笑了。

有志者事竟成。小蜗牛的故事告诉我们:把全部的精力集中到一个目标上,再远的路,慢慢走下去,也能到达目的地。

粗心的小蜜蜂

金黄的油菜花儿开了,小蜜蜂提着采蜜篮飞过来采蜜。

"小蜜蜂,小蜜蜂,你能帮我去把瓢虫医生叫来吗?昨天蚜虫跑我家来了,咬得我好难受呀!"一棵油菜花对小蜜蜂说道。

"哦,好的,我这就去帮你叫瓢虫医生来!"乐于助人的小蜜蜂说着,赶紧飞去找瓢虫医生。

小蜜蜂知道瓢虫医生就住在池塘边的小树林里,所以它连忙向小树林飞去。飞着飞着,小蜜蜂听到一个声音在叫它:"小蜜蜂,你这么忙着赶路干什么去呀?"小蜜蜂低头一看,一只趴在小茄苗上的瓢虫正和它打招呼呢。

"哦哦,我正找你呢!油菜花家跑来了许多蚜虫,你快趴到我的背上来,我带你去给它治病吧!"小蜜蜂说着,忙停在茄子叶上。瓢虫听了一愣,转而装作若无其事的样子爬上了小蜜蜂的背。小蜜蜂背着瓢虫急急忙忙地向油菜花飞去。趴在小蜜蜂背上的瓢虫暗喜:"好久没尝到油菜花香甜的味道了,今天可以好好地尝一尝啦!嗨,还不用自己费力气飞,真好!"

一只小鸟看到小蜜蜂背着瓢虫飞行很好奇,就问它们这是干什么去。小蜜蜂把事情向小鸟一说,小鸟忙对小蜜蜂说:"快把你背上的瓢虫放下来,它不是医生,是害虫。"

趴在小蜜蜂背上的瓢虫听了,吓得想飞走,可是小鸟一下把它抓了下来。小鸟对小蜜蜂说:"你看,这只瓢虫的背上有十一颗星,它喜欢吃植物的叶子,而专治蚜虫的瓢虫医生背上只有七颗星。"

"啊,我差点把害虫当医生了,我真是太粗心了。"小蜜蜂自责道。

"是啊,你本来是想做好事的,结果却因为自己的粗心,差点办了错事。这只十一星瓢虫就交给我来处理吧,你快去帮油菜花请真正的医生。"小鸟说,"记得以后再不要犯粗心的毛病啦!"

"我记住啦!粗心办错事!"小蜜蜂说完,连忙飞去找真正的瓢虫医生了。

杨老黑（1968—   ）

　　本名杨永超，安徽亳州人。现供职于亳州市公安局。中国作家协会会员，安徽省公安作家协会副主席、亳州市作家协会副主席。著有"杨老黑少年侦探小说"系列，长篇童话《阿皮历险记》《阿皮奇遇记》，短篇小说和短篇童话集《杨老黑作品精选》《猎犬和它的主人》《野猪出没的山谷》《童年的爆米花》《午夜追魂》等。

老井求水

　　有一口老井曾经是口甜水井。

　　可老井干涸了，它已经干涸了好多年，渴得它实在受不了了。

　　老井向从它身旁走过的一只老鹅求救："请你帮我打点清水来，哪怕一滴也行……"

　　老鹅瞧老井一眼，想起自己吃过老井水浇出的清香可口的蔬菜，就答应帮它这个忙。可是当老鹅来到水塘时，群鹅的游戏正进行得激烈，老鹅尽情地和同伴戏水舞蹈，早把老井的请求忘到了九霄云外。

　　老井没有等到老鹅的消息，它又向一只青蛙求救："救救我，我就要渴死了……"

　　青蛙听到老井的哀求，认真地瞧老井一眼，想起老井水的甘滋，就答应给它打点清水来。可是青蛙来到河边时，那儿的歌咏比赛正进行得如火如荼。青蛙不愿放过这次夺魁的机会，只顾放开喉咙高歌，老井的求救早已不当作一回事。

　　老井彻底失望了，它张着干渴难忍的大嘴，痛苦地哼叫："水、水、水……"

　　这时，正巧有一只鸟儿落在老井一旁的树枝上歇脚，小鸟不忍心看老井痛苦的样子，它决心给老井找些水来，哪怕一滴水。可是，这是一只受了重伤的小鸟，现在它连掀起翅膀都很困难，但它还是用尽力量向河边飞去。

　　小鸟用羽蘸上水珠，急忙朝回飞。可是它实在没有力气了，不得不飞一阵停下来歇息歇息，再艰难地朝前飞。不知用了多少时间，不知歇息了多少次，小鸟终于飞回老井身旁,但,它那羽毛上的水滴早已被风吹干了。

"水!水!水!"

老井的号叫声已经很微弱。

可是小鸟的确再没有力气飞起来了,它看到老井那痛苦万状的模样,伤心地落了泪。

但,就在这一瞬间,老井复活了。小鸟泪水滴湿的一块地方忽然冒出一个泉眼,清爽甘洌的甜水汩汩不停地冒出来,很快灌满半个井筒。

不久,老鹅、青蛙……又回到甜水井旁,它们喝着甘洌的甜水,却对一旁的小鸟横加指责:"这个讨厌的东西死也不拣个地方,这么好的空气都让它污染了。"

老鼠·猫·气死猫篮子

好香啊!

好香啊!

老鼠正在洞里睡觉,一阵浓郁的香味随风吹进洞来,老鼠给香味熏醒了。老鼠揉着叽里咕噜作响的肚子,禁不住钻出洞来。

香味是从厨房里的半空飘来的,老鼠嗅着香味爬上墙壁。老鼠爬到半途,习惯地四处张望张望,突然一个黑影吓得它浑身一颤,哧溜一下钻回洞去。

老鼠在洞里哆嗦半天,才缓过劲来,可是到底抵不住香味的诱惑,又小心翼翼地爬到洞口附近,蹲在洞里朝外张望。

那是一只猫,主人家的大黑猫。

黑猫蹲在厨房的一角,一对绿莹莹的眼睛扑闪着,鼻子呼呼翕动,嘴里发出呜呜的叫声。

老鼠又吓了一跳,掉头躲到洞的深处,可黑猫并没有像往常一样追过来堵住洞口,而是仍蹲在原地呜呜叫。

老鼠不明白黑猫今儿怎么了,又悄悄爬到洞口处观看。

黑猫的眼睛直直地盯着半空。

半空中厨房的横梁上用铁钩悬挂着一个圆肚小口带盖的竹篮子,香味正是从那儿飘出来的。

　　黑猫盯着竹篮,不一会儿,弓腰耸身向空中跃起,爪子直朝竹篮抓去。扑通,扑通……连跳好几次,可总是够不着,爪子和竹篮就差那么一点点。

　　黑猫不罢休,休息一会儿,攒足力气,又奋力跃起,可还是差那么一点点。

　　黑猫够不到竹篮,急得绕墙转着圈儿,爪子在地上乱抓,嘴里发出愈来愈大的呜呜怪叫声,胡子气得乱抖。

　　老鼠终于明白了:黑猫这一切全是因为篮中的美味。

　　老鼠也明白了,主人为什么把篮子叫作"气死猫篮子"。

　　老鼠看着黑猫的怪样子,不禁得意起来,吱吱叫道:"黑猫,黑猫啊,你也有今日……哈哈哈……吱吱吱……"

　　老鼠的笑声惊动了黑猫,黑猫朝老鼠呜地叫一声,却没有扑过来。黑猫继续盯着"气死猫篮子"。

　　老鼠也盯着"气死猫篮子"。

　　黑猫呜呜叫。

　　老鼠吱吱叫。

　　多么香的味儿啊!

　　多么美的味儿啊!

　　黑猫的口水顺着胡子流下来。

　　老鼠不住地舔嘴唇。

　　黑猫看着老鼠,老鼠看看黑猫,两人又不约而同地去看"气死猫篮子"。

　　老鼠实在撑不住了,对猫说:"猫大哥,那里边装的是小鱼呢。"

　　"一点儿不错,十条小鲤鱼、十条小鲫鱼、十条小鲶鱼,我亲眼看着主人装进去的。"黑猫沮丧极了。

　　"你想弄一条吗?"老鼠问。

　　"你有办法吗?"黑猫知道老鼠一定看到自己刚才的举动了。

　　"这有何难? 爬墙跳梁是俺老鼠家族的绝技。"

　　"那你快快上去,我给你望风。"

　　黑猫说着跳到窗台上,两眼紧盯窗外。

　　老鼠钻出洞口,麻利地爬上墙壁,走过房梁,顺着铁钩,跳到篮子上,用嘴拱开篮盖,轻而易举地叼出两条小鱼,一条扔给黑猫,一条自己拖回洞去。

老鼠和猫没有取很多,一天一条足够了,剩下的可以慢慢享受。

黑猫饱饱美餐一顿,舔着胡子找个地方呼呼大睡。老鼠多少天来第一次痛痛快快地吃个大饱,拍着圆圆鼓起的肚子,也甜甜地睡起觉来。

老鼠一直睡到第二天的傍晚才醒来,醒来时肚子又咕咕叫了,它偷偷溜出洞口,黑猫正在等它呢。

老鼠飞快地爬上墙去,很快又偷了两条鱼。

几天过去了,主人来到厨房,主人发现鱼少了不少。

这到底是谁干的呢?

是猫吗?"气死猫篮子"结结实实扣住盖子是专门对付猫的,再说,篮子挂得那么高,猫也够不到。

是老鼠吗?有黑猫在,老鼠也不敢出窝呀。

主人仔细观察,在厨房里发现了猫和老鼠的爪印。

这就更怪了。

主人没有吭声,继续挂起篮子,却在暗处监视。

主人看到了猫和老鼠的精彩表演。

主人大怒。

主人逮住吃得又肥又胖的黑猫,给了它应有的惩罚。

老鼠看见钉在墙上的猫皮,一阵狂喜:这下篮中的美味全归自己了。

可是,第二天,老鼠也一命呜呼了——老鼠吃了篮中主人投了鼠药的最后一条鱼。

鲤鱼的遗嘱

老早老早的时候,牛屎湖里住着一条小鲤鱼。

小鲤鱼牢记老鲤鱼的遗嘱:"你一定要跳过龙门去!"但,这跳龙门绝不是一件轻而易举的事,单去龙门的路上就要过七条大河、八处险滩、九道激流,并且路上还有那么多的鱼狗、鱼鹰、渔网……因此没有真功夫是不行的。于是,它首先开始练臂力,它在自己的两个鱼鳍上各挂一个重五公斤的大秤砣,每天在湖里游十圈;接着它又练弹跳力,它在自己尾巴上拴一个重十公斤的铁疙瘩,每天在湖上跳十次。它就这样游啊游,送走了一个个寒冬,迎来了一个个酷暑,整整练了三年,直练到划起水来像离弦的箭一样神速,跳跃起来像燕子一样轻松时,才踏上了遥远的征程……

但,不久它又原模原样地回来了。

它虽没有跳过龙门去,但它看到龙门的石柱了……它有心再做一次努力,但它已经很老了,它在临死前叮咛儿子小小鲤鱼:"你一定要跳过龙门去!"

小小鲤鱼不敢怠惰,决心接替祖祖辈辈的事业。小小鲤鱼吸取父亲失败的教训,更加刻苦地练功,铁秤砣加到十公斤,铁疙瘩加到二十公斤,坚持不辍六十年,信心十足地踏上征程。

但,不久它也原模原样地回来了,只不过身上平添了许多的伤疤。但它并没有因此灰心,它的成就远远超过了它的老子,已经看到龙门的旌旗了……它临死时又郑重地嘱咐儿子小小小鲤鱼:"你一定要跳过龙门去!"

小小小鲤鱼很看重祖上世世代代追求的事业。

小小小鲤鱼很想知道龙门到底有多高。

于是,小小小鲤鱼按照父亲告诉的地点找到了龙门。

可是,小小小鲤鱼连试一下的愿望也没有,就毫无兴趣地游走了。

因为,祖祖辈辈相传的龙门,只不过是一座普普通通的石拱桥,而那招展的猎猎旌旗其实是洗衣的村妇晾晒的红衣绿衫。

蜗牛与醉汉

一个醉汉喝醉了酒。

醉汉东倒西歪地从酒馆里出来朝家走,但醉汉弄错了方向,醉汉总是弄错方向。醉汉的家本来在西边,他却朝东走,于是,醉汉离他住的城市越来越远,后来在一个小河边的草地上躺下,就在草地上打起呼噜来。

醉汉睡到半夜,田野里刮起风来,下起淅淅沥沥的小雨,初春的夜雨淋透了醉汉的衣服,冷得醉汉浑身哆嗦,上牙和下牙不停地打起架来,啪啪啪的声音像夜虫在鸣叫。再这样下去会冻坏的,醉汉紧缩着身子在田野里瞅着,希望寻找到一个屋子或桥洞什么的地方避避雨,但空旷的田野里,除了树木庄稼,什么也没有。

这当儿,恰好有一个小蜗牛从醉汉的面前经过,醉汉便与小蜗牛说起话来。这是醉汉们常干的事,对此小蜗牛一点也不觉得惊奇,但小蜗牛奇怪的是醉汉向它提出的请求。

醉汉说:"请将你的房子借我躲一躲风雨,我实在冻坏了。"说着,醉汉的牙齿又啪啪地响起来。

蜗牛觉得很好笑,蜗牛瞟一眼醉汉说:"你看我的房子能装下你硕大无比的身躯吗?"蜗牛说罢便头也不回地向前走去。

醉汉急了,苦苦哀求蜗牛道:"求求你了,蜗牛先生,你看我实在冻坏了。"说着便阿嚏、阿嚏打起喷嚏来。

蜗牛又站住了,蜗牛看着醉汉可怜的模样,心里很不好受,蜗牛答应帮助他,但蜗牛说:"先生,你必须等一下才行。"

醉汉求它快点儿。

蜗牛便朝小河爬去。爬到水边,蜗牛用触角使劲地敲打着水面,敲打出许多小水花。水花顿时化成一朵盛开的荷花,荷花上端坐着一位光彩照人的仙姑。她就是大名鼎鼎的万能河神。

河神问蜗牛有什么事。

蜗牛告诉了她醉汉的请求,并求河神把它的房子变大,以便能让醉汉住进来。

河神说:"那好吧。"说罢,用手指蘸一点河水,轻轻朝蜗牛身上一洒。蜗牛立即疯长起来,不一会儿,蜗牛壳就长得像一座房屋大小。

醉汉高高兴兴地住了进去,蜗牛只得从壳里钻出来,守在壳外,睡在草地上。

蜗牛壳里真是漂亮极了。整洁的地板又平又滑,闪闪发光的墙纸变幻着奇妙的图案,客厅里摆着各式各样精致的家具,卧室里有宽大的睡床,松软暖和的衾被,不仅如此,蜗牛壳里还储满了各类丰盛的食物、上等的美酒,完全称得上应有尽有,取之不尽,用之不竭。醉汉舒舒服服地住在蜗牛壳里,吃了就睡,睡醒了就吃,再也不愿出来。

蜗牛不能老待在外头啊,就催促醉汉还它的房子。醉汉说:"等一等。"蜗牛就耐心地等,等过了一个春天。

秋天来了,蜗牛又去催醉汉,醉汉懒洋洋地说:"秋后再还。"

蜗牛焦急地挨过一个秋天,秋天的最后一天,蜗牛又去催醉汉,醉汉仍不还。蜗牛就天天催,因为冬天就要来临了,没有房子,蜗牛也要被冻死呀!

后来,醉汉被催急了,竟发起火来,说:"你说是你的房子,拿证据来!"

蜗牛没有证据,蜗牛实在没有办法,只好去找河神诉苦。

河神听后一笑,说:"他不是愿意住在蜗牛壳里吗?就让他住在里边好了,你可以到醉汉家去住啊!"河神说罢不见了,而站在一旁的蜗牛顿时变成了醉汉的模样。

蜗牛变成醉汉的模样后去看醉汉,问醉汉可有什么吩咐,因为他就要到醉汉的家里过活了。

醉汉听后,暴跳如雷,极不情愿地大叫道:"不!不!我家里有美丽的妻子,有可爱的孩子,我不能让你平白无故地占有他们!"

可是,醉汉再喊叫也已经没有用了,因为他已变成蜗牛了。

李铁军（1969— ）

原籍安徽泗县。现在在黑龙江大庆工作。

虎大王的"鞋令"

虎大王下发了一条新令，要治理动物界的不文明行为，从即日起，所有动物都要穿上鞋子。

虎大王的"鞋令"立即在动物界炸开了锅，动物们一致反对。动物们派山羊、兔子、野马为代表前去和虎大王交涉。

听完了代表们的陈述，虎大王指了指自己的脚说道："你们看，我这不是也穿上了鞋子吗？你们害怕穿上鞋子，就跑不过狼和狐狸，担心会成为它们的口中食。可是你们想过没有，你们穿上鞋不习惯，狼和狐狸穿上鞋就习惯吗？你们不还是在同一条起跑线上了吗？"

虎大王的话，代表们无法反驳，只好返回。接下来的日子里，很多食草动物都没能逃过狼和狐狸的追杀，鞋子成为它们丧命的主因，而狼和狐狸似乎并没有因为穿上鞋子而影响了它们的奔跑速度。

一天，兔子无意中发现虎大王、狼、狐狸又悄悄聚在一起开会，它们还得意地跷起了脚。兔子赫然发现，虎大王、狼、狐狸脚上的鞋子都是没有鞋底的。

蚂蚁的新巢穴

蚂蚁要建一座新巢穴，穿山甲来帮忙出主意。

"你们的祖先将巢穴选择建在地下真是天大的错误，地下既潮湿又阴冷，建在地下还容易让人联想到下葬，这多不吉利呀。你们要与时俱进，你们的新巢穴应该建在地上，地上阳光充足、温暖舒适，没有比这个再好的了。"

蚂蚁听从了穿山甲将巢穴建在地上的建议,在平地上垒起了高台。看到蚂蚁的新巢穴落成,穿山甲一头将蚂蚁的新巢穴拱翻,肆无忌惮地吃起了满地的蚂蚁。

"这可比在地下吃起来方便多了!"穿山甲边吃边自言自语道。

张孝成（1969— ）

安徽含山人。中学高级教师,现工作于含山二中。中国寓言文学研究会理事,安徽省作家协会会员,马鞍山市作家协会理事。著有寓言集《伯乐遭劫》《水和火的那些事》等。

伯乐收徒

伯乐老了,他想招个关门徒弟,好把自己相马的绝技全部传给后世。

有两个青年听说此事,都自告奋勇地来到伯乐家,想做伯乐的徒弟。

伯乐经过初步考核,觉得这两个青年相马基本功及人品都不相上下,一时不知选哪位合适。

这天,伯乐从外面相马回来,满嘴酒气,两个青年赶紧沏茶侍奉。

说来也巧,正在这时,有个人牵着一匹枣红马前来请伯乐相马。

马被牵到了伯乐跟前。伯乐醉眼蒙眬,只斜眼瞥了一下,就随口说道:"此马乃真千里马也,你真有福气,此马将来一定能驰骋天下……"

说完,伯乐倒头就睡,还打起了呼噜。

两个青年仔细地相了一遍马,但结果出乎意料。他俩觉得伯乐分明相错了马,这马哪是什么千里马？稍有点相马基本功的人都能看得出来。

一个青年发现了这点,但他却不敢指出来,还笑着说:"师父英明,这马确实是一匹千里马。"

另一个青年却说:"圣人也有出错的时候,何况是师父？师父喝醉了酒。这匹马根本就不是千里马！"

"说得对！"伯乐忽然从床上跃起,笑着说道,"好！我决定收你为徒。"

狐狸不明白

狐狸正迈着方步散步。啊！山里的景色多美啊！清风拂面,绿树婆娑,鸟语花香。狐狸就像六月里喝了雪水。

它边走边欣赏,忽然它隐隐约约听到前面有动物的说话声。

它绕过一块大石头,看到狗熊和大象正在说话。

原来,狗熊不小心踩了大象的脚后跟,它正在给大象赔不是:"真对不起,我不是故意的。踩着你了,疼吗?真怪我太不小心了。"

"没关系,你又不是故意的嘛。我原谅你了。"大象笑着说完话就走了。

"咦?大象竟然原谅了这个坏东西!我要是大象就绝对不会这么便宜了它!看样子今天是没好戏看了。真没劲!它们要是能打起来,一定比山里的风景还美一万倍。"狐狸紧锁眉头嘀咕道。

过了不久,狐狸又看到了狗熊。它正在对小兔弓腰说话:"小兔,我不小心踩着你了。我不是故意的。请你原谅我,好吗?"

"没关系。你不是故意的,我就不会怪你的。你不要再把这事放心里了。"小兔说完就蹦蹦跳跳地去玩了。

"不可思议!"狐狸见此情景,惊得眼睛快成酒盅了,它大声叫了起来,"喂,狗熊老兄,你踩了大象向它赔礼我还能理解——你毕竟斗不过它嘛。可你向小兔弯腰撅屁股道歉,我永远也不明白——它这个小不点算得了什么?真没想到,你竟然会怕它!"

狗熊听完狐狸的话,只是笑了笑,并不理睬它,径自走了。

不用说,这回狐狸又没有好戏看了。

马 品

伯乐在马群旁相马。相着相着,伯乐的眼睛一亮——那不是匹千载难逢的宝马良驹吗?只见那匹马的头盖骨高高隆起,眼窝深陷,脊背收缩,马蹄大而端正。一声高叫,声震林木;撒开四蹄,似离弦之箭。

"好马!好马!难得的好马!"伯乐不住地捋须夸奖。

不用说,这匹马立即身价百倍,闻名遐迩。

这一天,伯乐正在屋前石凳上歇息,忽然看到一匹马飞奔而来。伯乐仔细一看,此马正是自己上次相的千里马。

伯乐正要起身相迎,没料到,千里马已奔到他面前,用蹄子狠命地踢他。

幸亏有众人赶来相救,伯乐才免于一死。伯乐对被拴住的千里马说:"我使你出了名,你为什么要恩将仇报?"

"为什么?"千里马大言不惭地说,"踢死你,你就不会再相什么千里马了,这样,我的名气就会越来越大。你千里马相得越多,我就越不值钱啦!"

伯乐一听,悔恨不已,跺足叹道:"唉,我怎么一直只注重马的能力,而忽视了马的品质呢?如果马的品质差,它再有能力,又有何用?"

狗总督的任命

狗总督年事已高,加之身体严重不适,所以打算退位了。

总督的职位可是个肥缺,很多狗都早就对这个位子垂涎欲滴了。

特别是狗总督的亲儿子花面狗——它一直是总督助理——总是在老父亲跟前提这件事。

可是,狗总督总是板着脸对它说:"儿子,现在早不比你爷爷之前的时代了,凡事都要讲究个'公'字啊。我们狗的地盘可谓'狗'才济济,就只有你能当总督?所以,我决定这次采取选举的方法产生一位新总督——学学人类的方法总不会错的。"

"可是……父亲大人,这样的话,我难道就永远只当个助理?"花面狗急得满头大汗。

"你不要说啦,我自有主张。莫急!"狗总督说完就不再理睬花面狗了。

选举的这一天来到了。

狗总督宣布了选举规则后,众狗们欢呼雀跃,个个都认认真真地开始投票了。

但是,结果却让所有的狗吃惊。一百多条狗,除了花面狗是两票,其他每条狗都只有一票。不用说,它们都只投了自己一票。而花面狗的另一票无疑是老狗总督投的!

看着大家满脸尴尬的神情,老狗总督此时脸上露出了一丝不易被察觉的狡黠的笑,它迅速地定下了神,大声宣布道:"好,我现在宣布,花面狗接任我的位置,当选下一任总督!"

这时的花面狗才恍然大悟,懂得了老狗总督当初对它说的"莫急"是什么意思了。

刺槐的理想

一棵小刺槐慢慢地长大了。

紧抱着土壤妈妈,吸吮着阳光、雨露和大地的养分,小刺槐挺起笔直的身子,舒展起碧绿的叶子——它是多么快乐啊!

它大声说道:"我要努力生长,争取长大成为栋梁!"

风伯伯笑了:"小刺槐,你真是好样的!你的理想会实现的!"

天有不测风云,过了一阵子,刺槐的身体弯了——它再也不会成为造房子的栋梁了!

刺槐难过地哭了。

风伯伯安慰它:"刺槐,别哭啦。你虽然无法改变现实,但并没有失去自身的价值。我是说,调整好理想,你依然会造福于社会啊!"

"我还能做什么呢?"刺槐的心情平静了不少。

"你可以做犁弓啊——为农民伯伯们犁地翻土,贡献自己的力量,不是也很有价值吗?"风伯伯笑着说。

刺槐的苦恼一扫而光了,它下定决心好好成长,实现做犁弓的理想。

没想到刺槐的命运真是不顺——过了不久,它的身上生了许多虫子,啄木鸟医生断定它是没救了。

刺槐伤心地大哭:"老天呀,你怎么对我如此无情啊!现在,我还有什么用呢?"

"不,刺槐,你并不是废物,你还有用。"风伯伯忍住泪水安慰它。

"什么用?"

"既然我们无法改变你的命运,那么你就要承认残酷的现实——你犁弓的理想已经成为泡影。但你可以走进那炉灶,让烈火燃烧你的躯体,发出火红的光和炽烈的热,在这光与热中实现自己的价值——在最后的奉献中创造生命的永恒!"

刺槐听罢,毅然地奔向通红通红的炉灶。

两匹小马

大山里,有两匹小马,一匹是黑的,一匹是白的。

一天,它们都在山谷里吃草。忽然,看到一只山羊急匆匆地向它们跑来。

山羊跑来了,喘着粗气对黑马说:"黑马,请你帮帮我!"

"什么事?"黑马仍悠闲地边吃草边甩着尾巴。

"我的孩子得了重病,浑身抽搐,高烧不退,请你快帮我把它送到医院去吧!"

"医院那么远,路又那么难走,你就是给我十捆青草做报酬,我也不去!再说了,谁知道你的孩子得的病传染不传染呢?"说完,黑马就不再理睬山羊,自顾自地继续吃草了。

山羊掉头向白马跑过去。

一听明山羊的来意,白马二话不说,立即随它向住处跑去,然后驮起小山羊,飞一样地跑向百里外的医院。

因为送得及时,小山羊得救了。

不久后的一天,因为有十万火急的事情,骡子请黑马帮自己把信送到几百里之外的草原,但是,遭到了黑马的拒绝。

骡子找到白马时,白马立即爽快地答应了它。白马奋蹄扬鬃,披星戴月,不辞劳苦,很快就将信送到了。

后来,一只飞鸟惊慌失措地飞来,说山外有一只小鸡掉进了深潭里,正在拼命地挣扎。黑马一听,无动于衷,只顾吃草;白马呢,立即拿出吃奶的力气奔向深潭的方向……

……

这样的事情，它们都碰到很多很多。但黑马从来就不愿帮助别人，白马和它正好相反。黑马在心里笑白马："真是个十足的呆子，累死累活，一点实惠也捞不到！"

再后来，在长跑大赛上，白马跑出了第一名的好成绩，获得"千里马"的光荣称号。而黑马呢，一步三喘，连大赛报名都不敢呢！

"告诉你吧。"白马拿着金灿灿的奖牌对黑马说，"我不断地帮助别人，时间长了，无意中就提升了自己的长跑能力。你要是像我一样，今天也是会拿到这样的奖牌的。"

黑马听了，羞得红了脸。好在它脸黑，谁也看不出来。

真心地帮助别人，也会给我们自己带来意想不到的收获。

纸屑和沙子

大块彩色纸张被裁剪后，产生了一些纸屑。

纸屑掉在地上，愁眉苦脸，自言自语道："唉，我们真没用啦，又小又不规则，干什么都不行了。唉，等着进垃圾桶吧！"

"请别这么说哦。"地上的几粒沙子安慰它，"我们虽然流落于地上，也干不成建造高楼大厦的大事，但也不意味着毫无价值啊！"

沙子说得对，就在这时，几个小孩子看到了它们后，发出了欣喜的叫声："哈哈，它们肯定是好材料。来，我们把它们装进去。"

孩子们把它们装进了一个圆圆的小塑料筒子里。

透过筒子上面的小孔，孩子们看到了精彩奇妙的世界：千变万化的对称图案，色彩缤纷的美丽花朵。

孩子们看得入迷了，不时发出阵阵喝彩。

这时的纸屑和沙子由衷地感到高兴，它们在万花筒里实现了自己的价值。

不要轻易看不起自己，有了机会，在特定的环境里，每个人都有可能绽放出璀璨的生命之花。

混凝土和猴子

混凝土铺在地上,成了坚硬无比的路;浇筑进大楼,成就了大楼的坚固和雄伟。

看着静静不语的混凝土,猴子竖起大拇指:"混凝土,顾名思义,是个团结的集体。强大的力量,少不了小小的石子,少不了细细的沙子,少不了像面粉一样的水泥灰。"

见猴子没有往下再说的意思,混凝土平静地说道:"您说得不全面,您忘了水,没有它,我是无法拥有如此强大的力量的呀!"

"水?"猴子满脸疑惑,"水在哪儿?我看得很清楚呀,你浑身里外都没有一点儿水的影子呀!"

混凝土轻轻地叹了一口气,表情有些沉重:"当初,是水把石子、水泥和沙子融为一体,当我变得非常强大时,它就永远地消失了。因为它知道,如果它不离开我,我根本不能变得有力。你说,我能不感谢、怀念它吗?"

猴子听罢它的话,紧皱起眉头,沉思起来。

是啊,做了好事后就悄然而退、不求名利的人是值得尊敬和怀念的。

过　沟

兔子有事要到森林那边的大山去,但由于它不熟悉路,就向去过那儿的乌龟打听情况。

"那边的景色美极了。要说路嘛,确实不太好走,特别是要过一条深沟——上次,我被它拦住了去路,只好拼命搬来一块木头架在沟上,好不容易才爬过去。"

"就这一条沟吗?"

"就这一条。"

兔子道谢后就上路了。

没多久,兔子就碰到了这条沟。

兔子想起乌龟的话,忙开始找木板。可它左寻右找就是找不到,急得团团转。

来了一只山羊,一见此景,问清了原委,捋着胡子笑道:"兔子,你仔细看看这条沟,还没一米宽呢。你轻轻一跃就能过去,干吗费这么大的事?"

"对呀!"兔子一拍脑袋,猛然醒悟,"我怎么只顾照着乌龟的办法去做,而没想到我是一只会跳跃的兔子呢?"

不结合自身实际情况,照搬别人的经验是会闹出笑话的。

第三辑

胡祁人（1970—　）

安徽歙县人。现任《课外生活》杂志主编。

会跳舞的小猪

一群小猪被主人养在圈子里，吃饱了就睡，睡醒了又吃，日子过得十分自在。

有人对它们说："别看你们现在这快活的样子，到长大了，你们的下场还不是被宰杀了？"

"是啊是啊，反正我们也逃脱不了被宰杀的命运，不如趁现在能享受就享受呗！"几乎所有的猪都这样认为。

可是，偏偏有一头叫青青的小猪却不甘心："啊？主人养着我们，原来是要吃我们啊！不行，我可不能这样白白等死！"

"算了吧！"其他的猪都嘲笑它说，"你别异想天开了！"

但青青却坚定自己的信念：无论如何，我一定要摆脱被宰杀的命运！

它想："我不能和它们一样吃喝玩乐，如果我能有一项特长，主人喜欢我了，肯定不会轻易宰杀我了。"

于是，从此以后，青青学起了跳舞。每天吃完以后，其他的猪都躺下了，它却独自在猪圈子里扭起来，跳起来。渐渐地，青青的舞跳得越来越好看。

有一天，青青跳舞的时候，被过来喂食的主人看见了。

"哇，这头猪还会跳舞呀？"主人又惊又喜。

青青的舞姿吸引了越来越多的人，甚至连记者也来采访报道。这下，青青出名了，四面八方的人都赶来观看，主人也带着青青到处表演，赚了许多钱。后来，其他的猪都被宰杀了，唯独青青被主人当成了宝贝，一直养着。

原来，只要有决心，命运就可以靠自己改变。

开　店

耗子开了一家油店,狐狸开了一家酸奶店,小猪开了一家豆腐店。

耗子卖油,价格很便宜,因为油是从下水道的泔水里炼出来的。耗子想:"反正是卖给别人,自己又不吃这样的油,管他呢!"

狐狸卖酸奶,如果当天没卖完,就把上面的日期标签撕下来,改成第二天的日期标签,再继续卖,也不管酸奶有没有变质。狐狸想:"反正是卖给别人,自己不喝过期的酸奶,管他呢!"

小猪的豆腐坊里,污水横流,苍蝇飞舞,有的还掉进豆浆里,它连看都不看。小猪想:"反正是卖给别人,自己是不会吃这样的豆腐的,管他呢!"

有一天,耗子想喝酸奶,就从狐狸的酸奶店里买了一瓶;狐狸想吃豆腐,就从小猪的豆腐坊里买了几块;小猪想买油炒菜,就从耗子的油店里打了一壶油。

不久,耗子、狐狸和小猪都生病了,它们同时到医院去看病。

山羊大夫问耗子:"你是怎么搞的?"耗子回答:"我昨天早上喝了一瓶狐狸牌酸奶以后,就感觉有点不对劲了。"

山羊大夫又问狐狸:"你呢?"狐狸回答:"我好像是吃了小猪牌豆腐以后,就感觉有点难受。"

山羊大夫又问小猪:"还有你。"小猪回答:"我昨天刚买了一壶耗子牌色拉油,用它炒菜,吃过以后就感觉不舒服了。"

山羊大夫一一给它们开药。而这时,耗子、狐狸和小猪都低着头,非常心虚。

选　举

农夫盖了一间很漂亮的房子,还买了很多贵重的东西。为了安全起见,农夫想在动物中挑选一名安全卫士,保卫自己的家园。于是,他把大公鸡、小兔子、小花猫、小黄狗和小鸭子都喊来,召开选举大会。

"我选小黄狗当安全卫士!"大公鸡伸了伸脖子,大声说。

"小黄狗?可以可以,我也觉得它很合适!"小兔子点头同意。

"本来就应该是小黄狗嘛!我没意见!"小花猫也没有反对。

小黄狗听了它们的想法,高兴极了。

这时,小鸭子在一旁却没有说话,好像在想什么事情。农夫问:

"小鸭子,你对小黄狗当安全卫士有什么意见吗?"

小鸭子想了想,说:"小黄狗有一些缺点,比如它喜欢闷头睡觉,经常东跑西跑,而且还缺少耐心……"

小黄狗见小鸭子反对自己,非常不高兴。它心想:"这只可恶的小鸭子,专挑我的毛病,真讨厌!"

"小鸭子,"农夫又问,"那么你想选谁当安全卫士呢?"

"我还是选小黄狗!"小鸭子非常认真地说。

大家听了小鸭子的话,都感到很奇怪。

"小鸭子,你刚才提了小黄狗那么多缺点,为什么还要选它呢?"大公鸡问。

"因为我觉得我们当中只有小黄狗最适合当安全卫士。我刚才提了它那么多缺点,并不说明我不选它啊!其实,我是希望它能认识并改正自己的缺点,把安全保卫工作做得更好!"

理 想

很久以前,蜜蜂想成为花神,啄木鸟想成为歌唱家,猫头鹰想成为太阳探险家。为实现各自的理想,它们不停地奋斗着。

蜜蜂照看着世界上所有的花,非常认真。渐渐地,它发现了花上有花粉,就细心地把花粉收集起来,不停地加工。哇,花粉变成了蜂蜜!后来,蜜蜂对酿造蜂蜜有了浓厚的兴趣,就不再考虑当花神的事了。

啄木鸟天天在树林里练唱歌,很多树木常向它求救:"啄木鸟姐姐,请您帮我们把身上的虫子啄掉,好吗?"啄木鸟很乐意,总是帮它们啄害虫,树木们都很感激它。啄木鸟没有时间去练歌了,不过,它觉得,给树木当医生,不也挺好吗?

再说猫头鹰,它整天向着太阳飞,十分勇敢。可是,过了不久,猫头鹰眼睛就出了毛病,白天看不清东西,晚上却炯炯有神。它没法再成为太阳探险家了,只好在夜间出来逮老鼠,最后,竟成了"捕鼠专家"!

蜜蜂、啄木鸟和猫头鹰都没有实现当初的理想,可是,它们都为自然做出了很大的贡献。

江筱非（1970— ）

安徽庐江人。中国微型小说学会会员，安徽省作家协会会员，安徽省散文家协会会员。

公鸡夸蛋

大公鸡正儿八经地蹲在窝里，肥大的冠涨得通红，屁股后面还有一个冒着热气的粉红的鸡蛋，它得意忘形地高声唱歌。

"个大，个大，个个大的……刚下，刚下，刚刚下的……"

母鸡们一个个躲得远远的，任大公鸡独自儿卖弄喉咙，它们在远处哼着自己喜欢的歌儿。

"个大，个大，个个大的……刚下，刚下，刚刚下的……"

没有人理睬大公鸡，大公鸡固执地认为会有人因为那蛋而关心它，夸赞它，对它另眼相看，它还时不时歪侧着脑袋瞟向门外。

"个大，个大，个个大的……刚下，刚下，刚刚下的……"

主人回来了，大公鸡唱得更加卖力。它跳出窝来，用憋得通红的脑袋朝窝里盯着，围着鸡窝姗姗转圈不舍离去，它想用这种激动的方式告诉主人窝里有个蛋。

"个大，个大，个个大的……刚下，刚下，刚刚下的……"

大公鸡的叫声吵醒襁褓里熟睡的婴儿，婴儿哇哇大哭。主人捡起石子，朝着大公鸡猛丢过去，吓得大公鸡连滚带跳地逃离。它似乎明白了些什么，慢慢放低喉咙，终于不再唱了，无滋无味地走到那些可爱的母鸡中间去，松开翅膀，仿佛要抬到一个高度上，又连续拍了几下。

"咕咕咕，咕咕咕——贺贺贺，贺贺贺——"

王宏理（1970— ）

安徽亳州人。现工作于亳州市谯城区人民政府办公室。中国寓言文学研究会会员，中华诗词学会会员，安徽省作家协会会员。著有诗集《心灵花盏》、故事集《仙乡亳州》。

大公鸡和小乌鸦

大公鸡昂首挺胸地对树上的小乌鸦说：

"喔喔喔，你听我的声音多么洪亮，禽类中没有谁能高过我的嗓音！"

"是啊！你的声音很高亢，而我的哑喉咙破嗓子叫出来的声音真是难听死了！"小乌鸦悲伤地说。

大公鸡啪啪拍打几下翅膀又说：

"你看我的羽毛多么漂亮，似彩霞如绸缎，连孔雀也无法跟我相比！"

"是啊！"小乌鸦难过地说，"你再瞧我的羽毛多难看，黑不溜秋的，真是丑死了！"

花喜鹊听了它俩的对话，飞过来语重心长地说：

"大公鸡老看自己的长处，认为自己处处都比人家强，所以才总觉得自己了不起；而你小乌鸦光看自己的短处，认为自己处处都不如人家，所以才越来越自卑。你们这两种思想都要不得！凡事既要看到自己的长处，同时又要找出自身的不足，这样才能正视自己，做到不骄傲也不自卑。这才对啊！"

大公鸡和小乌鸦听了花喜鹊的教导，都不好意思地低下头来。

两窝麻雀

有两棵树长得很近，一棵树上住着麻雀，另一棵树上住的也是麻雀。两家虽是多年的邻居，可关系却很糟糕。要么互不搭腔，要么就是叽叽喳喳地吵架。可近来两棵树上却平静起来。一打听,原来两家都忙着孵蛋呢!

忽然一日,狂风大作。两棵树上的麻雀都吓坏了,各自揽住自己的宝贝蛋。可是风太大了,还是有麻雀蛋从它们窝里滑了下来。

风停了,这家的麻雀一清点,发现摔下去两颗蛋,雌雄二雀顿时心如刀绞。正痛不欲生,忽闻对面树上也传为阵阵哀号。侧耳细听,原来那家竟摔下去三颗蛋。

"太好了!"这家的雌雀转悲为喜,"它们家的损失比咱的还大!它们比咱多摔下去一个,将来我们两家再发生战争,咱就少了一个对手!"

"对!"这家的雄雀拍打双翅赞成雌雀的话,"现在我们的蛋比它们的多,哼,走着瞧吧,看以后谁怕谁!"说罢,两只雀又高高兴兴地埋头孵起蛋来。

黑羊和白羊

夏天,一场洪水把黑羊的青菜洗劫一空,白羊的青菜因种在山坡上而免遭此难。

"这以后的生活怎么过呀!"黑羊悲痛欲绝。这时白羊送来了一篓青菜,解了黑羊的燃眉之急。

已入深冬,白羊还没有及时将萝卜从地里挖出。突然降了一阵暴雪,把白羊的萝卜全都冻坏了。

"这天寒地冻的日子该咋过呀!"白羊仰天长叹。这时黑羊及时地送来了一担萝卜,白羊因此免受了饥寒之苦。

"多么感人哪!"目睹了白羊和黑羊之间的深厚情谊,黄牛慨叹着说,"只有互相帮助才能共渡难关啊!"

骄傲的鸵鸟

"诸位!"鸵鸟昂着脑袋对百鸟说,"在我们鸟类家族中,我是当之无愧的巨鸟,试问还有谁的身躯比我大呢？还有谁的体重能超过我呢？"

作为百鸟之王的凤凰,不得不出来说句公道话：

"是的,论身高体重,鸟类中没有谁能与你一比,但这又有什么可吹嘘的呢？你之所以飞不起来,也正是因为你那庞大而笨重的身躯拖累的啊！"

凤凰的话还没说完,鸵鸟的头已抬不起来了。

母鸡的翅膀

母鸡领着它的小宝宝们在树林里散步。

风雨来了,母鸡忙喊道："孩子们,快到妈妈的翅膀下来！"小鸡们都挤了进去,因此免去了一场被雨淋之苦。

雨过天晴,小鸡们又从母鸡翅膀下钻了出来。突然,母鸡发现天空中有一只饿鹰在盘旋,它怕老鹰会把鸡宝宝叼去,忙又将小鸡们唤到翅膀下紧紧地护着。

"妈妈的翅膀真伟大！"小鸡们躲在母鸡翅膀里由衷地赞美着。

"小家伙们！"一只正在给树木治病的啄木鸟叹息地说,"如果没有那'伟大'的翅膀的呵护,你们长大后或许也能在蓝天中试翼奋飞呢！"

喜鹊总结的真理

在山坡下,喜鹊碰见了老黄牛。它见老黄牛虽累得满身是汗,却仍笑眯眯的,就问：

"黄牛伯伯,你怎么这么高兴呀？"

"山羊想在山坡上种些白菜,可又急着没法翻地。现在我帮着它把地犁得平平整整,耙得又细又匀,还帮它把白菜种到了地里,山羊今年就不愁吃的了！我能不高兴吗！"老黄牛说完就笑眯眯地走了。

来到小河边,喜鹊见小河哗哗地欢笑着向前奔流,就问：

"小河姐姐,你怎么这么高兴呀？"

"梅花鹿刚才不小心把沙粒弄进了眼里,痛得不得了!现在我帮它把沙粒冲洗掉了,梅花鹿的眼睛又能清楚地看东西了!我能不高兴吗?"小河说着又哗哗地笑着向前流去。

喜鹊飞进树林里,见啄木鸟正欢天喜地地忙碌着,就问:

"啄木鸟大哥,你怎么这么高兴呀?"

"大树里生了虫子,把大树折磨得枝枯叶黄,现在我把那些可恶的虫子都啄出来了,大树又变得枝健叶绿,我能不高兴吗?"啄木鸟喜滋滋地说着又飞到另一棵树上忙了起来。

"啊!"喜鹊由此总结出了一个真理,"谁热心帮助那些急需帮助的人,谁的生活就会最有意义!"

家鹅的挽留

一群家鹅碰见了一群落下来休憩的天鹅。因为语言相通,它们便交谈起来。

"你们万里迢迢翻山涉水,不嫌辛苦吗?"一只家鹅问。

"不辛苦!"一只天鹅答。

"你们年年如此迁来迁去,不怕麻烦吗?"又一只家鹅问。

"不麻烦!"又一只天鹅答。

"我看你们还是留在这里吧,这里有肥嫩的水草供我们食用,更有安全温暖的窝棚供我们栖息。何必再吃苦受累地来回奔波呢?"第三只家鹅热情地说。

"谢谢你们的好意!"这时,领头的天鹅说道,"可你们也太健忘了!当年你们和我们一样都是在蓝天里搏击奋飞,就是因为贪图地上的安逸生活,你们才变得如此安于现状、不思进取啊!"言毕,它领着大家又飞向高空,飞向了远方。

虎王的话

虎王见雄鹰时而在天空中直冲云霄,时而在山谷盘旋,就对身边的百兽说:

"你们看,雄鹰在天空中双翅舒展,自由翱翔,真似闲庭信步,了不起啊!"虎王一夸奖,百兽也都跟着附和。

一天,虎王见猫头鹰大白天在树上睡觉,就对身边的百兽说:"你们看,猫头鹰也是鹰吧,可它跟雄鹰一比就差远了——思想懒惰,贪图安逸,该振翅奋发的大好时光却躲在树林里睡大觉!"虎王这一说,大伙也都认为猫头鹰这也不是那也不是,非议之声一浪高过一浪。

猫头鹰被吵醒了,听了大伙的议论,它不由得苦笑道:"世上最可悲的事情,就是大家都把头儿的话当作权威,头儿说什么就是什么,即便是错误的,也不敢去反驳!"

小猪种瓜

小猪在田里种了一片西瓜。西瓜甩藤了,小猪就盼着快快开花;藤儿开花了,小猪就盼着快快结瓜;西瓜一天天长大了,小猪也一天天地嘴馋了。

一天,小猪实在忍不住,就揪下一个碗口大的西瓜,可掰开一看,瓤儿还是白白的,一吃又酸又涩。小猪气得把西瓜一下抛得老远。

过了两天,小猪想,西瓜该熟了吧。想着想着,不由自主又摘下一个,摔开一看,还是白白的瓤儿,还是不能吃,只好又扔了。

再坚持了两天,小猪蹲在西瓜地里,瞅见一个最大的,走过去像个行家似的拍了拍。"熟了,这个一定熟了!"小猪急切地把那个西瓜砸开一看,它又傻了,还是没熟!

就这样,过几天,小猪摘下一个,过了几天扔一个,一地的西瓜差不多让它给糟蹋光了。后来终于到了西瓜成熟的季节,可这时地里只剩下一个又小又瘪的西瓜了。小猪把那个小西瓜摘下掰开,嘿,还真熟了!吃一口,还挺甜的。吃完了那个西瓜,小猪想再去摘,可寻了半天,瓜地里除了被它弄得一片狼藉的瓜藤和烂瓜皮,一个像样的西瓜也没有了。

老山羊看了看小猪的瓜地,摇了摇头,说:"等不到西瓜成熟就摘,是永远吃不上又大又甜的西瓜的。干什么事都要有耐心,不能急于求成啊!"

老猴的洗心房

山林里来了一只白眉毛白胡子的老猴,老猴在山脚下开了一个诊所,叫洗心房。诊所的招牌一挂出,就在山林引起了轩然大波。

"什么?洗心?看不出它慈眉善目的,竟想用刀子把大家胸口划开,把心掏出来在水里洗!这多残酷呀!"一只山鸡哆嗦着说。

"是啊!"一只野羊接着说,"你们谁见过摘下来的果子还能安上树枝!它竟然掏大家的心,先问问它有本领再把心安上去吗?"

"老猴一定是疯了!"大家异口同声地说。

从此,无论老猴怎样解释,大家都不敢到它的诊所去看病,生怕被老猴抓住把心给掏出来冲洗得不成样子。

有一天,一匹狼禁不住好奇溜进了老猴的洗心房。过了好半天,狼才叼着一包东西摇头摆尾地走出来。许多小动物都围过去,七嘴八舌地问:

"老猴把你的心掏出来了吗?痛不痛?"

"老猴是怎样给你洗心的?流了好多血吗?"

……

狼等大家把话说完,放下药包,蹲在地上,用前爪扒拉着胸前的毛,说:

"你们看看!这有被刀子划开的伤口吗?我像是心被掏出来的样子吗?"

见大家还都是一脸不解,狼意味深长地说:

"在洗心房里,老猴结结实实给我上了一堂课!但老猴不让我告诉你们,它说你们谁要是想知道,就自己进去听讲!"

"老猴给你包的是什么药呀?"一头野牛又好奇地问。

"这是一包中药——老猴说是由忠诚、温顺、敬业等等药材研制而成的!服用了这包中药,我们心中的邪恶、凶残、懒惰等等肮脏的东西就会被洗掉,就会获得新生!"这只狼说完,叼起那包药就跑走了!

果然,这只狼服用了老猴的中药,就跟换了一个狼似的,它见了弱小的动物,再也不凶狠地扑过去撕食它们了!它和它的子子孙孙后来就成了人类的好朋友——狗,对人类既忠诚又温顺,看家护院特别敬业!

　　自那只狼之后,一些山鸡呀、野猪呀、野牛呀、野马呀、野羊呀……也都一个接一个地跑进了老猴的洗心房——后来,它们及它们的子子孙孙就成了人类家中喂养的家禽家畜!当然,它们也各具各的良好品性!

　　据说,老猴的洗心房从那以后就成了山林里动物们最爱去的地方!在那里,大家的心灵都会经过一番洗礼,都获得了新的生命!

李　剑（1971—　）

安徽巢湖人。现任巢湖亚父小学教师。中国寓言文学研究会会员。

大小多少

　　羊妈妈有一双可爱的儿女，它非常喜欢它们，爱它们。可是，儿女们经常为妈妈爱谁喜欢谁多一些而争论。
　　一天，羊妈妈从动物集市上买回来两个大黄梨。回家后，羊妈妈一手拿着一个梨子把儿女们唤到眼前说："一人一个，尝尝梨子的味道。"儿女们可欢喜了。羊妹妹说："这就是梨子，听说很甜的。"说完就伸手去拿眼前的梨子，但突然之间它又缩回了手，因为它发现羊哥哥眼前的梨子比它的梨子要大一些。于是羊妹妹就不高兴了，生气地说："妈妈偏心，你喜欢哥哥多一些，哥哥的梨子比我的大，我不同意。"羊妈妈看了看手中的两个梨子说："我没偏心，你们都是我的孩子，我一样地喜欢你们，一样地爱你们。哥哥的梨子是稍微大一些。那你说怎么办？"羊妹妹说："不行，我要大的。"羊妈妈无助地看着羊哥哥，希望羊哥哥能谦让一下。羊哥哥看出了羊妈妈的意图，坚决地说："凭什么？我不和它换。"过了一会儿，羊妈妈好像下了很大的决心，说："这样吧，我把大的咬一口，好不好？"羊妹妹说："好。"羊哥哥也无话可说。羊妈妈把羊哥哥眼前的梨子咬了一口，说："这下行了吧！"羊哥哥正要伸手去拿眼前被妈妈咬过的梨子，突然之间它也缩回了手，因为它发现现在羊妹妹眼前的梨子比它的梨子要大一些了。于是羊哥哥也不高兴了，生气地说："你偏心，你喜欢妹妹多一些，妹妹的梨子比我的大，我也不同意。"羊妈妈无奈地摇摇头，又在羊妹妹的梨子上咬了一口。这下糟了，羊妈妈又咬多了一点。羊妹妹又不同意了……就这样，羊妈妈左一口右一口，最后，羊哥哥和羊妹妹的眼前只剩下两个梨核。羊哥哥和羊妹妹沮丧极了。
　　羊妈妈疼爱地抚摸着孩子们的头说："孩子，我对你们的爱是没有大小多少之分的，是一样的，你们知道是什么原因使你们失去了已经得到的东西吗？"羊哥哥和羊妹妹听了羊妈妈的话,羞愧地低下了头。

我和你们不一样

　　蛇宝宝到了上学的年龄了,蛇爸爸就送它去十二生肖学校念书了。蛇宝宝可高兴了,因为有机会玩了,还会认识许多新同学、新朋友。

　　刚开始几天,蛇宝宝在校园里玩得非常高兴,同学们都很友好,都很和睦,学习上也都能互相帮助。可是没过几天,蛇爸爸发现蛇宝宝不知怎么的有点闷闷不乐了。于是,蛇爸爸变着法子想让蛇宝宝高兴起来。蛇爸爸买来好吃的、好玩的……蛇爸爸想尽了办法,可蛇宝宝就是高兴不起来。

　　蛇妈妈去学校向老师了解,老师说,学校里同学们在一起都很友好啊!那就奇怪了,蛇妈妈想,这是怎么一回事呢?蛇妈妈回来后,看着原来活泼可爱的蛇宝宝,心里难受极了。蛇妈妈将蛇宝宝蜷在怀里:"宝宝,怎么啦?有什么事和妈妈说好吗?"蛇宝宝在妈妈怀里蜷缩成一团,埋着头不说话。蛇妈妈没办法了,只能轻轻地叹着气。过了好长时间,蛇宝宝抬起了头,满眼的泪水。蛇宝宝哽咽着:"妈妈,我为什么没有腿,还不能大声说话?小羊和小猴,还有小兔,它们玩得可高兴了,又唱又跳。而我只能在墙脚边看热闹。小猪和小虎,还有小狗,它们上课还能坐着,小鸡还有翅膀呢!而我只能蜷在那。它们多有本事啊!我为什么和它们不一样?我不想上学了。"蛇妈妈一下子明白过来了,原来蛇宝宝是因为这件事。蛇妈妈用下颌抵着蛇宝宝的头:"傻孩子,每个同学都有自己的长处和优点,相反的,每个同学都有自己的短处和缺点。等你长大了你就会明白的。"

　　后来,有一天下大暴雨。生肖学校被大水淹没了,几乎所有的动物都被大水吓得不见了。只有蛇宝宝在校园里守着,它一会儿爬在树上,一会儿游在水里,一会儿趴在墙头上……蛇宝宝一点儿都不害怕,可勇敢了。几天后,大水退了,小虎和小马等同学陆续回到了学校。大家都惊奇地说:"蛇宝宝真勇敢,真有本事!我们要是像小蛇一样就好啦!"蛇宝宝骄傲地说:"我和你们不一样!"

刘　勇（1971— ）

安徽蒙城人。蒙城县政协常委，蒙城县文联副主席，蒙城县作家协会副主席，中国散文家协会会员，安徽省作家协会会员。著有《寂寞心船》《情语漆园》《清廉庄子》《亲爱的寂寞花开》等。

葫　芦

一天，惠施找到正在草舍里读书的庄子，说："魏王给了我一颗大葫芦籽儿，我在家就种了这么一架葫芦，结果长出一个大葫芦来，看起来很丰硕饱满，有五石之大。因为这葫芦太大了，所以它什么用都没有。我要是把它一劈两半，用它当个瓢去盛水的话，那个葫芦皮太薄，其坚不能自举，要是盛上水，一拿它就碎了。用它去盛什么东西都不行。想来想去，葫芦这个东西种了干什么用呢？不就是最后为了当容器，劈开当瓢来装点东西吗？结果什么都装不了了。所以说，这葫芦虽然大，却无用，我把它打破算了。"

庄子说："你真是不善于发现事物的优点啊！一块磁石遇到一块金子，金子见磁石对它无动于衷，感到不可理解，于是故意问道：'我是人见人爱的金子。听说你是吸铁的，我比铁高贵百倍，你为何见了我不动心呢？'磁石回答说：'你错了。这世界上也有不爱金子的，我就是其中一个。'所以呢，你看问题有局限性。大葫芦也是一样。你怎么就认定它非要剖开当瓢使呢？如果它是一个完整的大葫芦，你为什么不把它系在身上，去浮游于大江大湖上呢？难道一个东西，必须要被加工成某种规定的产品，它才有用吗？"

栎　树

子须兴奋地说："师傅，你看那棵巨大的栎树，这棵树可是被当地人视为神木,受到虔诚的供奉的。这棵树的树干,要一百人方能围抱住。"

庄子不但没有驻足仰望,反而加快了脚步走过。子须好不容易才赶上了他,问:"师傅,跟随您学艺这么久了,还不曾见过如此好的木材,师傅竟然看也不看。您老人家到底打什么主意啊?"

"小孩子懂什么?那棵树实际上一点用处也没有。用它造成船,船就会沉没;如果拿来做屋柱,又立刻会蛀掉:一点都不中用。就是因为它无用,所以长得这么高大。其实,坚守是一种毅力,就像一条大河当中矗立着一块大石头,它迎着滚滚而来的河水,岿然不动。岸边也有一块石头,它面对浪涛冲刷,心里十分害怕,总想避开。河中的石头对激流不畏惧不松劲,岸边的石头却胆战心惊,惧怕激流。结果岸边的石头被浪涛撕成许多碎片变成了又圆又滑的卵石,卵石随波逐流,最后被遗弃在沙滩上。河中的那块石头,依然挺立着,人们称赞它为中流砥柱。"

顽　猴

今天,庄子要继续给学生们上课。

庄子说,吴王有一次乘舟溯江而游,来到一座众猴聚集的山前。吴王被山上好玩的猴子吸引着!他从舟上下来登山来看那些猴子,想看个仔细。众猴见有人过来,十分害怕,纷纷逃向山上树林之中去了。唯独有一只猴子,十分胆大,不但不逃跑,反而来回跳跃于树枝之间,向吴王卖弄它的灵巧。吴王一看,这简直是挑衅!他十分生气,便拿出箭,搭上弓。可吴王连射数箭,那猴子都很敏捷地避开了,还不时向吴王嚷叫。吴王大怒,这还得了,竟敢藐视本王!便命随从们百箭齐射。可怜那灵巧的猴子,顷刻之间便丧命于乱箭之下。吴王的陪随张仲说:"大王,这只猴子,恃其灵巧,夸其敏捷,十分可爱,你也是登山前去观看,为何要射杀它呢?"吴王说:"可爱倒是可爱,但我不喜欢它的自大,还敢藐视我,岂能容它?做人也是,我最讨厌在我面前卖弄智慧的!"张仲听罢,冷汗直冒,连连说:"猴子太顽皮,太顽皮!"

邵　健（1971—　）

本名邵俊强,安徽蒙城人。蒙城县文联副主席,蒙城县作家协会主席,中国寓言文学研究会会员,中国楹联学会会员,安徽省作家协会会员,安徽省散文家协会副监事长。著有《送你一台聪明机》《少见散文》《少见诗笺》《蒙城印象》等。

猎人问答

猎人在霍霍地磨刀。

羊的四蹄被捆绑着,躺在地上瑟瑟发抖。它咩咩地叫着,声音很悲惨。

终于,羊抬起头来,用哭哑了的嗓音向猎人问道:"主人,我一直都很听话,您为什么要杀我呢?"

猎人很为难地说:"我也很不情愿啊,只是生活所迫,我辛辛苦苦地喂养了你这么长时间,快过年了,我只有杀了你,才能有肉吃,好好生活下去。再说,我有权利这样做啊。"

鹰从喉咙里冒出了一句:"我不是你饲养的,你有什么权利杀我呢?"

"可是你曾偷过鸡,人们都这样说。"猎人一边说,一边往刀上撩着水。

"那我呢？我是百兽之王,只在山林里活动,你为什么要捉我?"

"你?"猎人扭过头看了看,想了想说,"你的祖先曾有过伤人的历史。我要为民除害,防止伤害再次发生。"

被关在笼子里的野兔哭了起来:"猎人,冤枉啊! 我可既不是你饲养的,也没祸害过你。我一向胆小,安分守己,没敢动过人家一根汗毛啊!"

"正因为这样,你才更容易被捉。而且,野兔肉是最香的,不是吗?"猎人用手指肚试了试刀锋,觉得刀子已经很锋利了,就站了起来,一边笑着向野兔解释,一边举起了刀。

哲学家看见了,摇着头对他的学生说:"记住,万物之中,人是最不讲道理的啊!"

云和井

一块云彩在天上走着,无意间遇到了一口井,它从井里瞧见了自己的影子。

"噢,这里面也有云。"它自言自语地说,不由自主地把头伸了过去,"云,你在干什么?"

"我不叫云,我叫井。"井瓮声瓮气地回答。

"什么?你不叫云?那你怎么长得跟我一模一样?"

"那是你的影子。我是井。"

"噢。"云有点儿明白了,"那你在干什么?"

"我在给人们提供甜甜的井水。"井说。

"哟,"云彩尖叫起来,"谁不知道水是我们云的专利?你怎么能给人们水呢?吹牛!"

井分辩说:"那怪你见识太少。"

"嘻嘻,"云彩笑了起来,"我被太阳从海里请出来,走南闯北,什么新鲜事儿没有见过?你说我见识太少!你见过大海吗?"

"没有。"

"你见过长江吗?"

"没有。"

"你见过瀑布吗?"

"没有。"

"那你见过什么啊?"

"我只见过自己、水桶。噢,还有一只青蛙,不过它现在正在睡午觉。"井老老实实地承认。

"那么,别自作聪明了。"云彩用教训的口气说,"真正能给人们提供水的是我,懂吗?"说着,它挥了挥手臂。天气很热,空气很干燥,它没能把雨降下来。"噢,还不到时候。"它摇了摇头。

这当儿,一个人走过来了。他弯下腰,把桶放到了井里,扑通一声,灌了满满一桶水,提了上来。然后,人俯下身子喝水。这一下,轮到云彩吃惊了。

等人走了,井回答说:"不懂,不懂。"

"对不起,刚才是我没弄懂啊!"云彩一扭身子,羞涩地飞走了。

愤怒的灯泡

教室里很静,只有孩子们的笔在沙沙地响着。偶尔,有一下纸张翻动的声音。

正在工作的一只白炽灯泡动了心思。它对这些用功的孩子说起话来:"你们看书的看书,写字的写字,没有一个人瞧我一眼。你们不要忘记了,是谁在给你们提供方便。"

但是,没有人听到它的声音。

灯泡很生气,把嗓门提高了一个八度:"假如我不给你们照亮,你们还能这么心安理得地学习吗?也不谢谢我。"

还是没有人理它。

灯泡简直要发怒了:哼,假如我罢工,会怎么样呢?

它设想着后果:一定会有人来安慰我,提高我的待遇,之后……把我送到疗养院去。——人们对待功臣不都是这样的吗?我已经工作了这么长时间!

灯泡禁不住笑出声来。于是,它实行紧急罢工,突然熄灭了。

灯泡笑眯眯地等待着老师过来。老师的手伸出来了,把灯泡取了下来,仔细地检查着。随后,老师把一只新灯泡换了上去。

下一步该……罢工的灯泡还没来得及想完,就觉得整个身子飞了出去,落到外面垃圾池的水泥壁上。

"啪!"灯泡把肚子都气炸了。

字典考试

一个孩子正在做作业。他遇到了一个字,孩子想了好久,没能想出来,就去查字典。孩子很快地查了出来,于是,他又继续做作业。

这本来是一件极平常的事儿,不料字典竟然在一旁得意起来。它笑眯眯地盯着孩子,心里想,世界上最有学问的该是我字典啊!

它由小学生联想到了中学生,由中学生联想到了大学生,由大学生联想到了研究生博士后,它甚至想到了——状元!

谁有了问题,能不求助于我字典?它认为。

它理直气壮地为自己愤愤不平了:整天待在书架上,甚至身上还压了一摞书,又挤又闷,怎么没想起去当个官呢?皇帝现在已经没有了,当个总统副总统也行啊,也强于在这儿受苦!怎么才能当上官儿呢?自古都有开科取士的,干脆,先参加考试吧,弄个清华北大的研究生再说。

不由分说,它报了名,还备了个注:准硕士研究生字典先生。报考学校:清华大学中文研究院。

主考官发下了考卷,它一看题目:《怎样查字典》。字典想,撞到枪口上了。怎样查?它觉得题目不难,小学生不就随手翻翻吗?对了,我就写随便翻翻吧!

字典不会写字,可它想了一个高招儿:借着一阵风,它把自己翻到了"翻"字那一页,而后,端端正正地躺在试卷上面。

阅卷老师看了看字典的考卷,笑了:"你也翻不出什么名堂来,去吧。"

一抬手,字典被合起来,又给扔回到了书架上。

假山和白云

一块块石头被运进了公园,砌成一座不大不小的假山,供人们观赏游玩。大人、孩子都喜欢爬到上面坐坐,休息一下,眺望一下公园里的景色。

假山禁不住得意起来了，美滋滋地对天上的白云说："哎，云丫头，你说说，为什么人人讨厌'假'字起头的东西，却独独允许我假山的存在，并如此钟爱我呢？可见，假的东西不一定都是坏的啊，就像我。"

白云很讨厌假山身上滋长的这种骄傲情绪，就说："那是因为你比真山更容易征服。真正爱山的人，对你是不屑一顾的。——你听说过有人夸奖你高大的吗？"

"怎么没有？"假山理直气壮地说，"昨天一个小男孩就说：'妈妈，这座山真高大，还能有比这更高大的东西吗？'——这难道不是夸奖吗？"

白云笑了："正因为他还是个孩子，没有见过世面，才这样说的。——只可惜你被骄傲冲昏了头脑，没有听到上面的对话。你听到他妈妈说的话了吗？"

"怎么没有？"假山自豪地回答，模仿着孩子妈妈的口气，"'这是假山，外面任何一座真山都比它高大得多。不过，爬真山是非常非常累人的。'"

白云说："但是你没有听到孩子在回去的路上说的话。他说，他长大了，一定要去爬那些高高大大的真山。"

"我不明白他为什么那么傻，找累啊！"假山为此愤愤不平地说。

"真山里物产丰富，有水果，有山泉，有奇兽，有珍禽，有瀑布，有矿藏……而你，只不过是真山里的几块石头，又能有什么呢？"白云说完，随着一阵风，又回到山里的老家去了。

"我能有什么呢？"假山想了想，不吱声了。

摩托车的悲哀

摩托车在一条乡间土路上奔跑着。

前面出现一道水沟。摩托车犹豫了一下，加大油门，哼的一声冲了过去。

一个土坎横在了面前。摩托车攒足了劲，把头一昂，哞哞哞地吼叫着，又冲了过去。

摩托车这下高兴了：瞧我的马力，瞧我的震装置，瞧我灵巧的身手！再大的困难，对我来说还不都是小菜一碟！

一条小河挡住了去路。摩托车想也没想,一纵身冲了过去。

然而,这下它过高地估计了自己,扑通一声,还没跨过一半就落到了水里。摩托车摔得遍体鳞伤。

摩托车这才懂得,不论什么时候,都不能目空一切。

权　利

一匹小马长大了,毛像绸子一样光滑,鬃像刷子一样齐整。马蹄飞过,踏出朵朵莲花;长嘶一声,有如虎啸龙吟。这是一匹美极了的马。

骏马对主人说:"人要衣裳马要鞍,瞧我多美的身段,最起码,你该给我配一副鞍子吧?"

主人有些不解:"要鞍子干吗?又没有人骑你。"

骏马不高兴了:"瞧你,你穿衣服难道仅仅是为了御寒吗?总该把我打扮一下吧?没有鞍子的马,和野马有什么区别?与拉车磨面的苦力又有什么区别?"

主人想了想,就答应了。不久,骏马果然披上了一副鞍子。金鞍鞯,银马镫,真丝辔头。骏马高兴极了:不敢打滚,怕弄脏了鞍垫;不敢长嘶,怕挣断了辔头——它得珍惜自己的衣裳啊!

它老觉得自己该出去走走。主人答应了。随后,就有人骑在它的身上。开始它觉得挺新鲜,渐渐地,它觉得马鞍子束缚了它的自由。它向主人提出抗议,说主人侵犯了它的马身权利。主人嘲笑它说:"这些都是你自己争取来的啊,又有什么不满意的呢?"

骏马听了,羞愧地低下了头:这能怪谁呢?

许泽强（1972— ）

安徽阜阳人。现任职于阜阳市颍泉区泉颍中学。

聪明猴

聪明猴认为自己才是天底下最聪明的猴子，这不，小羊、小猪，还有小马都被它捉弄过。这一次，它又想捉弄忠厚老实的牛伯伯了。

"老牛伯伯，告诉你一个天大的好消息。前不久我到山北去玩，发现那里竟然有个大湖，而且湖边长满了各种鲜草，你到那里一定会得到很多食物的。"

"真是太好了，明天我就去瞧一瞧。谢谢你啦，聪明猴。"老牛伯伯诚恳地回答。

"嘻嘻，没想到连老牛也会上我的当。"等牛伯伯走后，聪明猴高兴得手舞足蹈起来，因为北山哪里有什么大湖和鲜草，分明就是一座光秃秃的山嘛！

果然，这次牛伯伯去了很久才回来。

回来后，聪明猴看见了牛伯伯，故意问："牛伯伯，找到大湖和鲜草了吗？"

"找到了，谢谢你呀，聪明猴！"牛伯伯的回答让聪明猴感到很意外，"不过你可能记错了，到那里需要翻过两座大山呢，那里不仅有大湖，吃不完的嫩草，还有大片的桃树，树上的桃子，每一个都有梨子那么大，难道你不知道现在它们都熟透了吗？"

桃子，像梨子那么大的桃子！听得聪明猴的口水都流出来了。

"回来的半路上，我还搭了个歇脚的小房子，你如果去，肯定会找到的。"牛伯伯说着，不紧不慢地走开了。

为了那大片的桃树，还有那梨子般大的桃子，聪明猴悄悄地出发了。到了北山，聪明猴果然看到了牛伯伯搭的小房子。不过，聪明猴哪有心思进去呢？因为它要立刻吃到那又大又甜的桃子。一直走了两天，翻过了三座山，聪明猴也没看到桃林，在山的那边，还是光秃秃的山。最后，聪明猴只好灰溜溜地回来了。

在牛伯伯搭的小草房里,精疲力竭的聪明猴找到了牛伯伯留下的一封信。聪明猴打开一看羞得脸都红了,只见上面写着:把别人当作傻瓜的人,自己才是大傻瓜。

狼和羊的变迁

许多许多年前,狼遇见羊说:"你别跑,让我吃了你。"羊一边跑,一边说:"我不跑,那才叫傻瓜呢!"狼没吃到羊。

许多年前,狼遇见羊,悄悄地从羊的后面包抄了过去。临到羊跟前的时候,狼猛地一扑,不提防扑通一声,狼掉进了羊设计的陷阱里,狼没吃到羊。

几年前,狼追赶羊,狼和羊都跑得气喘吁吁的,眼看狼就要撵上羊,羊回头用角猛地一挑,狼被顶飞了出去,狼依然没有吃到羊。

现在,狼遇见羊,只见羊站在狼面前看着狼一动也不动,狼的心里对羊有些发怵,直到羊从容离开,狼也没敢吃羊。

若干年后,狼一遇到羊吓得转身就跑,羊在狼身后说:"狼,你别跑呀,咱们好好聊聊!"狼一边跑,一边说:"我不跑,被你吃掉,那才叫傻瓜呢!"

此后,狼不敢再见到羊——狼变成了食草性动物。

小蜗牛爬山

小蜗牛决心要征服一座大山。

拿定主意后,小蜗牛就出发了。它不知道遇到了多少困难,也不知道经过了多少个日日夜夜,最后,终于爬上了山顶。

小蜗牛站在大山的最高处,望着远方美丽的风景,兴奋得手舞足蹈。

一只后来上山的兔子看见小蜗牛的样子,很不屑地对小蜗牛说:"你有什么值得骄傲的?我登上这座山顶,才用了两天的时间。"

小蜗牛听了兔子的话,感到沮丧极了。

可是,山顶的松树爷爷却鼓励小蜗牛说:"孩子,你一定不要看轻自己。你知道吗?大自然赋予我们每个生物的能力是不一样的,能爬上这座山的蜗牛,多年来只有你一个,而能登上这座山的兔子,那就多如牛毛了。"

听了松树爷爷的话,小蜗牛开心地笑了。后来,受到鼓励的小蜗牛又爬上了一座更高的山峰。

臭鸡蛋和苍蝇

一只带裂缝的臭鸡蛋十分失落地问苍蝇:"别人都说我是只毫无用处的臭鸡蛋,这是真的吗?"

苍蝇听了,立即反驳说:"亲,别听那些嚼舌的人乱说,那是它们在嫉妒你呢。在我的心里,你比它们要好上一百倍!"

臭鸡蛋听了,心里美滋滋的。

苍蝇又围在臭鸡蛋身边,殷勤地说了许多恭维的话,然后飞走了。

几天后,臭鸡蛋的身上爬满了蛆虫。

钻进蚊帐的蚊子

夜里,一只饥肠辘辘的蚊子无意中钻进了一顶蚊帐里,怎么也找不到出去的路。一开始,蚊子的心里非常慌张,总想找个缝隙飞出去。

后来,这只蚊子惊喜地发现,蚊帐里居然还躺着一个熟睡的人。于是,蚊子非常小心地叮在那人的腿上,最后,蚊子索性喝了个饱。当它附在蚊帐上休息的时候,发现蚊帐外还趴着一只饥饿的蚊子。

里面的蚊子摸着鼓鼓的肚子,无不得意地对外面的蚊子说:"喂,伙计,这里面有个睡得正香的人,你为什么不进来饱餐一顿呢?"外面的蚊子向里面看了看,摇了摇头说:"朋友,难道你不觉得,你现在的处境很危险吗?你没有被发现,不过是侥幸罢了,如果你不想办法赶紧出来,只能是死路一条啊!我宁愿忍饥挨饿,也不做这种冒险的事。"

蚊帐里的蚊子听了,嘲笑外面的蚊子胆子太小了。为了继续享受这种轻松的生活,蚊子决定待在角落里,一动也不动。

第二天夜里,蚊子趁人休息的时候又飞了进来。蚊子这次的行动,不想却惊动了里面休息的人。只见那人拉亮了电灯,在蚊帐里仔细地寻找。蚊子只好在蚊帐中仓皇地飞来飞去,这时的蚊子才发现:四周都有蚊帐拦挡,根本飞不出去。

蚊帐里的人很快也发现了这只蚊子,只听啪的一声,蚊帐里的蚊子就被拍得粉身碎骨了。

外面的蚊子看见了这一幕,摇头叹息说:"贪婪者,往往会因侥幸而忘记了危险啊!"

小刀与斧头

有个小刀非常地锋利,经常被主人拿去削东西、裁纸或是挖青菜。时间一长,小刀渐渐地骄傲起来,到后来,它觉得自己已经是天下最了不起的英雄了。

一天,小刀见到了角落里一向沉默的斧头,它向斧头夸耀说:"朋友,我现在每天都忙极了,我能一下子裁开十张纸,也深得主人的赏识和喜爱。而你呢,我的朋友,我可从来没看见你做过什么,要不,你说说你到底有什么用?"听了小刀的话,斧头仍然沉默不言。

后来,主人院子里的一棵树死了。主人要把这棵树砍掉。这时,主人在小刀面前拿起斧头,只见他用力朝树根砍下去,几下就砍断了树根。看着碗口粗的树,在斧头面前轰然倒下去,小刀惊讶得合不拢嘴。

"看到了吧?这就是我的用处。"斧头回过头来对小刀说。

不要用傲慢之心对待别人,也许别人有真本领,只是你不知道呢?

气球和鸽子

一只气球用力挣脱了拉着它的小女孩的手,不停地向空中飘去。不久,它看到了一只正奋力飞行的鸽子。

气球摆着手,得意地对鸽子说:"鸽子啊鸽子,你看看你,需要不停地扇动翅膀才能飞起来,哪里像我?没有翅膀也可以飞得很高呢!"

鸽子抬头看了看气球说:"你能飞得很高,这是事实,但是你却身不由己,只能随风而行。像你这样,就是飞得再高,又有什么意义呢?我飞起来虽然很辛苦,但是,我可以飞到我想要去的地方。"

说完,鸽子就向着目的地继续前进了。

大树和盆栽树

有一棵大树,照理说应该树身粗壮,枝繁叶茂,然而,由于它所处的位置不大好,在楼房之间的空隙处生长,不得阳光和雨水,生长的速度一直很缓慢。不知道经历了多少个艰难的日子,大树终于长到两层楼那样高了。能看到更远的世界,大树感到非常开心。

在欣赏周围景色时,大树突然发现:在楼房的平台处,还生长着一棵小树。只不过,这棵小树被栽种在一个大而深的盆里。

"你好,朋友!"大树仰起脸,跟它的邻居盆栽树打招呼。

"你好!"这时,盆栽树也注意到了身边的大树。

一天傍晚,盆栽树低头看着委屈生长的大树,扭着身子突发感叹说:"一个人地位的高低,不在于你奋斗了多久,而是要看你有没有好的运气。你看看你,虽然比我的年龄不知大多少,但每天这么辛苦有什么用?到现在,不是还没有我高吗?如果我愿意,我还可以站得更高些呢!"

大树听了,憨厚地笑了笑说:"我承认,我确实没有你高,但是,我的命运是掌握在我自己手里的。我不需要依靠别人,就可以汲取地下的水分和养料。现在,我觉得我的生活很幸福。而你,我的好邻居,你就不同了,你需要主人给你定期浇水和施肥,实际上,你的命运是握在别人的手里呀!"

盆栽树听了,朝大树不屑地摇了摇头。它觉得,和身边的大树相比,自己不知道要优越多少倍。

后来有一天,楼房的主人突然得了一场大病,有很长时间没有回来,等到主人病愈归来时,盆栽树已经奄奄一息了。

要证明身份的鸡

芦花鸡听到一条好消息:某公园正在搞活动,凡本城的鸡公民,都可以凭身份证或者证明信到公园里免费游玩一次。

知道这个消息,芦花鸡心里高兴极了,因为它还没有去过这个公园呢,它收拾好一大早就出发了。但是在公园门口,看门的黄狗拦住了去路。

"把你的身份证或证明信拿出来。"黄狗说。

"我忘了带身份证和证明信,难道就不能进去了吗?你看,我长着一张尖尖的嘴。"芦花鸡说。

"长着尖尖的嘴就是鸡吗?老鼠也长着尖嘴呢。"

"可是,我只有两条腿呀。"

"两条腿的动物太多了,你看看鸭子,人家也只有两条腿。"

"但是,我的脚和鸭子不一样,我的脚趾尖尖的,可以刨土里的虫子。而且,我身上有光亮的羽毛,这些还不足以证明我是鸡吗?"

"捉虫的就是鸡吗?有光亮羽毛的就是鸡吗?你看看人家孔雀,比你的羽毛还光亮呢。人家怎么不说自己是一只鸡呢?"

"我可以咯咯咯地下蛋,这总可以充分证明我是一只鸡了吧?"

"那也不行,请你注意听清我的话,你要有鸡的身份证或者证明信才能进去,如果没有,就不能说你是只鸡。"

芦花鸡为了证明自己是一只鸡,把一切该说的都说了,可是黄狗还是不让进门。

"我有证明信,"一只走路摇摇摆摆的大白鸭挤了进来,它拿出证明信说,"我可以进去吗?"

"可以。"黄狗看了证明信后,很快地打开了大门。

看着大白鸭的背影,芦花鸡大声地对黄狗说:"可是——可是——它明明是一只鸭子呀。"

"不要可是可是了,它有证明信,知道不?"看门的黄狗说。

张　征（1972—　）

笔名风挽云拥，安徽蒙城人。现工作于浙江宁波象山大唐国际乌沙山电厂。中国诗歌学会会员，安徽省作家协会会员。

青蛙与蟾蜍

三年前，青蛙离开了那片水田，它羡慕山脚下那个荷塘，荷塘里莲花开得娇艳，鱼儿游得正欢。

隆隆的机器轰鸣，警醒了酣睡的青蛙。人们开始填塘铺路，修建厂房。青蛙惊恐地逃离了荷塘，狼狈不堪，它可不愿做餐桌上的美味。

脱离险境回到水田，蟾蜍热情地迎接它。青蛙在外面闯荡了几年，现在它怎么看蟾蜍都不顺眼。青蛙肚子饿得咕咕叫，它已经一天没吃东西了，它决定饱餐一顿。青蛙斜视蟾蜍："又丑又笨，我再不愿意和你做朋友了！"青蛙三跳两跳就甩开了蟾蜍，它捉到了一只虫子贪婪地吃起来。蟾蜍大喊："你不能吃！"青蛙更加不高兴："这也是我的地盘，你凭什么不让我吃！我偏要吃！"青蛙又几个跳跃，把蟾蜍甩得无影无踪。它没有听到蟾蜍声嘶力竭的喊声。

青蛙正在美吃大餐时，突然感觉肚子痛起来，它感觉情况不妙，但为时已晚。

蟾蜍找到青蛙时，青蛙已瞪大眼睛四脚朝天。蟾蜍难过地哭起来："这儿的虫子已不是三年前的虫子了，你偏不听！"

程思良（1973— ）

笔名冷月潇潇，安徽岳西人。现工作于江苏省溧阳开放大学。著有《迷宫》《规则是圆的》等，主编《聚焦文学新潮流——当代闪小说精选》等。

两头野牛

非洲大草原上有两头野牛，它们相约有福同享，有难同当。它们跋山涉水，寻找栖居的福地，历尽千辛万苦，终于找到了一片水草丰美之地。

野牛甲居草地之东，野牛乙居草地之西。它们平安相处了一段时间后，因都想独占整片福地而斗得不可开交。双方势均力敌，屡次相斗皆两败俱伤。

一天，一个狼群窜来，同时攻击两头野牛。两头野牛并肩作战，拼死力斗，硬是将凶恶的狼群赶走了。它们和平共处了一段时间后，又开始频繁争斗。

不久，狼群又来袭，这次，它们改变了进攻的策略，只攻野牛乙。在群狼的围攻下，伤痕累累的野牛乙频频向野牛甲哀哀呼救。野牛甲却仿佛没听见，兀自低头吃草。

野牛乙被狼群吃得尸骨无存。野狼们打着饱嗝走后，野牛甲望着偌大的丰美草地，心中窃喜——幸亏未出手相救！

十天后，这片草地上，唯有狼影在草地间时隐时现。野牛甲已不知所终。

省　略

他终于找到了预言家兼魔法师的空空上人。

"你的一生将十分坎坷，但最后会过上奢华的生活。"

"大师，我已经被痛苦折磨得活不下去了，求您帮帮我，将我送到苦尽甘来的未来。"

大师沉吟许久,缓缓地说:"你不后悔?"

"绝不后悔!"

睁开眼,他发现自己躺在红木床上,室内摆满奇珍异宝。他感到口渴,想喊仆人,却声若游丝;他想坐起来,却浑身无力,他意识到自己快油尽灯枯了,不由得万分恐惧——我不要省略的人生!

他惊醒了。窗外月色美好,他长吁一口气。

最完美的动物

动物王国举办"最完美的动物"大赛。T形台上,动物们一一登台秀形体。

马高昂着头,迈着潇洒的马步,风度翩翩。

狐狸秀着优雅的狐步,搔首弄姿,百媚千娇。

水蛇扭着优美的S形小蛮腰,左顾右盼。

老虎虎躯一抖,高视阔步,顾盼自雄。

孔雀穿着五彩的盛装,载歌载舞,分外妖娆。

……

最后,经过专家评定,龙获得"最完美的动物"的桂冠。评委会给出的评语是:"龙博采众长,嘴像马、眼像蟹、须像羊、角像鹿、耳像牛、鬃像狮、鳞像鲤、身像蛇、爪像鹰……龙荣获'最完美的动物'称号,当之无愧!"

"龙?"动物们先是一片愕然,继而都哑然失笑,"最完美的东西原来是虚无的。"

规则是圆的

动物王国每年举办一届特色技能大赛,奖金甚丰厚。大赛组委会主席由各类动物的首领轮流当值。主席有权确定比赛项目及制定比赛规则。

第一届大赛,狮子王担任大赛组委会主席,它定的比赛项目是比吼声,谁的吼声大,谁夺冠。经过激烈角逐后,狮子王的三儿子凭其"狮子吼"神功技压群雄。

第二届大赛,豹王担任大赛组委会主席,它定的比赛项目是赛跑,谁跑得快,谁胜出。经过激烈角逐后,豹族的非洲猎豹以每小时一百一十公里的速度夺魁。

第三届大赛,龟王担任大赛组委会主席,它定的比赛项目是比静坐,不吃不喝,谁静坐久,谁获胜。经过激烈角逐后,龟族的百忍神龟以其"龟息功",静坐了九九八十一天,脱颖而出。

……

接连参加了三十八届大赛的跳蚤王子什么奖牌也没有拿到,它十分郁闷,去向父王发牢骚,要求父王去向动物王国的国王老虎抗议比赛规则不公平。跳蚤王听了,哈哈一笑,拍着儿子说:"风水轮流转,明年到我家。"

"父王,那您准备比什么呢?"

"呵呵,傻小子,当然比跳高啦!"

"可是,袋鼠也擅长跳啊!"

"这个嘛,呵呵,小菜一碟……"

第三十九届大赛,跳蚤王担任大赛组委会主席,它定的比赛项目是比跳高,以身高为标准,按跳的高度与身高之比的大小排名次。

动物王国评先进

一年一度的动物王国评先进工作者大会如期举行。今年拟评三位先进工作者,提名候选人是老牛、袋鼠、狐狸、哈巴狗。

候选人名单一公布,动物们就议论纷纷。

"哈巴狗?它有什么资格当先进?只会摇尾乞怜,它能当,我更有资格当!"猪愤愤不平地哼道。

"狐狸也能提名吗?它虽有一肚子聪明,可惜不用在正事上!"驴子摇了摇长耳朵,不屑地说。

"袋鼠有什么?不就是个洋和尚吗?就凭这个也能候选?"鸡拍了拍翅膀尖

叫道。

"我看好老牛,它勤勤恳恳任劳任怨地工作,成绩有目共睹。"鸭子呷呷地叫道。

不久,评选结果公布,先进工作者为袋鼠、狐狸、哈巴狗。老牛落选了!

评选理由如下:

袋鼠——有海外背景,它的到来,为动物王国注入了新鲜血液,也使动物王国与世界潮流接轨。袋鼠功莫大焉!

狐狸——以其聪明才智,无私地为动物王国献计献策,尤其是很好地协调了虎大王的几位王妃之间的矛盾,使它们和平共处,让虎大王有更多精力处理政事。狐狸功莫大焉!

哈巴狗——正是它经常为虎大王逗乐解闷,才使得虎大王始终心情舒畅。虎大王心情舒畅了,天下就太平了!哈巴狗功莫大焉!

老牛——的确多有贡献,但对全局性工作的作用毕竟不大,何况它一向不计名利,这次还请它再发扬一下风格。

慢工出细活

著名建筑家老白蚁宏宏有两个徒弟,黑蚁历历与白蚁天天。历历行事风风火火,天天行事慢条斯理。五年后,它们要出师了。出师前,师傅限它们十天之内在附近的小河上各建一座桥,如果验收合格,它们就可出师另立门户。

历历与天天领命后,便开始工作。历历来到小河边,瞅了一眼地形后,便挥起泥刀筑桥,它的泥刀飞舞着,飞舞着。天天呢,则背着手在河边不紧不慢地散步,还不时停下来愣愣地想着什么。第一天结束,历历已完成六分之一的工程。天天建桥之处却连一块石头也没有砌上去。

第二天,历历的泥刀舞得更快。天天却跑到河边的村庄里,找村中耆老了解这条河流近五十年来的水文情况。第二天结束,历历已完成五分之二的工程。天天建桥之处仍无丝毫动静。

第三天,历历的泥刀舞出一片亮光。天天也开始动手筑桥了。

第五天，历历的桥建成了，它兴奋地请师傅来欣赏它的杰作。师傅仔细地打量着历历建的桥，最后，一言不发地离开了。历历暗暗高兴，师傅很少夸奖它们的，不说话便意味着自己的杰作无可挑剔啊！

第十天的傍晚，天天的桥才完工。它请师傅来检验它的作品。师傅带着历历一同来看桥。师傅仔仔细细地观察着桥，严肃的脸上露出了难得一见的微笑。

翌日，天天泣别师傅，去远方另立门户。历历却被师傅留下，需再学艺三年。

一年后，历历建的桥被一场洪水冲垮。

五十年后，天天建的桥依然横卧在小河上。

丑　石

洪水过后，河滩上挤满了大大小小的石头。其中，有一块百余斤的石头，形貌极其丑陋。旁边的石头都嘲笑它太丑了，将会无人问津。

河滩上的石头陆续被人运走，有的去砌墙，有的去铺路……那些来运石头的人也不是没有注意到丑石，然而，他们匆匆打量了一眼后，都摇着头离去。丑石感到万分沮丧，觉得上天对它太不公平了，因此，它常常唉声叹气，泪流满面。

一天夜里，丑石又哭起来。正好有一只老乌龟路过，它问丑石为何哭泣，丑石说了自己的遭遇。

老乌龟听了，沉吟了片刻，语重心长地说："孩子，你的身上不是缺少美，而是缺少一双发现的眼睛。孩子，只要你耐得住寂寞，一定会等来那双发现的眼睛。"

十年后，一位奇石收藏家来到这块河滩淘奇石，当他突遇丑石时，不由得惊呼："这是一块多么神奇的石头啊！"

扬长避短

猴子王国经常举办各类大赛，指猴家族每次都派选手参加，然而，无一例外，均空手而归。

指猴家族的老族长坐不住了,长此以往,指猴家族的自信心将荡然无存啊!老族长携缅甸玉去晋见猴子王国的猕猴王,山高水远地扯了一通闲话后。老族长谈起了大赛,盛赞在猕猴王的英明领导下,大赛办得红红火火。猕猴王面带微笑地听着。说着说着,老族长突然叹了一口气。

"爱卿,为何叹气?"猕猴王困惑地望着老族长。

"我们指猴家族有一个遗憾。"老族长幽幽地说。

"什么遗憾?"猕猴王不动声色地问。

"大赛举办十五届了,可是,我们指猴家族至今还没有一位选手能获得陛下亲手颁奖的殊荣哩!"

"爱卿啊,朕不是没有考虑过你们家族,"猕猴王抚摸着缅甸玉,望了一眼老族长,接着说,"只是,适合你们家族的项目还真难找啊!"

"陛下,这个不难……"

第十六届大赛,指猴家族派出一位身高十厘米、体重七十克的选手参赛,一举夺魁。

这届大赛的比赛项目是比娇小。

完美的铠甲

豪猪因其肉味鲜美可口,所以是狼、狐等掠食者最青睐的猎杀对象之一。眼见本族成员日益减少,豪猪族长忧心忡忡——长此以往,本族将会灭绝!豪猪族长召集本族的长老们在洞穴外的大栎树下开会,商讨纾危解难之策。大家七嘴八舌地议论着。

"咱们磨牙,磨出一副铁齿铜牙,就不怕那些凶残的掠食者了!"

"要磨出利牙,没有三五年工夫,是甭想成功的,到那时,只怕咱族早已亡族灭种了!"

"咱们不妨练奔跑,只要跑得比掠食者快,它们就逮不到咱们了。"

"呵呵,要练跑,咱们得先减肥。何况,跑得快也不是一蹴而就的,起码得坚持一年半载。"

……

"族长,咱们不妨换个思路考虑,有没有什么办法,不用练奔跑,也不用磨牙,掠食者见了咱们,便都敬而远之。"一直沉默不语的瘸腿长老突然插话。

"这个嘛,的确好!"豪猪族长赞许地看了瘸腿长老一眼,接着说,"不过,这样的好方法哪里去找呢?"

大家都默默无语。

这时,一只小刺猬从大栎树边的草丛里匆匆掠过,正好被瘸腿长老看见,它灵机一动,兴奋地对豪猪族长说:"族长,有办法了!"

不久,豪猪家族都披上了带着利刺的铠甲。掠食者见了它们,都躲得远远的。豪猪们无不为身披带刺的铠甲而自豪——进可攻,退可守,多么完美的铠甲啊!

然而,当寒冷的冬天来临时,一向喜欢抱团取暖的豪猪们,发现那些长长的利刺,使它们再也不能依偎在一起了!它们一个个冷得瑟瑟发抖。这年冬天,有很多年老体弱的豪猪被活活冻死。

木秀于林

山坡上长着一片茂密的树林。这些树有个特点,长到一丈多高时,就不肯再长了,而是旁逸斜出。

有一棵青松却异于同类,可着劲儿往上蹿,已长到二丈多高了!它身边的一棵老松告诫它:"孩子,你难道没有听说过'木秀于林,风必摧之'吗?"

"听说过的,老伯伯!"

"那你为什么还要往高处长?这不是自找苦吃吗?"

"老伯伯,你的视野有多广?"

"方圆五公里吧。"老松望着青松,疑惑地说,"孩子,你问这个干吗?"

"我到森林王国图书馆读书时,发现了人类的一句格言——欲穷千里目,更上一层楼!"

"可是,孩子,风刀霜剑在你的身上留下了多少累累伤痕啊!你觉得这么做,值吗?"

"值！老伯伯,你知道我的视野有多广吗?"

"多广?"

"方圆五十公里的。"青松眺望着远方,说,"老伯伯,我看到了大家做梦都没有看到的无数美丽风景。"

老松默然无语。

河东有老虎

山间有一条大河。河西有一群猴,尽管有办法涉水去河东,但它们从不过河,因世代相传河东有老虎,过河必命丧虎口。据说它们的一位祖先就是在那边失踪的。每一个小猴子出生,接受的第一个告诫便是不能到河东去。

那天,一只小猴子在河边玩耍,不料上游的山洪突至,将它冲走。小猴子在洪水里拼命挣扎,绝望之际,幸好有一棵树漂来,它死死抓住一根粗树枝,顺流而下,也不知过了多久,待它醒来,才发现已被冲到了河东。饥饿压倒了恐惧,小猴子在河东的森林里寻找食物,这里野果漫山遍野。

正当小猴子大吃特吃时,一只狐狸出现在它身边。

"你是从河西来的吧?"

"是洪水将我冲过来的。"

"哦,是这样啊。"

"我得想办法回去了。"

"急什么？这里好吃的果子多着哩！"

"这里有老虎,太危险了！"

"老虎？呵呵,那都是什么年代的事了,这里早已没有老虎了！你看我不是活得好好的吗？"

"看来过去的经验如果不与时俱进,往往是靠不住的！"小猴子叹道。

张春霞（1973— ）

女,安徽蒙城人。现工作于蒙城县职业教育中心。安徽省散文家协会会员,亳州市作家协会会员。

学会低头

春天来了,娇艳欲滴的迎春花开放了,它旁边的一朵不知名的小花也开了。花虽然不大,但也开得灿烂。

迎春花踮起脚跟伸长脖子,冲着小花不屑一顾地撇撇嘴说:"没有自知之明的家伙,你又矮又丑,怎么能和我生长在一起呢?"

"为什么不能?"小花一脸疑惑。

"我是春天的使者,人们都赞美我是春天的使者,有人赞美你了吗?"

突然一股强劲的风吹来,迎春花由于踮着脚跟脖子伸得又长,一下子被吹折了腰。一位调皮的小朋友路过,随手折断了这节断了的迎春花,扔到路边的河里,迎春花随水流漂走了。小花虽也被吹得头昏脑涨几欲摔倒,但因为个矮躲过了这一劫。

我们要学会低头,头抬得太高,有时候是会碰壁的。

是 非

一只又肥又老的母鸡看着一只年轻的母鸡被公鸡追求,心生嫉妒。于是和一只经常不下蛋的母鸡说:"你看那只骚母鸡,整天招蜂引蝶,不知羞耻。"

两只母鸡都盯着年轻的母鸡看,对着它窃窃私语,指指点点。

一天家里来了客人,主人吩咐二儿子:"二子,去把那两只不生蛋的肥母鸡捉来炖汤喝。"

不是想着去自我改变,只在背后论人长短,早晚被淘汰。

蔡进步（1974—   ）

安徽萧县人。现在在安徽淮北矿业袁店一矿综采二区工作。

城里的狗和乡下的狗

一天上午，城里的狗在一棵树下看蚂蚁上树时，遇见了乡下的狗。

城里的狗问："你喝过牛奶吗？"

乡下的狗说："没喝过，我只喝过稀饭。"

城里的狗又问："你吃过驴肉吗？"

乡下的狗说："没吃过，我只见过驴。"

城里的狗再问："你洗过澡吗？"

乡下的狗说："没洗过，我只淋过雨，比洗澡过瘾！"

城里的狗接着问："你生病上医院吗？"

乡下的狗说："乡下没有给狗看病的医院，我生病睡两天就好啦！"

城里的狗不屑一顾："我在城里吃香的、喝辣的，住得也舒适。冬有暖气，夏有空调。你看，主人怕我外出着凉，还给我穿了小褂。一旦我生了病，主人比伺候她爹娘还细心。我咋听说你天天吃剩饭，夏天热得舌头伸多长，冬天狗窝里连把柴火都没有。你活得真窝囊啊！"

乡下的狗呵呵一笑："你说的都是实情，我确实跟你没法比。但我活得很充实，能为主人看家护院，我感到很光荣。俗话说，好汉护三村，好狗护三邻。我晚上不睡觉或者睡不好觉，我的主人和邻居们就能睡得安稳。你一条狗穿得跟人一样，还喝牛奶、吃驴肉、洗澡、病了上医院，你把自己当成人了吧？二郎神的哮天犬也比不上你！"

两条狗聊得正热乎。

突然，一个小男孩失足掉进十米外的池塘里。

乡下的狗立即蹿了过去，纵身跳进池塘，不大一会就把小男孩救上岸。

城里的狗人模狗样地站在那儿,它觉得自己这些年白活了。

一个人活得有没有意义,不在于能否吃得好穿得好住得好,而在于他对社会对他人是否做出了贡献!

小狗买车票

大槐树村的小狗因深夜孤身勇斗三只持刀行窃的狐狸,被县评为"见义勇为先进动物"。

十天前,小狗跟全县另外九名"见义勇为先进动物"一起坐飞机到欧洲旅游。

今天上午,它们结束国外旅游回到县城。在回家的汽车站里,小狗遇见本村村长小牛,以及村民小马、小羊和小猪。

买车票时,小狗思忖:"一张车票十二元,如果我买五个人的车票得六十元,这不合适。不过,十天前县里开表彰大会时奖励了我两千元,可那是我拿命换来的。假如那天我不被逼急了跳上墙,焉有我的命在?生命诚可贵,金钱也重要。今天买车票,只给村长掏!"

轮到小马、小羊、小猪买车票时,三个人争着付钱。最后,小羊、小猪没争过小马,小马付了三十六元钱。

小狗暗笑:"这三个家伙还怪讲义气,争着付钱,有意思啊!"

路上,小狗得意扬扬地向小牛讲起旅游的所见所闻,说自己近距离看到了德国总理默克尔,喝了慕尼黑的啤酒,进了挪威的森林,参观了巴黎圣母院,直讲得小狗嘴边都是白沫,口干舌燥。

回到家,小狗向妻子聊起在县城汽车站买票的事,又嘲笑起小马、小羊、小猪。

谁知,妻子把眼一瞪:"该死的小狗,你真是狗眼看人低!你知道吗?七天前,村长小牛因公款吃喝被撤职了。小马却在公开竞选中被选为村长,你长着狗眼干啥的?你咋不睁开狗眼看看?你这不是拿村长不当干部吗?"

生活中有些人总是自以为是,狗眼看人低。这种人的眼睛只朝上看,眼里只看到比自己有本事的人,对那些比自己差的人却不屑一顾。

小狗拾到钱包后

一年前的一天中午,小狗在森林边的大槐树下拾到一个棕色的钱包。

见左右无人,小狗决定将钱包据为己有。可打开钱包一看,小狗泄气了:"乖乖,里面只有三个一元硬币,还有一个身份证和驾驶证。"

钱包是小猪的。小狗眼珠一转,立即把钱包送到了村长大象的家里。

巧得很,《森林日报》的记者长颈鹿正在采访大象村长。

长颈鹿一听说小狗拾到一个钱包主动上交,立即写了一篇社会新闻《金钱面前不动心,小狗是位好村民》。

第二天,《森林日报》头版头条刊登了这则社会新闻,还给小狗来个大特写。长颈鹿把小狗拾到的钱数改为三千元。这事的真相只有小狗、大象、长颈鹿和失主小猪知道。但是,没有人怀疑小狗拾到三千元。

小狗拾金不昧的事迹在整个森林不胫而走,小狗成了动物们学习的榜样。年底,小狗被评为"精神文明十佳人物",奖励两千元。

一周前的一天晚上,小狗又在森林边的大槐树下拾到一个棕色的钱包,里面只有五百多块钱,连失主半点信息都没有。

见左右无人,小狗把钱装进自己的腰包,而把空钱包扔进路边的草丛里。

第二天上午,黑猫警长找到小狗:"小猴举报你,说你拾到它的钱包没上交,你赶紧把钱拿出来!"

小狗矢口否认。

黑猫警长说:"十天前,大槐树附近的电线杆子上安装了监控探头,你要不要看一下监控视频?"

小狗只好把五百多块钱掏了出来,可小猴说不止这些钱。小狗差点跟小猴打了起来。

动物们议论纷纷:"听说这次是五千块钱,怪不得小狗不上交!"

小狗气得大骂:"啥样的钱包能装五千块钱?连两千块钱也装不下!"

小羊问:"一年前你拾到一个钱包,里面不是装了三千块钱吗?那咋装下的?

三千元能装下,两千元咋就装不下?"

　　小狗无语。最后,小狗和小猴闹到森林法庭。

　　外财不发命穷人,不是你的钱财,千万别动心。否则,一旦真相大白,你将身败名裂。

小狗移山

　　愚公移山的故事被人们传为美谈,也成为动物界津津乐道的话题。

　　大槐树村的小狗每次听到愚公移山的故事,都热血沸腾。尤其是听到江涛演唱的那首歌曲《愚公移山》,小狗便感慨:"如果当年有我,哪有愚公移山之说?那就是我小狗移山了!"

　　小狗决定也去移山。大槐树村附近没有太行、王屋两座山,只有村东南十来里处的鹰嘴山。山不高,一百多米。树不密,却茂盛。

　　五年前,小狗跟着父母一起来到鹰嘴山下,选了一处平坦之地,搬石盖房,修坡筑堤,用心呵护着鹰嘴山,防止贼人趁着黑夜盗伐树木。

　　五年来,小狗一家年年被评为"守山护林先进个人"和"精神文明道德家庭",它们一家人的先进事迹还上了《森林日报》。

　　无论春夏秋冬,无论酷暑严寒,小狗一家都忠诚地守护着鹰嘴山的一草一木。因此,小狗一家被动物们称为"鹰嘴山上的护林鹰"。

　　但自从听说愚公移山的故事,小狗的心里长草了,再也坐不住了。

　　那天,趁着父母到内蒙古大草原去旅游,小狗决定移山。它找了两台铲车和两辆大卡车,开始了移山。

　　离鹰嘴山不远处有一条干沟,名曰四号沟。四号沟是四十年前开挖的一条沟,原说东水西调,后来成了一条废弃的干沟。小狗打算把移山的土石去填四号沟。

　　两天后,林业派出所所长黑猫和五名队员来到鹰嘴山下,带走了小狗和四名司机。

　　后来,小狗因蓄意破坏山林被拘留十天,罚款五千元。

一个人如果异想天开,做事不考虑后果,最终将会自食其果。

小猪开超市

小猪在大槐树煤矿开了一家超市,超市内装上了监控。

那天黄昏时分,刚刚升井的小狮子走进了超市,它到超市的拐角挑选了四袋饼干,见超市内人多,小狮子趁人不注意,拿起一袋火腿肠揣到怀里。

付钱时,小猪见左右无人,笑着对小狮子:"老弟,你刚才往怀里揣进一袋火腿肠,我看见了。如果你真没有钱,尽可以对我说,但是你不能偷我的东西。我知道你下井挖煤辛苦,可我开超市也不容易!做人得实诚哪!"

小狮子见自己偷盗的事迹败露,羞愧地说:"你随便处罚我吧!"

小猪呵呵一笑:"处罚啥?谁一辈子还能没有为难遭灾的事?我只是希望你以后不要再干这种事,碰到别人开超市,它们恐怕就不会放过你,最起码会把你送到矿公安科,要么通知你们单位,那时你的脸往哪儿搁?"

小狮子叹息:"唉!人穷志短,马瘦毛长。现在全国煤炭市场形势不好,工人工资下降,我上个月才开一千二百块钱,养家糊口也紧巴巴的,不然我也不会偷你的火腿肠!"

最后,小猪只收了小狮子两袋饼干的钱,另外两袋饼干和那袋火腿肠一分钱都没收,感动得小狮子差点给小猪跪下了。

一年后的一天中午,成了大猪的小猪进货途中遭遇一只大老虎,老虎张牙舞爪地向小猪扑去。

千钧一发之际,长成大狮子的小狮子出现了,它怒吼一声扑向老虎,吓得老虎掉头就跑。

你帮助了别人,其实就是在帮助自己。一旦你遇到困难或者危险时,被你帮助过的人就会挺身而出。

小猪请客

小猪开车违反交通规则,被扣了四分。

小猪正唉声叹气,狐狸来找小猪:"小猪兄弟,我好朋友黑猫在县交警队担任队长,这样吧,你晚上摆一桌,我把黑猫喊过去,酒杯一端,你被扣的四分就给抹掉了!"

当天晚上,小猪、小狗、小羊和狐狸一起走进了十字坡饭店。

可左等右等,就是不见黑猫的影子。狐狸赶紧出去给黑猫打电话。

不大一会,狐狸进来了,无可奈何地说:"黑猫的老婆生孩子,现在正住院呢,它来不了了!不过你放心,我跟黑猫是铁哥们,它以前跟我混的,我让它往东,它不敢往西,我让它打狗,它不敢撵鸡。我一定把这件事给你摆平!"

三个人开始喝酒吃饭。

快吃完饭的时候,狐狸把小猪喊到酒店旁边的一个超市,掏出钱包:"老板,给我拿一条香烟,二百块钱一条的!"

小猪一听,赶紧掏钱结账,心说:"人家狐狸好心帮我办事,我哪能让它付钱!"

两天后,小猪听小羊说,狐狸那天把买的那条香烟送给了黑猫,但是却拆开了从中拿出两包,只给黑猫八包烟,黑猫很生气,当场就把那烟扔进了路边沟里。

五天后,黑猫见到了小猪:"小猪兄弟,我听说你酒也请了,烟也买了。但是我没让你请酒,更没让你买烟。我一没喝你的酒,二没吸你的烟,所以也没给你把那四分抹掉,你别怪我哪!"

小猪连声说:"哪能哪,哪能哪!"

生活中有些人,看似热心肠,一副为朋友两肋插刀的架势,其实只说人话不办人事。这样的朋友,谁遇到了谁就要倒霉!

狐狸请客

那天上午,小狗正在森林边教小猪骑摩托车。狐狸扛着一个大纸箱走了过来。

小狗忙停下摩托车跟狐狸打招呼:"狐狸师傅,你这是干啥呢?"

狐狸放下纸箱,一边擦汗一边说:"我想给老家的父母带点东西!"

小狗吃惊地问:"你老家离这一百多里,咋送去?"

狐狸说:"半小时后,我表弟的大巴车将从206国道经过,我把这箱东西放到车上,让表弟带回去!"

小狗说:"这儿离206国道十多里路,又不通车,你咋送去?"

狐狸叹息:"我正为这事发愁呢!要不你们帮我把箱子送到206国道边,中午我请你们喝酒!"

半小时后,小狗和小猪把箱子交给了狐狸的表弟,并让它给狐狸打了电话。

一小时后,小狗和小猪正在宿舍跟小羊聊天,狐狸打来电话:"小狗老弟,我在十字坡饭店,菜已经点好了,你们赶紧过来,咱端两杯!"

小狗笑着说:"狐狸师傅,你咋这么客气?我们在小羊宿舍里聊天呢!不去了!"

狐狸很生气地说:"小狗兄弟,你们要是不来,就是看不起哥!让小羊一起来,添人不添菜,只是添双筷!"

二十分钟后,小狗三个人赶到十字坡饭店,见狐狸只点了一个凉菜。

狐狸笑容满面:"我不知道你们喜欢吃啥菜,你们再点几个吧!"

小狗去点菜。

小猪说:"狐狸师傅,咱得喝点白酒,我去拿酒!"

吃饭结束时,狐狸坐着不动,小猪只好去结账。

这时,狐狸突然大声说:"服务员,拿两个塑料袋,打包!"

回到宿舍,小羊生气地说:"像狐狸这种又奸又滑的人,以后还是少接触为好!"

老山羊出车祸

那天,小猪骑着电瓶车去赶集。

返回时,小猪在途中遇见了步行赶集回家的老山羊,便停下车子,笑着打招呼:"大娘,你咋买这么多菜?离家还有三里多路,你坐我的电瓶车吧!"

于是,老山羊上了小猪的电瓶车。

车到一座石桥上坡时,电瓶车突然熄火。老山羊打算下车。

小猪说:"不用下车,你坐稳了!"随后小猪开始发动电瓶车。

旁边的小狗、小牛、小马叮嘱老山羊:"大娘,你坐稳了!"

老山羊呵呵一笑:"你们几个孩子放心吧,你大娘身体好着呢!"

这时,电瓶车启动,一下子把老山羊闪下车去。老山羊仰面朝天摔倒在地,满篮子菜撒了一地。

小猪赶紧停下电瓶车,紧跑几步去扶老山羊,并大声呼喊:"山羊大娘,山羊大娘……"

小狗、小牛、小马围了上来,只见老山羊双目紧闭,脸色发暗,后脑勺直冒血。

几个人紧急把老山羊送往医院,还没到医院,老山羊就气绝身亡了。

小猪后悔地以头撞地,它知道老山羊一家人不会跟它善罢甘休。小猪打算先给山羊一家两千元钱。

小猪托村长大象:"大象村长,你跟山羊大爷说说,赔多少钱我都认了,我得先去吊孝,不然我心里过意不去!"

山羊说:"小猪来吊孝行,但是不能带钱来,俺一分钱都不能让小猪拿,我问过小牛、小马等人了,我老伴这次是意外事故,小猪是好心,俺咋能为难小猪!"

老山羊出殡那天,小猪买了供品、花圈、火纸等物,又拿了两百元钱。山羊一家一分钱都没留。

人倒了,还能扶起来。人心若是倒了,那就真扶不起来了!

俞春江（1974—　）

　　安徽无为人。现任杭州市社会治理研究与评价中心副研究员。中国寓言文学研究会理事，浙江省作家协会会员。

牙齿停长灵

　　"大喜事，大喜事！"老鼠中正飞快地传播着一个消息，鼠类科技精英已经研制出一种新型药水，它能够让鼠牙停止生长！

　　"太好了，牙齿不再无限制地长长了。"这对老鼠们来说，无疑是天大的喜事。这意味着，它们将不再磨牙。

　　要知道，为了磨牙它们花去了多少时间、冒过多少危险呀。磨牙，磨牙，每每牙齿长长了的时候，就不得不去嚼那怪味的稻草、发霉的书籍、满是樟脑味的衣物。这同时还得提防猫的突然袭击，忍受人的恶语咒骂。现在，苦日子总算熬到头了。

　　鼠王当即下令，马上普及药水，让每一只老鼠都能尽快享受不再磨牙的欢乐。

　　这药水确实神奇。一个星期后，老鼠们发现牙齿一点也没长，仍是老样子。这是意料之中的事，可鼠王还是举行了盛大的宴会，庆贺这药水的神奇，并把这药水命名为"牙齿停长灵"。

　　一个月后，老鼠们惊奇地发现牙齿竟然变短了。这下连药水的发明者也糊涂了。药水只能抑制牙齿生长，而没有使牙齿缩短的功能呀。

　　两个月后，老鼠们的牙齿变得更短了，连嚼谷子、吃花生米都有点困难了。

　　这是怎么回事呢？鼠王迅速成立了攻关小组。两天后，结果出来了：老鼠们服用了"牙齿停长灵"后仍不自觉地去磨牙。接受调查的老鼠们都说："药水虽然喝了，但是一看见衣服仍禁不住去咬上几口，从餐桌上走过时，总忘不了要在桌角留下几道牙痕，否则心里就不踏实。"

　　半年以后，挣扎在饥饿线上的老鼠们强烈要求研制"牙齿停长灵"的解药——"牙齿助长灵"——它们的牙齿已短得不能吃东西了。

这担子自然落在那位神药的发明者身上。它揉着饿得发痛的肚子,不禁叹道:"唉,还是先研制'习惯根除灵'吧!"

小姑娘的梦

有个可爱的小姑娘非常喜欢小狗。她做梦都希望有一只小狗陪伴在身边。可是在城里养狗是很难的,妈妈没有答应她。

小姑娘太喜欢小狗了,她每天都会梦见小狗。小狗毛茸茸的,总是伸出红红的舌头来舔她的手指。小狗还不停地晃着脑袋,会装模作样地汪汪大叫。

想着小狗的模样,在梦里小姑娘都会情不自禁地笑出声来——她常常在跟毛茸茸的小狗一起玩耍呢。这些关于小狗的故事太好玩了,每天清晨醒来的时候,小姑娘都会讲给妈妈听。

转眼到生日这天,妈妈真的送给了小姑娘一只小狗,一只毛茸茸的小狗。小狗红红的舌头,大大的脑袋,跟梦里见到的一模一样。小姑娘真高兴啊。她跟小狗玩了一整天,然后搂着它,很幸福地睡着了。

第二天,醒来时,小姑娘的眼睛红红的。原来当她准备像往常一样给妈妈讲故事时,却突然发现,昨晚没有梦见小狗,那些难忘的关于小狗的梦,没有了。

第三天、第四天……关于小狗的梦再也没有出现过。

小姑娘伤心极了。尽管她有了真的小狗,可是一下子丢掉了那么多美丽的梦,怎么会不伤心呢?

看着小姑娘难过的样子,妈妈也没了办法:孩子有个梦想的时候,自己还可以帮着去实现。可是当她没有了梦想的时候,又应该怎么办呢?

来自井底之蛙的邀请

一只青蛙生活在小河里,它白天捉虫子,夜晚唱歌,过着幸福的生活。

在不远处的深井里,还生活着它的朋友,另外一只青蛙。尽管水井阻隔了它俩的来往,但它们还是好朋友。每到夜幕降临的时候,它俩就大声地唱歌、聊天,相互倾吐心声。

可是,河里青蛙的歌声越来越少了。河水被污染了,变得又黑又臭。井底之蛙十分同情朋友的遭遇,它热情地发出了邀请:"你快过来吧,我这里的水可舒服着呢!又清澈,还凉快!"

"怎么可能呢?"河里青蛙根本不相信,"你一定记错了!河水清澈那是很久以前的事了。现在太臭了,到处都一样!"

"不对,不对!井里的水确实很好,你快来吧!"

"唉!"河里的青蛙长长地叹了一口气,"难道我的见识还会比你少吗?在这条小河里,我游过很多地方。没有一点纯净的河水了!我的朋友,你别安慰了。我再等等吧,或许,下一场大雨会好些的……"

奇迹最终没有出现,河水再也没有清澈起来。几天后,河里青蛙死了。

朋友的歌声没有了,井底之蛙难过极了。"井水确实是清澈的啊!如果它肯接受我这个井底之蛙的邀请,也许不会被污水害死的。"

井底之蛙为这个残酷的事实而伤心。而它的朋友到死也不知道——井底之蛙的见识虽然有局限,但是对于那口深井来说,它可是最有发言权的啊。

虾的长枪

虾扛着长枪在水里游弋。那是一支多么厉害的枪啊。除了尖尖的枪头外,这支长枪上还装着许多锋利的锯齿呢。

佩戴着这样一件武器,再加上全身银亮的盔甲,虾显得神气十足。

"多么威风啊!"虾对自己的打扮十分满意,"这才是一名水族战士的风采!"

这样想着,再看看身边的伙伴可就差多了。

"就说你小鱼吧,太无能了,太软弱了,竟然一件武器都没有!瞧你身上那层薄薄的鳞片管什么用啊?"

"还有你乌龟!个头倒不小,可怎么老是背着一副乌龟壳!动不动就往壳里钻。你知道战斗的道理吗？你知道'勇敢'两个字吗？"

面对虾的质问，大伙无言可答。是啊，虾看起来是多么威风呀！

就在这时候，一条凶猛的黑鱼游了过来。它张着嘴巴，露出了满嘴的牙齿。虾一看，知道大事不好，它急忙收起长枪，将身子一纵，顿时逃得无影无踪。

相对于外表和语言来说，行动往往更能说明问题。

领奖台上

在一场激烈的奥运会比赛之后，三位获胜者走上了领奖台。这时记者看到了戏剧性的一幕：冠军和亚军都垂头丧气，只有季军兴高采烈。记者带着满腹疑问，采访了他们。

"祝贺你，令人敬佩的冠军！可是，在我看来，你似乎还有点不开心，能告诉我为什么吗？"

"是的，我感到遗憾……"冠军连连叹息，"只差一点点啊，仅仅一点点！否则我就打破了奥运会纪录！虽然拿了冠军，但是我输给了历史上的那位选手，这是我今天最大的遗憾！"

"那么，你呢？"记者若有所思，又把话筒递给了亚军。

"太遗憾了！还有什么好说的呢？"亚军指了指身边的冠军，"我输给他了！仅仅一点点！否则我就拿到金牌啦！"

就在记者采访冠军和亚军的时候，季军正挥舞着手中的鲜花，一遍又一遍地亲吻着奖牌。

"祝贺我吧，记者先生！我很激动，太激动了！"还没等记者开口，季军一把抢过了话筒，"这是我第一次参加奥运会，这是我取得的最好成绩！我战胜了我自己！我超越了我自己！你说，还有比这更令人兴奋的吗？"

猪年的猪

新年快到了,这将是一个猪年。深夜,躺在猪圈里,猪翻来覆去怎么也睡不着,它在进行着激烈的思想斗争。怎么能睡着呢?好吃、懒惰、没有责任心……这些对于谁来说都是接受不了的批评。想起这些年来大家给自己的评价,猪心里特别难受。

"汪……汪……"这时远处响起了黄狗的叫声。在这寂静的夜里,狗还在忠实地守护着家园呢。多令人感动啊。

"其实做条看家狗也是挺好的!从明天开始,向狗学习!"暗下了决心,猪这才安心地睡着了。

"喔喔喔……"凌晨,一阵阵清脆的鸡鸣声把猪叫醒了。

啊,天快亮了,是公鸡在报晓呢。

"公鸡真是好样的,每天都准时打鸣,给大家一个清新的开始。"想到黄狗整晚都在巡逻,猪有些动摇了。

"还是做一只报晓的公鸡吧!就这么定了!"下定决心后,猪翻了一个身又睡着了。

天亮了,隔壁传来老牛粗重的呼吸声——老牛又要起身去耕田了。

老牛粗活重活抢着干,默默无闻,从来没有怨言,真是自己的好榜样。再说了,像鸡和狗那样每天上夜班,连觉也睡不好。

"就学老牛吧,耕田拉货,担当重任。这可比看家、报晓更有价值。改天拜它为师傅吧。不过,今天先休息好再说。"

日上三竿的时候,主人送来了猪食。猪想也没想一口气喝了个底朝天。"啊,真舒服!吃得好睡得好又不累,还是做一头猪最好!"

牛年的牛

牛年到了的时候,有人提议天南地北的牛一起聚会,交流心得,辞旧迎新。奶牛、耕牛、牦牛等从四面八方赶来。

在一片热烈的掌声里,奶牛被第一个推上讲台。"平时呢,我吃的是青草,挤出来的是鲜奶。"奶牛的话很简短,"我的愿望是让人类更强壮!"没等大家回过神来,奶牛就讲完了——它的发言仅仅只有两句。

轮到耕牛发言了,它的话也很短。"我吃的是杂草,使出的是用不完的力气,我的愿望是让大地丰收。"说完,耕牛低着头走下台。

"我呢,吃的是荒草,走出的是寂寞的山路。"牦牛的话更少,"我的愿望是让高原雪域不再荒凉。"全场为这短短的两句报以热烈的掌声。

会议在继续进行,每头牛都上台发言了,可话都只有一两句,一如它们平时埋头苦干、寡言少语。

尽管来的牛很多,可大家的会议却开得很快。在彼此的敬重和鼓励中,会议结束了。群牛纷纷回到草地、农场和高原,开始新的忙碌。

对于那些优秀的群体,少说多做是他们共同的品质。

鼠年的鼠

翻过书桌的时候,老鼠灰灰看见了台历,上面竟画着一只大老鼠——鼠年到了。台历的旁边还放着两只憨态可掬的老鼠的雕像!

灰灰一阵惊喜:"鼠年了,该是属于老鼠的世界了。咱们老鼠也受人欢迎了!"

它立刻钻回了地洞,把这个重要消息告诉给每一只老鼠。

第二天一早,大街上出现了一大群老鼠——它们在庆祝鼠年的到来,庆祝鼠类的解放。

"打呀,快打呀！老鼠过街啦!"几只扫帚横扫过来,紧接着又是一阵泥块砸过来。

幸亏逃得快,否则走在队伍前面的灰灰差点连命都丢了。

它哪里知道,如果本性不改,无论何时,也不会有人欢迎老鼠的。

徐光梅（1977— ）

女，安徽当涂人。当涂县太白中心学校教师。著有童话集《光头狮子》《森林里的怪事情》《穿着飞鞋去赛跑》等。

荧光石

刺猬搬家了。

一天晚上，刺猬出门散步，看见路边有一块会发光的石头，它发现相隔不远的前后方各有一块。刺猬好奇地问邻居牛大伯。牛大伯告诉它，这叫荧光石，白天吸收太阳光，晚上就会发光，这样走夜路的人就安全了。是呀，有了这三块石头，路边就像安了路灯一样。刺猬对这个新家的环境很满意。

有一次，刺猬家的灯泡坏了，它连忙出门去买。可当它走上小路看到荧光石后，马上改变了主意。刺猬乘别人不注意偷偷地把离家最近的那块荧光石搬回了家。刺猬觉得很开心，这下它不用交电费了。

晚上，刺猬去朋友家玩，回来时已经很迟了。天空没有月亮，夜很黑。刺猬慢慢地沿路走着。由于它家附近的荧光石被它搬走了，所以走到离家越近的地方，路上越黑。走着走着，刺猬不小心绊了一下，一下摔到了路边的石子上，摔得鼻青脸肿。它痛得哎哟叫唤起来。

大伙儿正在刺猬门前议论着荧光石被偷走的事，听到叫声赶紧走过去，扶起刺猬，把它带到牛大伯家包扎伤口。

"不知道是哪个缺德鬼，竟然把荧光石给偷走了。晚上多不方便啊！"

"是啊，害得刺猬头都磕破了。"

"都怪那该死的小偷。"

大家一边给刺猬包扎伤口一边狠狠地骂着。刺猬听得胆战心惊。

等到大伙儿都散去，刺猬才敢回家。它连忙把荧光石悄悄地放回原地，这才感觉心里一下子变轻松了。

应 聘

一家食品公司要招聘一名推销经理,狐狸和水牛在众多应聘者中胜出,双双进入最后一关——面试。

狐狸首先进入招聘室。只见墙上贴着标语:公司利益大于一切!主考官猴子问道:"公司有一批过期食品,价值上万元,如果你是公司经理,你该怎么做才能让公司获得利益?"

狐狸向来以自己的点子多而自豪。它眼珠一转,便回答道:"我有两套方案。第一,将包装纸撕掉,换上新的包装纸再卖出去;第二,将食品做成别的式样,换汤不换药,再卖出去。"

"为什么这样做?"

"因为公司的利益大于一切!"狐狸指着墙上的标语说道。

轮到水牛了。猴子问了它同样的问题。水牛不假思索地说:"将这批食品扔掉。"

狐狸在外面听了,偷偷直乐:"这个大傻帽!上万元的食品扔掉,换你做老板你愿意吗?"

猴子说:"公司招聘经理是为公司赢得利益的。能说说你这样做的理由吗?"

"我正是考虑到公司的利益才这样做的。我认为,无论做人还是做事,诚实第一!我们不能欺骗顾客。如果我们将过期食品卖给顾客,吃出问题来,公司蒙受损失,而且顾客再也不会买我们的食品了,公司的损失不是更大吗?"

最后,猴子宣布录用诚实的水牛先生!

狐狸羞愧地低下了头。

金嗓子蝉

一只蝉在歌唱比赛中得了第一名，获得了"金嗓子蝉"的称号，它好高兴啊！

只要一有空，它就不停地唱啊唱，从早晨唱到中午，又从中午唱到傍晚，有时晚上还忍不住唱几句。

它的邻居——黄鹂忍不住地说："蝉，我和你说件事好吗？"

"金嗓子蝉！请叫我金嗓子蝉！"

"金嗓子蝉，你能不能中午停止歌唱，让我们休息会儿？太吵啦！"

"什么？"黄鹂的话让蝉恼羞成怒，"我金嗓子蝉唱歌，就像开演唱会一样，免费唱给你们听，连门票都不收了，你竟然说我吵到你们了？"

"不是不是，"黄鹂连忙解释，"你唱得非常动听，这我知道，但我们需要休息呀！"

"你休息关我什么事？我的金嗓子每天都要练习呢，要做到曲不离口！"蝉说着，又唱了起来。

树下的青蛙也受不了了，它高声对蝉说："兄弟，你能不能小点声？或者你在固定的时间练习唱歌……"

"去去去！"青蛙的话没讲完，就被蝉打断了，"你是不是嫉妒我呀？要想清静，你们搬家好了！"

看到蝉这么强硬，大家只好不作声了，它们聚到池塘边商量着如何搬家的事。

可是过了一会儿，蝉的歌声突然停止了。世界一下子安静了下来。

"难道蝉想通了？"青蛙说。

"哎呀，你们快看！"黄鹂指着树下。只见，一个男孩手里拿着个网兜，蝉正在网兜里面挣扎。原来，蝉持续不断的叫声把孩子吸引过来了。

"唉……"大家都叹了口气，"死在自己的金嗓子上，多可惜啊！"

三只鸟儿的故事

在森林选美比赛中,孔雀得了第一名。在跑步比赛中,鸵鸟得了冠军。它俩挂着奖牌,高兴地往回走。路中遇到了白天鹅。"白天鹅,你好!"它俩喜滋滋地和白天鹅打招呼。

可是,白天鹅却冷冷地看了它们一眼,说:"你们真是我们鸟类的耻辱!"

"什么?怎么会是耻辱呢?应该是骄傲呀!你瞧,孔雀得了选美冠军呢!"

白天鹅从鼻孔里哼了一声,说:"作为一只鸟儿,长着一身漂亮的羽毛却不会飞,有屁用?中看不中用的家伙!"

白天鹅的话让孔雀的脸变得煞白。它结结巴巴地说:"可是……鸵鸟……应该是鸟类的骄傲吧?它是跑步冠军,超过了豹子和狮子呢!"

"喊!"白天鹅不屑地瞟了一眼鸵鸟,说,"鸟儿不会飞却去跑步,真滑稽!身材庞大,翅膀那么小,简直是畸形,我都为你感到丢脸!"没等鸵鸟反驳,白天鹅就一拍翅膀,飞了起来,远去了。

"哈哈!这个臭天鹅!"鸵鸟笑着说,"它是看我们得了冠军嫉妒呢!它要不服气也去弄个冠军当当呀,又没有这个本事,还笑话我们,真是可悲!"

可是孔雀的心里却非常难过。"白天鹅说得对呀,自己有一身漂亮的羽毛有什么用呢?既不会飞,也不能像鸵鸟一样跑得飞快!"它叹着气,得冠军的高兴劲儿一扫而光。

鸵鸟看透了孔雀的心思,说:"别理白天鹅,我们快活我们自己的。我跑得那么快,好多动物比不过我;你这么漂亮,很多画家为你画像。这就是我们的长处,谁也没法和我们比!"

然而,白天鹅讥讽的话像钢针一样时时扎着孔雀的心。它常常想,我为什么是一只孔雀呢?光有漂亮的羽毛有什么用呢?我哪怕是一只会飞的麻雀也好呀,或者是一只公鸡也行,可以报晓啊。这些想法常常折磨得孔雀很不开心。时间一久,它身上的羽毛渐渐失去了光泽,并且总是掉。到最后,它竟成了一只秃尾巴孔雀。它变得很丑陋,再也没人愿意看它了。

终于有一天,孔雀忧郁成疾,死去了。鸵鸟知道了,大吃一惊。他既悲伤又埋怨地说:"你这个傻孔雀,别人中伤我们的话你也当真呀?不会飞又怎么样?我不照样活得好好的吗?"

可是这些话,孔雀再也听不到了。

鸵鸟呢,继续快快乐乐地活着。在第二年的比赛中,它又获得了跑步冠军。白天鹅依旧嘲笑它。

鸵鸟盯着白天鹅,一字一顿地说:"你白天鹅除了会嘲笑别人,又有什么特殊的本领呢?其实,你就是个嫉妒别人的可怜虫!我为你感到可悲!"

鸵鸟说着,昂首挺胸地走开了。白天鹅呆呆地愣在那里……

时钟上的争吵

时钟上住着三个好朋友:秒针、分针和时针。它们的任务就是绕着时钟中间的点转圈,来计时间。

一天,秒针不满了。它抱怨地说:"为什么我每天要转那么多圈呢?我一小时要转六十圈,分针才转一圈,而你时针却只转一格,哼,这太不公平了!我那么累,你们倒快活!"秒针一边转圈一边翻白眼。

时针不高兴了:"喂,你的个子最大,腿长,当然转得快了!我个子矮,就是转得慢一些。"

秒针生气地说:"这叫什么话?我个子高就应该转那么多圈?就活该那么累?你以为我想转那么多圈吗?"

时针接过话说:"你以为我想转那么慢吗?我可不是偷懒!因为我是时针,一天二十四小时,我只需要转两圈。转快了,这不乱套了吗?"

它们两个吵得不可开交。

分针连忙劝道:"你们别吵了!我们每天的任务就是转圈,转多转少是规定了的,不能更改,何必那么计较呢?"

"什么叫不能更改?"秒针不服气地说,"你的意思是我就活该倒霉?那好,从现在开始,我也学着你们的样子慢慢地转,谁不会呀?"

分针急了:"哎,这怎么行呢?"

时针说:"那好,从现在开始我就快快地转,省得你啰唆!"

哈哈,有趣的一幕出现了。只见时针飞快地转动着,嚓、嚓——而秒针呢,半天不动一下。

就在这时,主人回来看时间。"天啊,时钟坏了?看来我得把它扔掉,否则时间不准会耽误我的大事!"

分针连忙大叫道:"你们俩别闹了!如果我们三个不团结,我们全都得完蛋!"

秒针和时针都震住了!

是呀,主人已经搬来板凳取时钟了,它们马上会被扔进垃圾桶!

秒针和时针突然醒悟过来,它俩飞快地回到自己的位置,开始了自己的转动速度。主人取下时钟,发现它是好好的呢:"咦,难道刚才我看花眼了?"

主人又将时钟挂到了墙壁上。

从此,时钟上再也没有发生过争吵,秒针、分针和时针每天都按着自己的任务转圈,它们团结在一起,齐心协力计时间,从来没有发生过差错。秒针转得最欢,嘀嗒、嘀嗒……

自以为是的猴子

猴子是树林里大家公认的最聪明的动物。前不久它得了个智力比赛的冠军,就更加觉得自己了不起了。

这天,猴子在树上荡秋千,兔子和一群伙伴在树下玩一个新游戏。兔子学了半天还是不会玩。

猴子看见了,连忙对兔子喊道:"兔子老弟,你恐怕是树林里最笨的家伙了。你如果像我一样有条长尾巴就会变聪明了。我看啊,你干脆叫'短尾巴鬼'得了!"

兔子知道猴子是在取笑自己,它不慌不忙地回答道:"因为我的耳朵长,所以尾巴就短了。你的尾巴长,是因为你耳朵短,难道要我叫你'短耳朵鬼'吗?"

猴子不服气,又攻击道:"你看你的眼睛,像害了红眼病似的!"

兔子笑着说:"眼睛害红眼病倒没什么,不像你,连屁股都害红眼病了!"

"哈哈……"兔子的话把大家逗得哈哈大笑起来。

"兔子,你竟敢笑话我?告诉你,我可是树林里最聪明的动物,我是智力比赛的冠军呢!你那么笨,还在我面前显摆?"

兔子认真地说:"我从不显摆什么。每个人都有自己的长处和短处。我脑子虽笨,但我与人为善,真诚待人。你聪明,但你却自以为是,四处笑话别人,有什么用呢?"

猴子听了,气哼哼地跑了。

王瑞庆（1978— ）

笔名三鸟、夏雨等。原籍安徽阜阳，现居于安徽阜南。安徽省作家协会会员，安徽省散文家协会会员，安徽省民间文艺家协会会员，安徽省诗词学会会员，阜南县作家协会副秘书长，阜南县民间文艺家协会副主席兼秘书长。著有诗集《正在敲门的是春天》、散文集《送你一朵微笑》和长篇小说《真诚地把你搞上船》。

琴　谏

天下大乱，战争四起，纷争不断，诸侯霸。

我一个小小的琴师虽不能改变国家，但我要尝试改变一个人，这个人就是被称为"四君子"之一的孟尝君。听说此人虽是一个小妾在五月初五生的，生后父亲要扔掉他，而他的母亲偷偷把他抚养长大，后来成人，好事多磨，并受到他父亲田婴的重视，继承了爵位，门下食客数千人。人很自傲，又很自负。

我带着琴到他门下，引见后，孟尝君高傲地说："雍门子周先生，听说你乃一介琴师，善于操琴，你能用你的琴声让我悲伤吗？"

我说："我哪里有那个本事？我可以让那些先富贵后贫贱的人悲伤啊。"说着话，我开始抚琴。

徐动宫商，徽挥羽角，切终成曲……

孟尝君田文早已潸然泪下，唏嘘不已地起身说："先生的琴声，真的了不起。从你的琴声中，我感受到了亡国之痛、毁家之哀。"

我缓缓地说："我之所以能让阁下悲伤，是因为敢和秦国为敌是您，能够联合五国从南边攻打楚国的人也是您，如今秦国非合即纵，合纵成功则楚国称王，连横获胜则秦国称帝。无论他们哪个国家强大后，都将会找阁下寻仇，将来，阁下的后代可能断绝，宗庙将无人祭祀，楼台亭阁也将荒草萋萋啊……"

孟尝君听完我的话，眼中热泪滚滚，双手抓住我，恳切地说："先生真乃高人也，你让我这个自负的人明白了什么是居安思危，防患于未然。谢谢先生。"

王宝泉（1979— ）

安徽阜阳人。教师。著有诗集《碰头与微笑》。

燕子与麻雀

相传，燕子与麻雀是孪生兄弟，它们不仅叫声相仿，而且长得很像。

在妈妈的哺育下，燕子与麻雀无忧无虑地一天天成长。到了能够独立飞翔的时候，它们的妈妈开始教孩子们如何做巢。燕子总是虚心地听从妈妈的教导，一次次从很远的地方衔回细枝或干草，还从池塘里衔来泥巴。终于，结实、漂亮的巢做成了，燕子与人们结成了邻居。

当燕子为做巢辛辛苦苦、来回奔忙的时候，麻雀早已忘记了妈妈的教诲，正蹦蹦跳跳地在树林里与其他鸟儿比唱歌呢！妈妈见麻雀不听劝导、不肯努力，十分生气，却也很无奈。时间长了，妈妈也就不愿再问麻雀了。于是，每当刮风下雨或黑夜降临，燕子飞回到温暖的巢穴里，麻雀就会匆忙躲到人们的屋檐下，找个洞穴草草度日。

秋天来了，天气渐渐转凉，燕子在妈妈的帮助下正紧张地练习飞翔，准备到南方过冬了。麻雀懒得去做，它早已蹦蹦跳跳地到田间地头偷吃庄稼去了。

很快，凛冽的北风使天气变得寒冷起来。在此之前，燕子已经在妈妈的带领下飞到暖和的南方去了；由于麻雀习惯了蹦蹦跳跳、飞飞停停，不能长途跋涉，只好留在了北方。天气越来越冷，麻雀躲在坚硬的洞穴里又冷又饿。即使外面下着大雪，人们有时仍能见到麻雀蹦蹦跳跳，四处寻找食物。

经过漫长的等待，冬天的寒冷渐行渐远，麻雀总算熬过来了，它又迎来了美好的春天。可是麻雀并没有吸取教训，它很快忘记了严冬对它的惩罚，整天都在欢快地唱啊跳啊，从不去为建造一个温暖的巢穴做准备，或者跟随燕子练习飞翔。

寒来暑往，年复一年，由于养成了不同的生活习性，麻雀与燕子的差异越来越大,终于形同陌路,成了现在两种完全不同的鸟儿。

绿叶、鲜花和蜜蜂

小蜜蜂闻到花朵的芬芳,从很远的地方赶来。它顾不上身心的劳累,沉浸在一簇簇花丛中,开始了辛勤的工作。

一阵风吹来,嫩绿的叶子跳起了欢快的舞蹈。看到小蜜蜂在头顶飞来飞去,绿叶诧异地说:"你总是飞往鲜花盛开的地方,即使青草遍地,绿树成荫,你也很少驻足停留。可是,谁都知道,如果没有绿叶的滋养和陪衬,或许在春天到来的时候就看不到百花竞艳的景象了。"

小蜜蜂一边扇动翅膀,一边柔声细语地说:"多么美的季节呢,绿色的海洋洋溢着鲜花的芬芳!在万物心驰神往的春天,我怎么能停下工作,享受片刻的清闲呢?太阳洒下温暖的光辉,大地使万物的种子得以发芽生长,抽出叶片,叶片才能够精心地呵护美丽的花朵。我正要向你学习,默默地做一个无名英雄呢!看看我的伙伴,可是没有一个偷懒的。为了让人们品尝到香甜的花蜜,在秋天能收获丰硕的果实,我还要给更多的花朵传送花粉呢!"

小蜜蜂话刚说完,就飞向另一片花丛去了。

听了小蜜蜂的一番话,绿叶羞愧万分。从此,它不再埋怨被人冷落,或者嫌弃寂寞生活的清苦,它总是努力汲取地下的养分,让鲜花开得更美丽动人。每当看到游客在鲜花前停下脚步,成群的蜜蜂在花丛中飞来飞去,它就会感到非常幸福。因为它知道,在鲜花的笑容里,有着对绿叶默默付出的赞许!

螳螂绊兔子

兔子撞死在树桩上,被农夫提回家的事情,立刻成了动物界的爆炸性新闻。有的叹惋兔子遭逢不幸,英年早逝;有的幸灾乐祸,揶揄兔子愚蠢,竟然撞树桩撞死了;更有的悔青了肠子,感慨没有碰上这样的好事。

有一只螳螂,一贯自高自大,自称是螳臂当车的那位英雄的后代,从来不把别的动物看在眼里。很快,守株待兔的奇葩性新闻传到了这只螳螂的耳朵。它立刻显得兴奋起来,对它的同伴说:"我也要捉一只野兔,与大家一起分享。"伙伴们不相信,对他说:"别说大话了,兔子可比我们大得多呢!"

螳螂不以为然地说:"听说过螳臂当车的故事吗?捉一只兔子算什么?等着瞧吧!"

田野里,一只兔子被猎人追得仓皇奔逃。兔子脚下呼呼生风,小昆虫吓得连飞带跳,生怕被踩碎了脑袋。可是,一只螳螂却早已等候在那儿,准备挡住兔子的道路。兔子飞奔而来,螳螂还来不及伸出小腿把它绊倒,就已经被踢了个粉身碎骨。

可怜的螳螂只知道螳臂当车的故事,却不知道"挡车螳螂"的下场!

爱学本领的小花猫

顽皮的小花猫很想学到非凡的本领,它告别了妈妈,四处寻师学艺。

有一回,小花猫看到老绵羊正津津有味地啃青草吃,它心里想青草一定很好吃吧,它决定从今天起也吃青草。小花猫对老绵羊说:"绵羊妈妈,我能跟你一起吃青草吗?"老绵羊笑着说:"好孩子,如果你愿意,当然可以了。"小花猫非常高兴,学着老绵羊的模样也啃了一口青草。"呸呸,真难吃,我再也不吃青草了。"小花猫想不明白,为什么绵羊妈妈爱吃这么难吃的青草?

小花猫告别了老绵羊,来到一条小河边,看见美丽的白鹅在水面上游来游去。小花猫心里想,我要是会游泳,该多好呀!它向白鹅喊:"白鹅白鹅,你能教我学游泳吗?"白鹅爽快地说:"只要你想学,当然可以了。不过,你要跳到水里来,才能跟我学游泳呀!"小花猫高兴极了,一纵身跳了下去。不过,它发现自己并没有浮在水面上,而是一直向下沉。小花猫吓坏了,拼命地挣扎喊救命。白鹅急忙游过来,把小花猫送到岸上。看着白鹅依然浮在水面上,惊魂未定的小花猫再也不敢学游泳了,它离开小河向田野走去。

后来,小花猫还向老黄牛学习耕田,可是无论它怎样用力,犁耙都纹丝不动。

它又向大灰兔学习奔跑,而大灰兔一转眼就不见了踪影。学艺不成,小花猫无可奈何,只好又回到家里。

妈妈得知小花猫一路上的遭遇,心疼地说:"傻孩子,我们是猫,既不能像绵羊那样啃青草吃,也不能在水里游泳。老黄牛力大无穷,擅长在田间劳作。至于灰兔,奔跑更是它的长项了。不过,攀爬、捕鼠和捉鱼,这些都是我们猫的本领,其他动物也是学不来的。从今天起,你可真要好好地跟我学习这些本领了!"小花猫看着妈妈,激动地点了点头。

从此,小花猫认真地跟妈妈学习本领。后来,小花猫不光学会了捉鱼和捕鼠,还在一次攀爬比赛中获得冠军呢!

菊花的选择

园子里百花争奇斗艳,连不知名的野花也匍匐在地上,咧着嘴笑。菊花在花园的一角,在浓妆艳抹的伙伴中间,正遭受着高一声低一声的奚落。

迎春花傲慢地说:"从来没有见过菊花盛开的模样,它却跟我们赖在一起,真是个爱慕虚荣的家伙!"玫瑰也随声附和:"是啊是啊,它一定不会开花,你看看它乱蓬蓬的模样,怎能开出美丽的花儿?"牡丹也不喜欢菊花的样子,远远地躲开,专心地盛开美丽的花朵。

梅花刚刚抖落了花瓣,地上还残存着花红。它似乎嗅到过菊花身上曾有过的淡香,急切地说:"菊花会开花,一定会的。菊花,你快证明给它们看呀!"

菊花对着急的梅花只是淡淡一笑,做它的健身操去了。

很快,迎春花谢了,玫瑰花落了一地,高傲的牡丹也垂下了头。美丽的大花园里,也不见了蜜蜂和蝴蝶的身影。菊花仍旧静静地生长,没有吐出一瓣花朵。

天气渐渐转凉,秋意袭人。迎春花蔫了一地,牡丹也失魂落魄地趴在地上,玫瑰花落光了叶子,尖利的芒刺早已失去了生机。菊花终于开放了,它的香气散发到很远很远的地方,只是迎春花没有闻到,玫瑰花没有闻到,牡丹花也没有闻到。它们不知道,菊花不光会盛开,而且花朵很漂亮。

当菊花捧着大束的花朵走来的时候,也是它最开心的时候,它默默地坚持终于赢来了最辉煌的时刻。这时候,整个秋天都属于它的。它之所以不选择在春天开放,是因为它清楚地知道,在万花丛中即使开放得最烂漫,也只能是群芳中的一朵,终究被淹没在花的海洋里。现在,尽管环境越来越恶劣,但它可以在别的花朵都休眠的季节里,淋漓尽致地展现自己的个性与美丽。

物种抉择

　　上帝把一群新的生命投放在伊甸园里,并许诺帮助每个动物实现它们的心愿。

　　家猪喜出望外,第一个走上前说:"生命太无常,我也没有什么奢望,唯愿衣食无忧,安安稳稳地过完一生。"上帝点点头,然后打发它去了猪圈,家猪从此过上了被人豢养的日子。

　　刺猬形体弱小,想要有一副盾甲保护自己,上帝便赐给它一身尖尖的芒刺。刺猬虽然保护了自己,却失去了很多朋友,它只好在夜间出来活动。

　　孔雀想要有一袭美丽的彩衣来满足它的虚荣,上帝也很快满足了它的愿望。只是它太爱惜这身华丽的盛装,从此再也不愿展翅高飞。

　　公鸡看见许多动物好吃懒做、贪图享乐,感慨地说:"多么美好的时光,岂可白白地虚度?我希望有一副响亮的好嗓子,专门去唤醒睡梦中的朋友。"上帝非常高兴,就让它做一名出色的男高音。

　　大象一直想有一个长长的鼻子,那样就能喝到深潭里的泉水,上帝也爽快地满足了它的要求。长颈鹿希望能吃到高树上鲜嫩的叶子,上帝就让它的脖子变得更长。

　　动物们见自己的愿望一一实现,都非常高兴,伊甸园里顿时充满了快乐的氛围。

　　很多时候,人生也是如此:有什么样的生活态度就会有什么样的人生抉择,而你做出的选择将会决定你的一生。

于永军（1979— ）

安徽蒙城人。现工作于蒙城县教育局。安徽省作家协会会员，安徽省散文家协会会员，亳州市作家协会理事。

猴子当国王

啪——一阵枪响，百兽之王狮子被人类打死了。这一下，动物王国群龙无首。"如果人类再来侵略我们，没有国王可不行啊！"大家又惊又怕，"不行，得选个国王！"可是，选谁呢？

"选大象！大象又高又大！"

"啊？不，不行，我又笨又重，干什么都慢吞吞的，哪能保护好大家？"

"那就选犀牛吧！它力气最大！"

"不行，我眼睛不好，看不清。还是找其他人吧。"说罢，犀牛甩着尾巴离开了。

"我看，还是让猴子当吧。它最了解人类！"因为猴子刚帮自己骗来了乌鸦口中的鲜肉，狐狸不失时机地奉承。"我会竭力为大家服务！"一旁，猴子把胸脯拍得震天响。

大家你看看我，我看看你，苦于一时选不出其他合适的国王，也就勉强同意了。

当上国王之后，猴子还真是利用了它的攀缘特长，为大家提供了不少有利信息，帮助大伙儿化险为夷，避开了人类的枪口。谁知，没过多久，猴子却居功自傲，不但到处耍威风，什么都不做，还吆三喝四地让大家为它寻找野味，只想着尽饱口福。而且，还训这个、骂那个的，大家看在眼里，恨在心中，都想找机会收拾这个不务正业、让大家失望透顶的猴子。

这天，狐狸急匆匆地赶到猴子面前："禀报大王，小民发现了一片桃林，那里，流水淙淙，花香四溢，生态环境优美，桃子纯天然，要不，我带您去享受享受？"

猴子本想让狐狸摘几个桃子尝尝,可一听竟有如此生态园,当即生出巡视一番的念头。"好的话,还可以将王府定在那里。"猴子想。

　　"难得狐狸爱卿有这片忠心,快给本王带路!"

　　"大王,请——"到了桃林旁,狐狸弯腰屈膝将身子向后一隐。正在猴子扬扬得意地摘桃子时,一个巨大的铁笼从天而降,将它牢牢罩住。

　　"快、快救……"猴子还未喊完,就看到了笼子上方的树上的几位"爱卿"正在收拾绳索呢。

　　"哼,算我瞎了眼了,不务正业,自己都保护不了自己,还说保护大家?这领导,不靠谱!"狐狸气愤地说。

　　据说,从此以后,猴子的屁股就是红的了。

有利和不利

　　小院中,一株辣椒苗长势喜人。

　　没过几天,一株向日葵幼苗从其旁破土而出。尽管二者之间有近一尺的距离,但想起日后向日葵的高个头会给自己带来不利,辣椒苗的心里漾起一丝不快。

　　一场雨水过后,辣椒苗长成了辣椒秧。向日葵身上的嫩芽舒展成巴掌大小的叶片,秸秆也粗壮了许多。

　　"一副空架子!还跟我争阳光雨露!"辣椒秧抖了抖满身的花骨朵,对着向日葵投下的影子嘟囔着。

　　又过了些时日,向日葵俨然成了一棵"树"。而辣椒秧也因累累果实而感到有点力不从心。"若有个肩膀靠一靠,多好!"它一眼便瞅见了向日葵,可一想到它给自己带来的诸多不利,辣椒秧只能故作坚强地硬挺着。

　　有一天,狂风大作,大雨滂沱,辣椒秧被重重地摔倒在一边。看着辛勤多日哺育的子女或摔成嘴啃泥,或零落在地,辣椒秧心中很不是滋味。

　　正在无奈挣扎之际,辣椒秧突然感到被谁拉了一把。抬头看时,一根绒线已把它稳稳地固定在向日葵秸秆上,而曾经被自己误认为只会影响自己的向日葵,正低着头友好地冲它笑呢。

于　飞（1981—　）

女，安徽蒙城人。现任蒙城庄子祠管理委员会主任。中国寓言文学研究会会员。

鱼和鸟

一条鱼在水里待腻了，对天空飞过的一只小鸟说："我好羡慕你呀！每天都可以自由自在地在天空上飞来飞去。而我只能天天待在这片巴掌大的水塘里，像坐牢似的。你能带我飞上天空吗？我实在是不想在水里待了。"

小鸟停在了岸边的一块石头上，对鱼儿说："我也好羡慕你呀！你一天到晚在水里游来游去，多快乐呀！你靠水的浮力，尾巴轻轻一摆，就可以想去哪里就去哪里。哪像我一天到晚地扇动着翅膀，想换个地方就得不停地扇动翅膀，累个半死。再说天空里危险太多，一不小心就会被枪打，被网捕，一点都不好玩。"

鱼儿说："那我们相互交换一下，这样不就都快乐了吗？"

小鸟说："那太好了，我们现在就换。"

于是，小鸟一个猛子扎进了水里。然而，由于它不识水性，沉入水底就头脑蒙了，胡乱扑腾了几下，等浮上水面的时候，已经变成了一只死鸟。

再说鱼儿。它一个飞跃离开了水面，然而，由于没有翅膀，它没能飞得再高，而是落到了岸边的草丛里。任它怎么扑腾，也只是离地半尺高而已。不到半天的工夫，它就筋疲力尽，很快干死在岸上了。

鱼就是生活在水中靠鱼鳃呼吸生存的，鸟类生活在空中呼吸空气。两者的不同生活方式决定了它们环境不能互换，互换了就会出现惨状：鸟类变成了水面上的死禽，鱼儿在空中变成了干鱼。

梨树王

春天,梨园的梨花都盛开了。

蜜蜂飞到花丛里,忙碌地采蜜授粉。梨花个个都张开笑脸,等待蜜蜂的光临,并且把自己最好的花蜜送给蜜蜂,作为对它们授粉的酬谢。

有一棵梨树,年年结的果实又大又多,被人们誉为"梨王"。看着周围树木的花围满了蜜蜂,非常自大,心想,我是整个梨园里最美最好的梨王,其他树难以取代。凭什么要让蜜蜂来打扰我?于是,当蜜蜂飞到它的花蕊中来时,它便大声呵斥:"滚开,小东西,不要来打搅我的好梦!"梨王拼命摇动自己的花枝,把蜜蜂全部赶跑了。看着梨树王趾高气扬的样子,蜜蜂们吓得赶紧躲开了。

慢慢地,周围的梨树开始挂果了。梨树王开出的花却一朵一朵地枯萎、凋落,结出的果子极少,而且歪歪扭扭,品相极差。

自以为是和吝啬的人不仅会失去朋友,还会毁掉自己。

木 瓜

果园里的木瓜成熟了,黄澄澄的,挂满了一树,非常好看。

满树的果实吸引了几个过路的孩子。他们争相跑了进来,叽叽喳喳地叫个不停:

"这是什么果实?"

"不知道。"

"多么漂亮啊!"

"肯定好吃得很!"

孩子们一边说,一边爬上树,不由分说地摘起了果子。

很快,每个人的手上都有了一个。

"快,快,尝尝!"大家一边摘一边兴高采烈地说。

一个孩子张开嘴就咬:"呸呸呸,咋这么难吃?"

"什么味道啊?"

"又酸又涩,根本不能吃!"

几个孩子尝了尝,纷纷叫苦:"什么东西?这么好看的果子竟然不好吃!"

"扔了吧,扔了吧!"

一个孩子说:"既然不能吃,长得好看有什么用?摘掉扔了,省得在这儿诱惑人!"

"摘就摘!"很快,地上七零八落地被扔满了黄澄澄的木瓜。

"哎哎,快下来,不要破坏我的木瓜!"远处,有人呼喊着跑了过来。孩子们一看不妙,赶忙溜下树来,呼喊一声,四散了。

果园的主人跑到跟前,心疼地捡起了地上的木瓜,拉住一个没来得及跑开的孩子,吼道:"难道只有能吃的果子才是有用的吗?你闻闻,你闻闻!"

孩子惊恐地望着凑到鼻尖上的木瓜:呀,鼻孔里钻进了一股沁人的清香!

"啊,怎么会那么香?"

果园主人教育孩子说:"不但香,还是上好的中药。请你记住,世上万物,各有各的用处。不能因为你认为没有用就破坏它!懂吗?"

孩子羞愧地说:"对不起,我懂了!"

不开花的莲荷

庄子祠的逍遥池里种了一片莲荷。莲荷长得很快,吐芽、绽叶,没多久就铺满了池塘。高大的荷叶从水面上挺立起来,在塘面上撑起了一把把绿伞。

然而,已经到了莲花盛开的时节,整个池塘里却连一朵花蕾也没冒出来。站在池塘边望去,远远的只是一片翠绿。游人望穿秋水,也没见过一次"小荷才露尖尖角"。

这是怎么回事呢?管理员也不知道莲荷不开花的症结在哪儿,自言自语地说:"这到底是怎么回事呢?为什么你不开花呢?"

水里的荷叶忽然说起话来:"我就是不开花的食用莲藕品种。"

"啊?"管理员惊讶了,"莲藕怎么可能不开花呢?我第一次听说啊!"

荷叶耐心地回答:"以食用为主要的莲藕品种,都是不开花的。这种莲藕的特点:生长快,结出的莲藕多,口感好,经济价值较高。唯一的缺点是不开花,把花的营养都转化到了水下的莲藕上了。"

管理员听了,立即通知花匠把莲藕抓紧清除掉,换上开花的莲藕。莲藕很是不解,质问管理员:"我的产藕量那么高,质量那么好,为什么要把我赶走呢?"

管理员笑着说:"你的产藕量再高,产的藕质量再好,对我也没有用啊。这个逍遥池是在风景区内,专供游人欣赏并拍照留影的,你在水下长再多的藕,对我也无用处。我只能选择能开花的莲荷,哪怕它一节也不长,对我也有用,因为它更受游客们的欢迎啊!"

莲荷听了,无奈地叹了口气:"有用无用,全在于人们的好恶啊!"

张　标（1981—　）

笔名布衣天子,安徽颍上人。现任教于颍上县江店孜镇李庙小学,系小学语文高级教师。阜阳市诗词学会会员,颍上作家协会会员。

公鸡和蝉

一个夏天的清晨,一只公鸡站在鸡架上喔喔喔地叫了一阵。男人们打开大门,扛着锄头去田野锄地。女人们开始生火做饭,袅袅炊烟随风飘散。孩子们洗一洗蒙眬的睡眼,在门前的凳子上背书。整个村庄顿时活跃了起来。

公鸡跳下鸡架,拍了拍翅膀,来到房后茂密的树林。白杨树枝叶茂盛,树下灌木和杂草丛生。公鸡在树下寻找蚕食树叶的害虫。一只蝉在白杨树上,用针刺口器吸取树汁。公鸡吃饱了虫子,站在一个柴草垛上,昂起头,又喔喔喔地叫了起来。

蝉摇动一下针刺口器,扇动着透明的翅膀,嘲笑道:"公鸡公鸡,你那么大的身躯,叫声不能传一里,叫了几声就没有了力气。真是一只笨笨的鸡!"

公鸡仰头望去,发现有一只蝉趴在树上,黑褐色的身躯,正扇动薄薄的翅膀,洋洋得意地瞅着自己。

"你要学学我,别看身体小,歌声悠扬动听,能传二里地,嗓子哑了也不歇息。"蝉抖动着翅膀,眼睛斜视着公鸡。

"哦,是知了老弟,你的叫声虽然传得远,可全是一些废话,持续的时间也很长,但全是聒噪,又有什么意义呢?"公鸡拍了拍翅膀,整了整自己的衣冠,飞到树枝上,接着说,"我叫了一声,就唤醒了整个村庄,人们又开始了新的一天的学习和工作,人们都感谢我。不像你们,整天鸣叫只是自己发发牢骚,说什么'好热好热',你整天在大树下乘凉,吸食大树的汁液,哪凉快待在哪,能有多热呀?整天的牢骚让人心烦,你也不怕把自己的肠子叫断了,只为自己发泄,从来不考虑别人的心情。太自私了吧!"

蝉听了公鸡的话,羞愧得满脸通红,抖动翅膀,吱的一声,灰溜溜地飞向远方去了。

到了这时,蝉也才真正明白了鸣叫的意义。

葛亚夫（1982— ）

笔名洛水、麦垄，安徽蒙城人。现工作于蒙城县第五中学。安徽省作家协会会员。

一只叫庄子的蝴蝶

阳光明媚，庄子祠，梦蝶楼。一只蝴蝶落在庄子像上，目似瞑，意暇甚。

麻雀提醒道："蝴蝶！蝴蝶！快飞走，马上就来人了。"

蝴蝶不悦道："你瞎啊！我不叫蝴蝶，叫庄子！庄子梦蝶，知不知道？我就是他，我为何要走呢？倒是你，粗俗的鸟儿！还是赶紧滚吧！等我的信徒来了，也会把你赶出去。"

很多人进来，倒地就拜。蝴蝶很受用，俨然自己就是庄子。它就飞起来，想和他们打声招呼，谈谈庄子和蝴蝶的身份问题。但保洁员一拍子下去，就把它扫进了垃圾桶。

麻雀捡出蝴蝶，吞了下去。它舔舔舌尖：怎么庄子的味道和蝴蝶一个样啊？

燕雀的鲲鹏之志

燕雀被鲲鹏嘲笑后，很是气愤，决心立个大志，做出点名堂，不再受世人讥讽。

燕雀离开庄子祠。在涡河边，它看见渔夫捕捉到一头鲸鱼。燕雀就拜他为师，学习捕捉鲸鱼的技艺。四年后，燕雀学完捕鲸的所有课程，还获得"优秀毕业生"的称号。燕雀说："这下看谁还说我目光短浅！我现在就去捉一条鲸鱼，让他们见识一下燕雀的鲲鹏之志。"

燕雀说到做到，衔着锚钩向河里飞去。锚钩刚离开船，就连同燕雀，一起坠落河底。

遗忘了游泳的鲦鱼

自从引起庄子和惠子的辩论,鲦鱼就出名了。庄子不在了,鲦鱼成了庄子祠的招牌。

这天,又拥来一群观众,老远就尖叫:"快看!就那鲦鱼!快乐不快乐的鱼!告诉我们,你到底是快乐呢,还是不快乐呢?是庄子说得对,还是惠子说得对……"

鲦鱼很不屑:"那鲦鱼?我可有名字!我叫庄子的鲦鱼。真没教养!"

观众碰了一鼻子灰,仍喜笑颜开:"您说得对!庄子的鲦鱼,您可是见过大场面的。"

鲦鱼坐在荷叶上,开始例行点数它的名人交往录:"姜太公牛吧!我和他很熟,亲眼看见他直钩钓将相。大名士嵇康,广陵散天下绝唱,我经常听他弹。还有苏东坡,诗文书画举世无双,庄子的墓志铭是我看着他写的。至于陈亢、高琼和马玉昆等,我无不相识……"

一个渔夫问道:"你认识我吗?"

鲦鱼睥睨一眼,说:"乡野渔夫,认识你作甚?"

渔夫笑道:"那就好!"他拿出渔具。鲦鱼逃进水里,却呛到了。它整天坐荷论道,已遗忘了如何游泳。它大喊救命,但认识的那些牛人,没一个能帮它。渔夫轻而易举地就捉住了它。

黄元罗（1982— ）

安徽天长人。现工作于江苏省宝应县安宜高级中学。

举手表决

今天是一年一度的森林王国国王改选日。一大早，选民们就东一群、西一伙地聚集在一起议论纷纷。

"今年就算打死我，我也不再选东北虎了！久居其位，不为子民谋福祉，选它何用？"

"对，对！像这样中饱私囊，任人唯亲的败类！不选也罢。"

"坚决不选东北虎！"

"坚决不选东北虎！"

投票现场，大会主席狐狸先生清了清嗓子，大声道："今年的选举规则照旧，举手表决！凡不同意东北虎继续担任国王的请举手。给你们五分钟的时间考虑哦。"

数百选民低头不语，并时不时地抬头望望坐在主席台中央的东北虎。五分钟的时间转瞬即逝。竟然没有一个人举手！就这样，选举大会在和谐的气氛中圆满地结束了。只是众人拥出会场时，时不时地相互埋怨道："你咋不举手呢？"

借　势

山上住着一头野猪，水里猫着一条泥鳅。这邻居俩总爱抬杠。一个说它是丛林之王，无兽能比；另一个说它是河中至尊，水族老大。

一日，一猪一鳅又吵吵上了。野猪来了句："不如咱俩比赛爬山吧，看谁最先登顶，怎样？不过，看你这蔫了吧唧的样子，肯定没胆！"

这时,路过"打酱油"的其他动物可不乐意了。

"你这猪头真不害臊!你咋不跟泥鳅比赛游泳呢?"

"对啊,对啊,你这猪头不蠢啊,精得跟猴似的!"

"别侮辱我们善良而又踏实的猴类!"

眼看场面越来越混乱了,泥鳅双手往下压了压,待众"酱油党"平静下来以后,笑着说:"不就是爬山吗?准奏!猪头前面带路。"

就这样,比赛开始了。起初,野猪呼哧呼哧地往山顶上冲,泥鳅呢,醉鬼子似的蠕动着。眼看胜利在望,野猪忽然尿急,不禁就地畅快了一把。泥鳅遁尿一跃登顶,险胜野猪!

事后,泥鳅总结道:"猪头就是猪头,只知埋首拉车,又怎晓顺势而为、借势而上的妙招呢?就这智商,还敢跟鳅爷比爬山?回家啃泥巴去吧。"

总结完,鳅爷一个华丽的漂移,从山顶自由落体进水里。

陆秀红（1982—　）

安徽六安人。小学教师。

落叶的梦想

秋天越来越深了，乡下一户人家的屋旁，生长着一棵杨树和一棵柳树。稻田里的庄稼都收获了，屋前一片空旷，显得非常宁静。两棵树本来都是郁郁葱葱的，如今满枝头的叶子逐渐枯黄，进而凋零。每天傍晚，屋子里的老人都会走出来，手持笤帚清扫落叶。

枝上尚存的那一点单薄的叶子，在瑟瑟的秋风中打着寒战，摇摇欲坠。这时一片杨树叶充满留恋地自语道："时光匆匆，转眼又是一年过去了，我还没有看够这个色彩斑斓的世界啊！"

一片柳树叶正无精打采，恍惚中听到不远处传来的声音，搭腔道："是啊，老弟说得在理。回想几个月前的盛夏，我们是何等风华正茂啊！田间地头做活的乡亲，不时来我们的身下纳凉聊天，还有孩子在底下读书，那时多热闹啊！如今我们苍老衰败，好似人去楼空啰！"

"走吧，走吧。没有人再来陪伴我们了，我们就这样默默地告别了吧！"杨树显得非常伤感。

就在这时，一个小伙子从两棵树下走过。小伙子走得很慢，一边走一边盯着手中的手机。哦，原来是屋子里老人的孙子从学校里回来。

刚才还在说话的杨树叶和柳树叶，忽然被小伙子手机屏幕里绚丽的色彩惊呆了。世界上居然还有这么美丽的落叶吗？一阵兴奋和用力，这两片树叶不约而同地从枝上飘落，正好轻悠悠地划过小伙子的手机旁。两片树叶看清了，小伙子正在看微博，微博里的图片正是他就读的大学里银杏大道的落叶。遍地金黄，炫人眼目。有人在漫步，有人在沉思，有人在摄影，还有人在幸福地拍摄婚纱照呢！

小伙子走远了，两片树叶打了个旋儿，终于落在了地面，它俩相视一笑。杨树叶说："没想到，在最后的时光里，还能欣赏到如此美丽的叶子。"柳树叶精神一振："作为一个生命，就应该活得有理想，不然和一块朽木有什么区别？明年，咱哥们拼了命铁了心也得报考皖西学院银杏系啊！"

书包和课桌

教室里，一个书包躺在一张课桌旁边的地面上，弄得满身满脸都是灰尘。

课桌见了，禁不住笑起来："呵呵，伙计，你一肚子的文章和墨水，是个有文化的角儿。不过，现在看你土头土脑的样子，不知道的还以为你是个乡巴佬呢！"

书包一脸愁容，叹了一口气说："你就别取笑我了，我今天落到这步田地，还不是因为你的肚量太小了，容不下我吗？不然，我待在你的桌肚里，多清静呀！"

"得得得，怎么还怪起我了？能说我的肚量小吗？是你自己把肚子撑大了好不好？你瞧瞧你肚子里装的，这个课本，那个练习册，简直都书山书海了。这不，还有好几沓试卷，没地方装，都放在了我桌面上呢！"课桌仰了仰脸。

"你以为我是吃饱了想撑得这么大吗？还不是咱主人弄的？老师叫做这个，家长叫买那个，这么多的资料和习题，我吃了消化不掉，估计主人也难以消化呀！"书包如数家常地倒着苦水。

正说着，主人兴冲冲地来了，坐好后把一张宣传单放在课桌上。课桌定睛一看，是学校致家长的一封信，写的是关于小学生减负的话题，内容有每学科的资料只能有一种，每天要锻炼身体一小时，家庭作业不超过一小时，睡眠要有九小时等等。

书包见课桌不说话了，低头好像在读什么，便翘首观望，但待在地面加上个子矮了，结果啥也没瞧着。正焦急的时候，课桌看完了那封信，转过脸把这个好消息告诉了书包。书包听了，有点不相信，心想真要那样就解放了。

第二天，书包的肚子瘪了下来，身体轻盈多了，终于回到了课桌的桌肚里。课桌面带微笑地说："欢迎你，老朋友，你好久没有待在这儿了。祝贺你，从今天起告别打地铺的日子了！"

"也告别以前一来你这儿就添堵的日子了!"书包一脸的轻松和喜悦,说道,"谢谢,希望我们能一直这样融洽相处,待在你这里真舒服,又宽敞又卫生啊!"

庄基地上的杨树

老陈和老李原来是邻居,但是关系不怎么好,常因为一些小事而闹嘴皮子。十几年前老陈建新房,没有建在原来的地方,迁到了几百米外的一处空地上。

新房建好后,老陈拆掉了旧房子,然后在老庄基地插上了许多杨树。没过几年,杨树长得枝繁叶茂,夏天到来时一片浓浓的绿荫。

不过,老李犯了愁。老陈搬走后,老李还住在原来的地方,每到秋天,老陈庄基地的杨树就开始飘零落叶,随风一吹,弄得老李家门前一片凌乱,很不清洁。

为此,老李找到老陈,说出了这件事情。老陈把头一偏,说道:"我家的树长在我家的土地上,又没有沾着你家的边儿,你找我干什么?"老李说:"但落下的树叶干扰了我家地面儿,你不能不负责。""这能怪我吗?你要找找风儿去。"

这样的争论年年都会发生。后来老李作了让步,说愿意出一笔钱,只要老陈把杨树砍掉就行。但老陈心中窝着一股火,没有答应,还说什么"我的地盘我做主"。

一晃又过了几年,老陈和老李都老了,老李不再向老陈提杨树的事情。老陈冷静下来,感觉自己有些过分了,老这样较着一股劲不妥,于是叫儿子去把那些杨树砍了卖给别人。

老李见老陈儿子来伐树,前来制止。老陈儿子不解地问:"李叔,以前你不是一直说这些树叶干扰你吗?"

老李一笑:"如今习惯了。秋天你家杨树掉落叶,我就天天在门前拿着大笤帚扫落叶,没想到一折腾腰不酸腿不疼了。这样年年都有锻炼的机会,所以身体才没有垮啊!"

老陈儿子听完,放下了手中的锯子。

泉　水

鸟妈妈带着小鸟长途旅行,每到一个地方,它们都要停在树上看风景,呼吸不一样的空气。

这天,它们飞到一个城市。忽然乌云密布,鸟妈妈知道暴雨要来了,赶紧带小鸟躲到马路边的一棵香樟树树枝上。很快,天空下起了倾盆大雨,好在茂密的枝叶遮挡了雨点。

好一大会儿,雨终于停了,阳光又从天空射了出来。小鸟透过树叶的间隙,观察雨后的街道,很惊喜地说:"妈妈,这里有泉水,好大的泉水啊!"

"是吗?刚才只顾着躲雨了,什么也没有看到。"鸟妈妈也很惊喜,同时把目光转向街道,只见马路的一侧有两股水柱不断地往路面涌上来。

"妈妈,我们前些日子飞过济南,看到那个城市有好多泉水,都是一股股从地下涌出来。难道飞了这么多天,我们还没有飞出济南吗?"小鸟不解地问。

"傻孩子,这里怎么还是济南呢?可能有泉水的地方不止济南一处吧!"

"妈妈,我飞累了,也渴了,我想下去喝几口泉水,可以吗?"

"好的,注意只能喝水,不能在泉水上面洗身子哟!"

小鸟答应了一声,径直飞向上涌的水柱……

"哎呀,好臭!"小鸟喝了一口,连忙甩着小嘴,将嘴里的水洒了出来。随后,小鸟扫兴地飞到了树上。

"孩子,看来这儿不是泉水,以后喝水要小心了!"

这时,路面上开来一辆汽车,下来几个人。其中一个看了看,说:"这里的下水管道也堵塞了,再找几个人来疏通!"说完,他们忙活开了。

鸟妈妈和小鸟展开翅膀,飞出香樟树,寻找有水喝的地方去了。

翻越护栏的人

　　小明和小华走在大街上，街上很热闹，许多摊点和店面卖着好吃的好玩的。两人在一个摊点买了些零食，一边走一边吃，说说笑笑。

　　正走着，两人发现前方约一百米处有个人，从背影看是个老头儿，他本来也是在人行道上走着，走着走着居然翻越到了右侧的绿化带里，动作有些缓慢和吃力。

　　小明看不惯，很生气地说道："这么大年纪了，怎么不讲文明？翻越护栏可是陋习啊！咱们小朋友都知道，要走该走的路，翻越护栏既不安全，对绿化带里的花草也有破坏。"

　　小华听完，微微点点头，轻轻说道："听你这么一评论，似乎有那么一点道理。"

　　小明使劲咽下嘴里没嚼好的零食，伸着脖子很诧异地反问："你好像不同意我刚才说的话，难道翻越护栏还是对的？"

　　此时，两人距离前面老人翻越护栏的地方只有十几米，小华指了指前方，说道："你好好看看，这位老人在干什么？"

　　小明仔细看了看，刚才翻越护栏的老人正用一把铁钳夹起绿化带里散落的垃圾，有纸片、袋子、小棒、没吃完的零食等等，夹好后放入一个大塑料袋里，有时夹不起来，就弯下腰用手捡起。再看老人的上衣，写着清晰的两个大字："环卫"。

　　"这回知道了吧？这是他的工作，也是他的奉献。"小华说道。

　　"原来是这样，我错怪了他。看来评论一个人，不可片面和鲁莽。"小明低着头自责道，忽然想起了什么，"哎呀，刚才我还扔了几个零食袋！"

　　说完，两人转身朝后面跑去。

蒿子粑粑传奇

话说唐僧师徒一日走进深山之中,前不着村后不着店,肚子早已饿得咕咕乱响。其他人还能承受得了,唯独八戒忍无可忍,干脆一屁股坐在地上不走了。

唐僧见状,叫住大徒弟,说道:"悟空啊,人是铁饭是钢,你还是赶紧想想办法吧。再这样下去,为师念经恐怕都没有劲儿了。"

悟空抬眼望望远方,一阵惊喜,对师父说:"师父莫急,前面有个地方叫毛坦厂,虽也是大山,但有种好吃的蒿子粑粑,前些年京城的人都来争着品尝,我这就去化几个回来。"说罢,一个跟斗腾空而去。

一段时间过后,悟空驾云归来,果真带回一包蒿子粑粑。唐僧师徒各自拿过,有的细嚼慢咽,有的狼吞虎咽。

正吃着,唐僧忽然把脸一沉,对悟空哼了一声,让八戒、沙僧收拾行李出发。悟空丈二和尚摸不着头脑,连忙追着问这是何故,唐僧只顾走路,绷着脸一句话不说。

悟空紧走几步,不解地问:"师父啊,你怎么填饱了肚皮就翻了脸,过了河就拆桥呢?这蒿子粑粑,一开始我去毛坦厂没有找到,后来一打听,去一百多里外的武陟山庄才化来的。那里那么多乡亲吃了都感到满意,你怎么吃出一肚子气来呢?我辛辛苦苦化来都给你们吃了,我自己一个还没弄到嘴呢!"

沙僧也走上前来,打圆场说:"师父,大师兄说得对啊!您想想刚才我们吃的那蒿子粑粑,菜籽油炸得油光油光的,底下结的壳儿又脆又香,我拿了一个还叫八戒抢去半块。"

唐僧把袖子一甩,对三个徒弟说:"你们真是有口无心的人,我一开始也是饿晕了头脑,吃到最后才明白,那蒿子粑粑里面嵌着一丁一丁的腊肉啊!罪过啊罪过,阿弥陀佛!"

"师父你怎么不早讲?早晓得我就好好嚼嚼了!"八戒摸着鼓鼓的肚皮懊悔地说道。

汪　琦（1993—　）

安徽铜陵人。现为南京大学文学院戏剧影视艺术系硕士研究生。中国寓言文学研究会会员，安徽省作家协会会员。著有《疯狂的神仙》《去童话世界采风》《大尾巴兔子小尾巴狼》等。

三文鱼的同情

在一艘豪华邮轮的厨房里，两只三文鱼躺在案板上，等待厨师不久之后的开膛破肚。

不过，厨师现在的兴趣还不在它们身上，他正在不远处的电视机前看着电影。

电视上放的是《泰坦尼克号》。

"这真是悲惨极了。"三文鱼甲流着同情的眼泪说，"那船上的人无一生还。"

"也许你换一个角度想想，就不认为这是一个悲剧了。"三文鱼乙说。

"喂，你真是一点儿同情心也没有。"三文鱼甲气愤地说。

"唉，你还是把同情留一些给咱们自己吧。"三文鱼乙说，"对于那艘船上也像咱们这样躺在案板上的三文鱼来说，船的沉没就是一个天大的喜剧。相比于那些幸运的三文鱼，咱们的命运悲惨得多。"

很多人喜欢用悲悯的眼光去看待别人甚至这个世界，殊不知自己正处于一个莫大的悲剧中尚未觉醒。

拍卖午餐

大尾巴兔子和小尾巴狼走过大广场时，这里正在举行一场拍卖会。

今天要拍卖的东西既不是古董青花瓷瓶，也不是名人画的毛笔画，而是狒狒先生的一顿午餐。

狒狒先生是著名的大老板，很会做生意，许多崇拜它的人做梦都想着能和狒狒先生吃一顿午饭。所以，狒狒先生偶尔就会把自己的午餐拿出来拍卖，拍卖成功的人便可以和它共进一次午餐。

"听说狒狒先生有把一块钱变成十块钱，甚至一百块的本领。"大尾巴兔子说。

"这不是魔术师的本领吗？"小尾巴狼瞪大了眼睛。

"魔术师表演的是假的，他虽然能把一块钱变成十块钱，但是那一块钱和十块钱都是他口袋里原来就有的。"大尾巴兔子说，"狒狒先生的一块钱是自己的，那变出来的十块钱却是别人口袋里的。"

"这听上去又像是小偷的本领了。"小尾巴狼还是没明白。

"算了，不和你解释了。"大尾巴兔子摇摇脑袋。

这时候，拍卖师熊先生高声喊道："现在，大家开始出价！"

开杂货店的狐狸先生出价一百元。

开百货公司的猪经理出价两百元。

开大酒店的虎老板出价五百元。

开游乐场的大狮最大方，直接出价一千元！

"一千元一次！"熊拍卖师高声喊着。

场下一片安静。

"一千元两次！"熊拍卖师提高了嗓门。

"一千元……"熊拍卖师故意将声音拖得长长的，迟迟不肯说出"三次"两个字。

这时候，有一个人举起了手。

是小尾巴狼！

"你出多少钱？"熊拍卖师立即弯下腰，问小尾巴狼。

"两块钱。"小尾巴狼说。

"哈哈，它出两块钱。"

"小孩子是来捣乱的吧？"

场下的人哄笑成一片。

小尾巴狼很认真地说:"我不是来捣乱的,我是来拍卖狒狒先生的午餐的。"

熊拍卖师只好再次问道:"那么,你到底出多少钱?"

"两块钱。"小尾巴狼肯定地说。

"两块钱,成交!"这一嗓子不是熊拍卖师喊的,而是狒狒先生喊的。

只见狒狒先生从台后走了出来,它握住小尾巴狼的手:"小朋友,今天中午的午餐,你可以和我一起吃了。"

熊拍卖师疑惑地望着狒狒先生:"老板,您没开玩笑吗?"

"为什么要开玩笑?"狒狒先生说,"我很想知道,这个小朋友和我吃饭,它想从我这里得到什么呢?"

"我还有一个条件,"小尾巴狼扬起脑袋说,"我得带上我的好朋友,大尾巴兔子。"

狒狒先生迟疑了一会儿,然后笑着说:"可以,当然可以。"

小尾巴狼从口袋里掏出两块钱,交给熊拍卖师,然后大摇大摆地跟着狒狒先生朝它的豪华轿车走去。

"喂,我也没搞懂,你是怎么想的?"在路上,大尾巴兔子轻轻拽了拽小尾巴狼的衣服。

"我就是想,再也没有一顿比这更便宜的午餐了。"

鼠辈人生

说来也是一个机缘巧合,我认识了一只老鼠。

那天晚上,我失眠得痛苦,一只老鼠爬上了我的床,在我枕边一阵耳语。

"失眠的滋味不好受吧?要不,我帮你按摩按摩?"老鼠说。

"这个……"我有点诧异,毕竟,我们长久以来对鼠类的印象并不好。

老鼠看出了我的疑虑:"你要是信不过我就算了,看来你也没有把我当作朋友。"

"没有没有。"我有点不好意思,"那你来吧,谢谢你了。"

老鼠就帮我按摩起太阳穴来,说实话,真的舒服多了。

很自然的,我们聊了起来。

我:"真看不出来啊,你还是个按摩高手。"

老鼠:"那是,你运气不错,是第一个享受我按摩的人类。"

"哦?那我还真的挺幸运。"我翻了个身,让它按摩另一个太阳穴,"不过,我还是挺纳闷,你知道的,我们人类一直对你们鼠类有些成见……所以……"

"所以,你很纳闷为什么我晚上没去偷粮食,而是在这里帮你按摩,是吧?"老鼠很聪明。

"呵呵,是有点困惑。"

老鼠爽快地说:"这么说吧,我和别的老鼠不一样——我致力于彻底颠覆人们心中老鼠的丑恶形象,从严格要求自己做起。"

"嗯,有志向。这么说,你立志要当一只好老鼠?"我很高兴。

"没错,就是这意思。"

这一夜,我在老鼠朋友的按摩下轻松入眠,我十分感谢它的帮助。

第二天早晨,我出门上班时,邻居们正围成一圈,我凑过去瞧热闹。

只见胖叔手里拎着一只已经死掉的老鼠,爽朗地笑着:"哈哈,我说我昨天新买的鼠药还是很有效的,才一晚上就有了收获!"

我认得,正是昨晚给我按摩的老鼠。

我很痛心地抢过胖叔手里的死老鼠,大声斥责他:"你可知道,这是一只好老鼠!"

众人用惊诧的目光看着我,有人轻声嘀咕:"这是一个坏脑袋。"

和一只猪谈谈理想

听说,因为颈椎退化的缘故,猪的一生都无法看到天空。

我就去邻居二胖家的猪圈采访了一只猪。

我:"你好,请问你这一辈子看过头顶的天空吗?"

猪:"没有。"

我:"那你就没有尝试着去努力一回?"

猪:"不想。"

我有些激动:"难道你的生命中就没有一点理想吗?就这样窝窝囊囊地在这里吃吃喝喝,等待被宰割?"

猪很平静:"什么是理想?"

我:"理想就是你认为有意义并值得去追逐的东西!"

猪反问我:"那你有理想吗?"

我:"当然有了!"

猪:"实现了吗?"

我:"没有。"

猪:"能实现吗?"

我很诚实地说:"这个……我也说不准。"

猪:"那不就得了。无所谓实现,也就无所谓理想。"

我:"你这是在鄙视我?"

猪:"不,我鄙视理想。"

不试试,你怎么知道

熊爸爸花了很低的价钱从农场主那里买来了一片很大的农场。农场里的屋舍、机器和设备一应俱全,土地也很肥沃。这么好的一片农场,为什么价格却很低呢?只因为这片农田上分布着许多大大小小的石头,使得人们在这片土地上耕作很不方便。

"爸爸,你为什么不把这些石头都清理掉呢?"小熊伊达问熊爸爸。

"孩子,你以为我不想把这些石头都清理掉吗?这些石头都是与那座大山相连的,轻易不会掘起。否则那位农场主就不会这么便宜卖给我们了。"熊爸爸拍拍伊达的脑袋。

有一天,熊爸爸和熊妈妈到镇上买蜂蜜去了。小熊伊达叫来了自己的朋友们:小猪皮克和熊猫奇奇。

"皮克,奇奇,让我们一起把这些难看的石头搬走好吗?"

"行!"

"没问题!"

三个小伙伴说干就干,它们带上镐和锹就"动工"了。它们很轻松地掘起了第一块石头,第二块、第三块……

事实上,这些石头并不像熊爸爸说的那样与大山相连,只要往下挖上二十厘米,就可以轻而易举地搬起石头。

就这样,它们一个上午搬走了两推车的石头。当熊爸爸和熊妈妈带着一罐蜂蜜回家时,发现家里的农场简直大变样!

"亲爱的伊达,能告诉我发生了什么吗?"熊妈妈激动地问。

"没什么,我们只是搬走了十几座你们所谓的大山……"

干大事的皮克猪

小猪皮克觉得自己将来是干大事的料。所以,它不屑于干一些在它看来鸡毛蒜皮的小事。

"皮克猪,我们今天一起去河里打些水草吧!中午回来做水草汤。"小猴丁丁在门外喊。

皮克猪挥挥手:"不去,我皮克猪将来是做大事的人,打水草这样的小事只有小猴去做。"

"皮克猪,你今天和我一起去山上砍竹子吗?中午回来酿竹叶青酒。"熊猫齐齐在门外喊。

皮克猪摇摇头:"不去不去,我皮克猪将来是要做大事的人,砍竹子这样的小事只有熊猫去做。"

"皮克猪,让我们一起去坡地那挖红薯吧!中午回来烤红薯吃。"小牛乐乐在门外喊。

皮克猪跺跺脚:"不去不去不去,我皮克猪将来是要做大事的人,挖红薯这样的小事只有小牛去做。"

久而久之,大家有什么活动都不再找小猪皮克来参加了。大家都知道:小猪皮克将来是要做大事的人,像什么打水草、砍竹子、挖红薯……这样的小事只有它们去做,皮克猪的精力都留着将来做大事呢!

　　十年的时间过去了,昔日的小伙伴们都已长大。小猴、熊猫、小牛它们都靠自己的辛勤劳动过上了幸福而又充实的生活,而我们那位要干大事的小猪皮克呢?却连午饭都吃不饱,依然一动不动地躺在家里,等着干它的大事……可是,连水草都不会打、竹子都不会砍、红薯都不会挖的皮克猪究竟能干什么大事呢?

后　　记

　　2014年10月底、11月初，在湖北襄阳参加中国寓言文学研究会成立三十周年纪念活动期间，我萌生了主编《当代皖籍寓言作家作品精粹》的想法。跟与会的几位皖籍作家交换看法时，大家一致赞同。此后，我开始联络，与越来越多的皖籍寓言作家取得了联系。2016年8月正式开始征稿、约稿，再经过构想体例、挑选作品，2017年3月初终于完稿。

　　本书所称的皖籍作家，指籍贯或户籍在安徽的作家。本书作者阵容可观，一部分以写作寓言为主，一部分多种文体兼长。无论怎样，其寓言作品中的精品力作汇聚在一起，以选本的形式问世，都是很有意义且令作者们欣慰的一件事。

　　承蒙安徽文艺出版社的厚爱，本书得以顺利出版。在联络和组稿过程中，诸多师友提供了帮助。作家们积极响应，大力支持。在此，一并表示衷心的感谢。

唐和耀

2018年3月2日